UTE BÖTTINGER

Friedrichsruhe

TÖDLICHER GENUSS Es wäre sein Tag gewesen. Die Auszeichnung seines Lebens. Der junge Sternekoch Olaf Ben Struck hätte sich an diesem Tag seinen zweiten Kulinarik-Stern ans Revers heften können – wäre er aufgetaucht.

Struck, Küchenchef im Gourmetrestaurant des Hotel Residenz am Jagdschloss, setzte vor allem auf beste regionale Hohenloher Produkte in seiner Sterneküche und hatte viele Neider und Feinde … Es gibt keine Anzeichen für ein freiwilliges Verschwinden, aber auch keine Leiche. Nur eine unvorstellbar grausige Spur. Grund genug, um den Öhringer Hauptkommissar Karl Friedrich Freiherr von Bühl und seine junge Kollegin Marie-Lena Dambach auf den Plan zu rufen. Der reingeschmeckte Sauerländer und seine Hohenloher Kollegin, ein Frischling von der Fachhochschule, sind nicht gerade ein Dream-Team. Die Ermittlungen im Fall des mysteriösen Verschwindens des Sternekochs gestalten sich deshalb schwierig …

Ute Böttinger, geboren im schwäbischen Herrenberg, lebt mit einem waschechten Hohenloher in einem 130-Seelen-Dorf bei Öhringen. Die Journalistin und Autorin begann ihr Schreiben zunächst in der Lokalredaktion einer Tageszeitung, hat sich aber seit vielen Jahren freischaffend vor allem kulinarischen Themen zugewandt. Für namhafte Magazine war sie als Restauranttesterin unterwegs. Sie schätzt und liebt als »Reingeschmeckte« und leidenschaftliche Feinschmeckerin ihre Wahlheimat Hohenlohe, die als Genießerregion auch vom Land Baden-Württemberg ausgelobt wurde. Die vielen lukullischen Verführungen – Blootz oder Holunderblütensekt, Hohenloher Ziegenkäse oder schwäbisch-hällischer Landschweinschinken – hat sie in ihrem Debüt-Krimi spannend verpackt.

Bisherige Veröffentlichungen im Gmeiner-Verlag:
Hohenlohe – 66 Lieblingsplätze und 11 Köche (2013)

UTE BÖTTINGER

Friedrichsruhe

Ein kulinarischer Krimi

GMEINER SPANNUNG

Personen und Handlung sind frei erfunden.
Ähnlichkeiten mit lebenden oder toten Personen
sind rein zufällig und nicht beabsichtigt.

Besuchen Sie uns im Internet:
www.gmeiner-verlag.de

Im Ehnried 5, 88605 Meßkirch
Telefon 07575/2095-0
info@gmeiner-verlag.de

4. Auflage 2016

Lektorat: Claudia Senghaas, Kirchardt
Herstellung: Mirjam Hecht
Umschlaggestaltung: U.O.R.G. Lutz Eberle, Stuttgart
unter Verwendung eines Fotos von: © Visionsi – Fotolia.com
Druck: CPI books GmbH, Leck
Printed in Germany
ISBN 978-3-8392-1826-6

INHALT

»Haltet ein festliches Mahl und trinkt süßen Wein!«
(Nehemia 8,10)

TOMAHAWK-STEAK VOM FRÄNKISCH-HOHENLOHISCHEN LANDSCHWEIN

Typisch für das Tomahawk-Steak ist der frei geschabte Knochen.

Dazu kommen die kräftige Marmorierung und die dicke Speckauflage.

Gut zwei Wochen lang muss dieses Meisterstück im Trockenraum reifen.

Dann darf es sich Dry Aged Pork nennen.

Im Geschmack: kernig-nussig, was Feinschmecker natürlich zu schätzen wissen.

Nur das Fleisch alter Landrassen wie eben das Fränkisch-Hohenlohische Landschwein kann zum Dry Aged Pork werden. Eine artgerechte Haltung auf einer Schweineweide mit viel Auslauf und damit auch das entsprechende Futter machen dieses Qualitätsfleisch zu etwas Besonderem.

Das nicht viel braucht: Mit grobkörnigem Salz und Pfeffer kräftig gewürzt kommt das Tomahawk-Steak in die heiße Pfanne.

Auf der Schwarte stehend wird das gute Stück scharf angebraten, dann erst kommen die beiden Seiten dran.

Die Würze ganz nach Geschmack: Salbei, Thymian, Rosmarin, ein paar Zitronenzesten vielleicht.

Nach der Pfanne geht es zum Relaxen in den 80 Grad heißen Backofen.

15 Minuten lang.

Dann die Kostprobe für den Gourmet: eine feste Speckschicht, zartes Fleisch und ganz viel Saft.

PROLOG

Gregor Dimir traf um fünf Uhr früh in der Großanlage ein. Der Schlachthofvorarbeiter stempelte wie gewohnt und machte sich auf den Weg ins Kühlhaus. Bevor am späten Vormittag die ersten Fränkisch-Hohenlohischen Landschweine zum Schlachten angekarrt wurden, mussten am frühen Morgen die ›Schweine-Restbestände‹ aus dem Kühlhaus verarbeitet werden. Das war sein Job. Die mit blauem ›P‹-Stempel deklarierten Teile waren allesamt für die Zerkleinerungsanlage bestimmt. Neben den an Haken säuberlich akkurat aufgezogenen Hälften gab es auch eine große Wanne mit losen Fleischstücken und Innereien. Gregor Dimir kannte seine Aufgabe. Bis um sieben Uhr, also in gut zwei Stunden, hatte er Zeit, um das Fleisch am Haken und aus der Wanne durch den riesigen Hackwolf zu drehen. Um sieben Uhr kamen die Kollegen zum üblichen Arbeitsbeginn. Gregor Dimir bekam seine einsame Sonderschicht gut entlohnt. Ricarda Brenner hatte ihn vor rund einem Jahr auf diese ›Mehrarbeit‹ angesprochen. Die noch junge Erbin des Imperiums von Rüdiger Brenner wusste ihre väterlichen Fußstapfen gut zu gebrauchen. Brenner wäre stolz auf seine toughe Tochter, die resolut die Interessen des Familienbetriebes durchsetzte. Gregor Dimir war einer der wenigen Arbeiter, die noch von ihrem Vater eingestellt wurden. Er stand ihr auch zur Seite, als nach dem Tod Brenners alle anderen langsam, aber sicher dem Betrieb den Rücken kehrten. Der neue Besen, den Ricarda einsetzte, kam nicht gut an. Böse Zungen sagten ihr psychopathische Züge nach.

Die Fleischteile in der Wanne waren gut einige Tonnen schwer, und Gregor Dimir schaltete die Zerkleinerungsanlage an und machte sich an die Arbeit. Zügig und routiniert wuchtete er die Fleischstücke aus der Wanne aufs Fließband. Bei einem größeren Teil zögerte er kurz und dachte sich: Schon merkwürdig, so eine Schweineschulter, sieht fast aus wie der Körperteil eines Menschen …

Gregor Dimir schaltete kurz vor sieben Uhr den Hackwolf ab. Die große Wanne mit dem fein zerkleinerten Fleisch schob er ins Kühlhaus zurück. Gleich würden die Arbeiterinnen eintreffen, um das Hackfleisch zu portionieren und zu verpacken. Die komplette Charge war für einen großen Discounter bestimmt.

1. KAPITEL

KALTE VORSPEISE – HORS-D'OEUVRE FROID

Donnerstag, 16. Juni 2016

»Das glaube ich jetzt nicht. Das ist ja wohl das Allerletzte …!« Petra Scharminski holte tief Luft. Schnaubte trotzdem vor Wut. In gut zwei Stunden sollte laut Skript die Kamera abfahren. Spot an, Fokus auf die Bühne und auf Moderatorin plus Ehrengast. Petra Scharminski stand dennoch unerschütterlich fest mit ihren beiden langen Beinen auf den provisorischen Holzbrettern mitten auf dem Öhringer Marktplatz. Es war heiß und zudem schrecklich schwül an diesem frühen Donnerstagnachmittag. Ungewöhnlich für Mitte Juni. Die Fernsehmoderatorin schwitzte und strich sich wiederholt die inzwischen pappig-fettige Haarsträhne aus dem Gesicht. Und wartete. Wartete auf Olaf Ben Struck. Ihren Ehrengast heute auf der Bühne.

»Bullshit. Wo bleibt dieser Scheiß-Sternekoch?«

Abgemacht war sein Erscheinen zwei Stunden vor Beginn der Veranstaltung. Genug Zeit für die Maskenbildnerin in der provisorischen Garderobe, die im Blauen Saal des Öhringer Schlosses untergebracht war, und für die Korrekturen und Feineinstellungen beim Probelauf auf der Bühne. Ja, reichlich Zeit bis zur Liveübertragung. Erfahrungswerte, die bis jetzt immer geklappt hatten.

»Petra, Liebste, das wird nichts mehr«, rief Regieassistent Norman Renscher von links hinten. »Wir müssen die Reißleine ziehen.«

»Doppelt Bullshit.« Petra Scharminski wusste, was Reißleine ziehen heißt. Dreimal schwebte dieses Damoklesschwert während ihrer 20-jährigen Moderatorenlaufbahn über ihr. Dreimal Desaster.

Ein Aus für die Sendeanstalt, jetzt hier vor Ort anzusagen, war fast so etwas wie eine Vollstreckung. Nicht nur, dass der Programmdirektor Amok laufen würde. Für Scharminski wäre das nun die Garantie für den Abschiebemodus. Was hieße: die Zukunft auf einer Hinterbank im Sender zu verbringen. Schließlich war sie nicht mehr die Jüngste, und die jungen Kolleginnen im Background scharrten schon lange mit attraktiveren Hufen. »Ruf noch mal auf seinem Handy an und natürlich im Hotel.« Sie fauchte Renscher wütend an, wusste aber schon, dass das nichts bringen würde.

»Baby, das mach ich doch schon seit einer Stunde. Der Koch ist weder im Hotel zu erreichen, noch auf dem Handy, und im Krankenhaus bei seiner Frau ist er heute Vormittag auch nicht aufgetaucht.« Norman Renscher wählte wiederholt die Nummer auf dem Display. Fehlanzeige. Das Handy von Struck schien tot, kein Verweis auf die Mailbox. Kein Ton. Kein Mucks. Also dann eben noch einmal das Hotel.

»Hallo? Hier Norman Renscher vom Süddeutschen-West-Sender. Entschuldigen Sie, dass ich schon wieder anrufe, aber Herr Struck ist immer noch nicht da.«

Puh, schon wieder dieser nervtötende Fernsehfuzzi, Melissa Yarata, die am Empfang vom Hotel *Residenz am Jagdschloss* stand, schüttelte genervt den Kopf.

»Hallo, Herr Renscher und nein: Wir wissen auch nicht, wo unser Olaf Struck abgeblieben ist. Aber genau das habe ich Ihnen schon vor zehn Minuten gesagt.«

»Ja, ja, ja.« Renscher verdrehte die Augen und wiederholte hartnäckig seine Leier: »Frau Yarata, Sie haben doch gesehen, dass Struck heute Morgen das Hotel verlassen hat. Und er hat Ihnen glücklich und frohgelaunt noch zugerufen, dass er nach Öhringen fahren will, um zuerst seine Frau und seinen kleinen Sohn im Krankenhaus zu besuchen und dann seine Auszeichnung auf der SWF-Bühne entgegenzunehmen.«

»Genauso war das, aber auch das wissen Sie ja schon. Gewundert hat mich allerdings jetzt im Nachhinein, dass er schon so früh in der Küche zugange war.«

»Wieso ist das ungewöhnlich?«, hakte Renscher nach.

»Na, als Chef de Cuisine ist es nicht unbedingt sein Job, sich am frühen Morgen um das Frühstück für die Gäste zu sorgen. Dafür gibt es unseren Harald Mann. Er ist der Gardemanager, also für die Kalte Küche zuständig und damit auch für das Frühstücksbüfett. Und natürlich Yvonne, unsere angehende Pâtissière, die für Caroline Struck jetzt eingesprungen ist.«

»Patis… was?« Das war eindeutig nicht Renschers Welt. Am anderen Ende der Leitung verdrehte Melissa Yarata genervt die Augen. »Na, ein Patissier ist quasi der Bäcker in der Küche. Kuchen, Torten, Dessert, Gebäck, Süßspeisen, Eierspeisen – eben das ganze Programm.«

»Okay, okay. Ich geb ja zu, dass ich in solchen edlen Residenzen selten zu Gast bin, ist einfach nicht meins.«

»Muss ja auch nicht. Sollte sich das allerdings ändern, freuen wir uns, wenn wir Sie als unseren Gast begrüßen dürfen«, konterte Melissa Yarata gekonnt charmant. Das ging Renscher natürlich runter wie Öl. Vielleicht schaffte er es ja tatsächlich mal vom einfachen Hiwi zum richtigen Regisseur beim Sender. Lange genug war er schließlich schon dabei.

»Und Norman! Was ist jetzt Sache?« Renscher schreckte auf, als er die Stimme von Petra Scharminski hörte.

»Tja, nix Neues, nada, nothing. Wahrscheinlich hat er die Flatter gemacht, der Sternekoch, zu viele Sterne und Weib und Kind.«

»Hast du sie noch alle?« Scharminski überschlug es die Stimme. »Davon träumen Dutzende Köche hier in Deutschland. In so jungen Jahren so eine Karriere. Ein zweiter Kulinarik-Stern. Weißt du überhaupt, was das bedeutet?« Scharminskis Augen funkelten. Etwas, was Renscher allzu gut gefiel.

»Jetzt, wo du so leidenschaftlich loslegst, Liebes, kann ich es mir in etwa vorstellen.«

Inzwischen kratzte er sich nachdenklich am Kinn. Dass Olaf Struck am Vormittag gar nicht im Krankenhaus auftauchte, obwohl er dies noch im Hotel angekündigt hatte, war schon mehr als merkwürdig.

*

Das würde kein guter Tag werden. Das wusste Friedrich schon, als er den rechten Fuß müde und schwer aus dem Bett manövrierte. Wieder einmal hatten ihn diese schrecklichen Albträume gequält. Es war wie so oft in diesen unruhigen, schwarzen und bleischweren Nächten: Seine Frau stand plötzlich vor ihm und schaute ihn anklagend an. Dieser Blick ging ihm durch Mark, Bein und Blut. Minutenlang musste er sich in der Dunkelheit orientieren, um sich klar zu werden, dass das nicht die Realität war. Alexandra war tot. Schon seit fünf Jahren. Wohl aber in diesem ihrem Haus immer noch präsent. Und wieder einmal fragte er sich, wann er es wohl schaffen würde, dieser Vergangenheit den Rücken zu kehren. Okay, ich habe hier meinen Job und meine Freunde, fühle mich doch wohl in diesem provinziellen, aber schönen Hohenlohe, sinnierte er. Ein weites Land. Und für einen leidenschaftlichen Naturliebhaber wie ihn voller Abwechslung.

Streuobstwiesen, Weinberghänge, Steinhalden und Bachklingen. Die vielfältigen Wald- und Hügellandschaften. Die Feuchtwiesen und Heideflächen. Früh am Morgen einfach losgehen, per pedes, und sich von der Landschaft und den Begegnungen überraschen lassen. All das liebte er schließlich an diesem Landstrich im Nordosten von Süddeutschland. Das war sein tägliches Gebet, sein täglicher Trost. Und doch fühlte er sich immer mehr als Fremder, als ›Reingeschmeckter‹. Als Alexandra, die waschechte Hohenloherin an seiner Seite, starb, wurde es ihm an jedem darauffolgenden Tag mehr bewusst: Hier würde er nicht für den Rest seines Lebens bleiben. Schon länger machte er sich Gedanken darüber, ins Sauerland zurückzugehen. Die Brücken zu Iserlohn, wo er aufgewachsen war, waren nie abgebrochen. Ebenso wenig zu Bochum, seiner geliebten Ruhrpottstadt. Dort hatte er seine Laufbahn als Polizist begonnen.

Hallo? Er war doch nicht Karl Friedrich Freiherr von Bühl, wenn er diese melancholischen Gedanken nicht einfach zerstreuen konnte. Genau. Das gelang ihm doch schon seit Jahren. Aber jetzt mit 55 kann man sich doch schon fragen, wie das weitergehen soll mit dem Leben. Wieder diese innere durchdringende Stimme.

Den Antrag auf einen vorzeitigen Ruhestand hatte er schon zigmal im Kopf entworfen. Die konkreten Pläne, was er dann machen wollte, waren längst schon in der Schublade.

*

»Hallo, Chef, sind Sie überhaupt da?« Marie-Lena Dambach kam hereingeschneit wie der kalte Winter. Mitten im Juni. Gut so. Das brachte Friedrich schließlich wieder klare Gedanken auf der Dienststelle in Öhringen, wo er nach seinen Albträumen und drei doppelten Espressi heute Morgen gelandet war.

»Was ist denn los, Kollegin?«

»Na ja, Chef. Los weiß ich noch nicht. Aber wir haben einen ziemlich aufreibenden Anruf bekommen.«

»Was ist denn das für eine Ansage: ein aufreibender Anruf.«

Der Alte ist auf Stänkerkurs, stellte Marie-Lena Dambach mal wieder fest. Sie war zwar der Frischling auf dem Polizeiposten in Öhringen, aber clever genug, um die Befindlichkeiten ihrer Kollegen zu checken. Solche von Vorgesetzten wie diesem Kriminalhauptkommissar Karl Friedrich von Bühl allemal. Schließlich war im Studium an der Hochschule für Polizei in Villingen-Schwenningen die Vertiefung der Rechtspsychologie und da vor allem Täterprofile ihr Lieblingsstudienfach. Da wäre es doch gelacht, wenn sie nicht auch die Profile ihrer Kollegen entschlüsseln könnte. Auch wenn diese ›Psychonummer‹, wie diese unkten, nicht immer gut ankam. Was allerdings an der 29-jährigen Kriminalkommissarin abprallte wie der Ball an der Wand.

»Ich meinte, die Frau war so aufgeregt am Telefon, und das ganze Gespräch war völlig aufreibend.«

»Na dann schießen Sie mal los, Kollegin Dambach.« Friedrich schaute sie erwartungsvoll an und lehnte sich, so gut es ging, in seinem Bürostuhl zurück.

»Caroline Struck vermisst ihren Mann«, begann Marie-Lena zu berichten.

Friedrich konnte sich ein Grinsen nicht verkneifen. »Das soll vorkommen«, sagte er trocken.

»Gott *nee,* Chef, nicht das, was Sie denken. Übliche Vermisstenmeldung nach einem Ehestreit oder so. Der ist garantiert nicht stiften gegangen.«

»Also gut, Kollegin, ich bin ganz Ohr«, meinte Friedrich und grinste weiter.

»Caroline Struck ist die Ehefrau dieses tollen Sternekochs vom Nobelhotel in Heiligenwald, Hotel *Residenz am Jagdschloss,* und die sagt, ihrem Mann sei etwas Schreckliches zugestoßen.« Dambachs Stimme überschlug sich fast.

»Und wie kommt sie darauf?«, hakte Friedrich immer noch ganz gelassen nach.

Von Bühl kannte freilich sowohl das Luxushotel *Residenz am Jagdschloss* als auch den Sternekoch Olaf Struck sehr gut. War er doch schließlich mindestens einmal im Monat zum Speisen dort. In der Regel mit seinen beiden Freunden Bodo Waldheim und Enrico Cavetti. Erst letzte Woche wieder. Da war Struck schon ganz aufgeregt, weil er im vergangenen Herbst seinen zweiten Kulinarik-Stern einheimste und diese Auszeichnung nun während der Landesgartenschau hochoffiziell in Empfang nehmen sollte. Mit großem Bahnhof natürlich. Für Öhringen bedeutete das: Die gesamte Hohenloher Prominenz war geladen, um diesen Erfolg zu feiern. Schließlich war Struck mit seiner Gourmetküche im Jagdschloss in Heiligenwald bei Zweiflingen, nur wenige Kilometer von Öhringen entfernt, ein Aushängeschild für die ganze Region.

Und Hohenlohe konnte mit bedeutenden Persönlichkeiten nur so punkten. Vor allem Unternehmerpersönlichkeiten. Der Landstrich im Nordosten von Baden-Württemberg wies schließlich im Durchschnitt die meisten Weltmarktführer in ganz Deutschland auf. Multinationale Konzerne wie die Unternehmen für Montage- und Befestigungsmaterial, Hersteller von Ventilatoren, Spezialisten für Verpackungstechnik …

»Hallo, Chef, hören Sie mir überhaupt zu?«

Friedrich schreckte auf. »Sollte der Struck nicht heute am späten Nachmittag auf der SWF-Bühne ausgezeichnet werden?«

»Ja genau, das ist es doch.« Marie-Lena schob sich einen Stuhl an von Bühls Schreibtisch und setzte sich neben ihn. Ihre bernsteinfarbenen Augen funkelten. »Caroline Struck wartet seit heute Vormittag auf ihren Mann. Er wollte zunächst wohl zu ihr ins Krankenhaus kommen, um dann gemeinsam mit dem Chefarzt zu entscheiden, ob sie und Söhnchen David entlassen werden können, um eben zusammen am großen Event heute Abend teilzunehmen.« Marie-Lena hatte sich inzwischen in Rage geredet. »Die Struck wartete über 'ne Stunde, bis sie versucht hat, ihn anzurufen«, holte Marie-Lena Luft.

»Und dann? Lassen Sie hören, Kollegin.« Friedrich war jetzt hellwach.

»Sein Handy war ausgeschaltet, und im Hotel wusste wohl auch keiner, wo er ist«, berichtete Marie-Lena Dambach weiter.

Jetzt rückte sich Kriminalhauptkommissar von Bühl kerzengerade auf seinem Stuhl zurecht und sah seiner Kollegin fest in die Augen. »Und wieso meint die Struck, dass ihrem Mann etwas Schreckliches zugestoßen wäre?«

»Das hat sie nicht weiter ausgeführt. Konnte sie auch gar nicht. Die war ja dann nur noch am Heulen am Telefon.«

»Also, Dambach, dann machen wir beide uns mal auf die Socken und fahren ins Krankenhaus.«

»Aber natürlich, Chef. Ich schau mal, welchen Wagen wir nehmen können, und fahr dann das Gefährt vor, damit der edle gnädige Herr einen kurzen Fußweg hat«, flötete sie und zog leicht spöttisch die Mundwinkel nach oben.

Als waschechte Hohenloherin hatte sie ein ambivalentes Verhältnis zu Blaublütern.

*

Himmel, was hatte man ihm mit diesem Kommissarfrischling da angetan. So eine freche Göre an seine Seite zu setzen. Gut drei Monate war sie jetzt auf dem Kriminalkommissariat Öhringen, dem KKÖhr. Gut, das war noch keine Zeit, um warm zu werden. Aber würde er auf Facebook posten, wäre der Beziehungsstatus: schwierig.

Wie das wohl weitergehen soll mit uns beiden, dachte Friedrich.

Dazu noch auf seine alten Tage. Stopp: mittelalt natürlich. Mit Mitte 50 war er ja schließlich noch ganz gut im Rennen des Lebens. Meistens. Waren sie im Dreiergespann unterwegs – Bodo, Enrico und er – wurde vor allem mit dem jungen weiblichen Geschlecht geschäkert. Wir Männer müssen uns doch beweisen, war das Motto. Das bisschen Spaß durfte ja auch sein. Aber tiefe, ernsthafte, so richtig auf den Grund gehende Gespräche mit einem weiblichen Gegenüber vermisste er schon. Seit Jahren. Eigentlich schon lange, sehr lange Zeit vor Alexandras Tod. Während ihrer Krankheit gab es nur noch ganz wenige dieser Momente, wo sie sich nah waren, geschweige denn über Gott und die Welt reden konnten. Wieder spürte Friedrich diese Beklemmung, die sich wie eine eiserne Faust um sein Herz schloss und ihm das Atmen schwer machte.

Vielleicht würde das alles aufhören, wenn er tatsächlich die Brücken hier in Hohenlohe abbrechen würde. Seine gemeinsame und so schwere Vergangenheit mit Alexandra damit wirklich abschließen konnte. Er sehnte sich nach einer Partnerin, die auf seiner Wellenlänge lag. Dieselben Töne anschlug. Die Saiten in ihm zum Klingen brachte. Eine Frau mit Charakter, mit Stil, mit Selbstsicherheit ganz ohne Maskerade. Mit Wärme und einem offenen Herzen. Mit Lebenserfahrung und Bildung. Mit …

Er seufzte schwer.

Vielleicht hatte er eine viel zu hohe Erwartungshaltung? Friedrich musterte Marie-Lena Dambach von der Seite. Sie fuhren vom Revier in der Karlsvorstadt auf die Schillerstraße. Jetzt um die Mittagszeit war wenig los auf den Straßen in der Stadt. Nur an der Ampel am Überweg vom Bahnhof zur Stadtmitte herrschte Hochbetrieb. Ganze Truppen von Fußgängern waren hier unterwegs. Die Landesgartenschau zog schon seit der Eröffnung, dem 22. April, tagtäglich Tausende von Besuchern an. Dreh- und Angelpunkt war der Öhringer Bahnhof. Bahn und S-Bahn spuckten hier im Minutentakt ihre Fahrgäste aus, und am Busbahnhof kamen die Reisegruppen an. Kaum zu glauben, dass Öhringen diese große Zahl an Besuchern überhaupt stemmen konnte. Und das sollte wohl bis 9. Oktober auch nicht abreißen.

»Jetzt laufen die doch tatsächlich bei Rot über die Straße, haben Sie das gesehen? Nicht mal unser blau-weißes Gefährt mit Horn auf dem Dach schreckt die ab!« Die frischgebackene Kriminalkommissarin schnaubte und legte ihre Stirn dabei in Falten.

»Liebe Kollegin, das macht Sie um Jahre älter, wenn Sie sich aufregen«, meinte Friedrich gelassen.

Optisch alt, dachte er, *ein Küken ist sie dennoch*. Und das war es ja auch, was ihn wurmte. Wie konnte man ihm, Karl Friedrich Freiherr von Bühl, Kriminalhauptkommissar und Dienststellenleiter in Öhringen, diesen Frischling, dazu noch weiblich, an die Brust heften. Da hatte ihm Polizeichef Manfred Deininger in Heilbronn wahrlich einen Bärendienst erwiesen. Seit dem Frühjahr musste er sich nun schon mit Marie-Lena Dambach herumschlagen. Abfinden. Nein, quälen. Dieser Jungspund wusste einfach immer alles besser. Ein frischer Zwerg von der Hochschule, der ständig mit den Hufen scharrte und meinte, sich damit Sporen zu verdienen. Immer vorne mit dabei mit dem Mundwerk. Immer reden, ohne vorher nachzudenken. Also Kommentare ohne Ende. Und immer wie aus der Pistole geschossen.

Hallo, Friedrich! Warst du nicht einfach auch so in deinen jungen Polizistenjahren? Ungestüm, geraderaus, aus dem Bauch halt. Okay. Von Bühl gefiel diese innere Stimme zwar nicht immer, aber dieses Mal musste er ihr recht geben. Ja. Genauso wie diese eingefleischte Hohenloherin Dambach war er auch einmal. Damals im Ruhrpott, in Bochum. In seinen Anfangsjahren bei der Kripo.

»Chef, wir sind da!« Marie-Lena Dambach manövrierte das Dienstfahrzeug rückwärts in einen der Kurzzeitparkplätze vor dem Krankenhaus.

»Liebe Kollegin, das ist ein Storchenparkplatz, haben Sie das nicht gesehen? Und wir beide sind schließlich keine werdenden Eltern«, grinste Friedrich.

Marie-Lena lachte frech zurück und sagte: »So gefallen Sie mir schon viel besser, wenn Sie Ihr hübsches Kinngrübchen zeigen. Dazu noch die blauen Augen und Ihre blonde Haarpracht: wie Robert Redford.« Sie zwinkerte ihm zu.

»Den Sie ja ganz bestimmt nicht mehr kennen mit ihren jungen Lenzen. Der Knabe ist schließlich auch weit über meiner Generation«, flachste Friedrich und schwang sich aus dem Dienstauto.

Lässig stieg auch Marie-Lena aus dem Wagen, zupfte kess ihren Braunschopf zurecht und blickte ihm tief in die Augen, als er neben ihr stand. »Mit dem bin ich quasi aufgewachsen. Es gab keinen Film von ihm, den meine Mutter nicht gesehen hatte. Und das mehrmals. *Pferdeflüsterer. Jenseits von Afrika. Der große Gatsby*. Mami war quasi immerwährend in love mit diesem superschönen Schauspieler. Schrecklich.«

*

Auf den drei Bänken vor dem Krankenhauseingang saßen Raucher in Bademänteln oder schlabbrigen Trainingshosen und ausgebleichten Sweatshirts. Zwei hatten sogar fahrbare Infusionsständer an ihrer Seite stehen.

»Unglaublich, aber wahr«, schüttelte Marie-Lena angeekelt den Kopf. Ihr Verständnis für diese Krankenhauspatienten, die sich hier draußen förmlich das Gift in den Körper saugten, war gleich null. Sucht gab es für die Polizistin nur eine: Sport. Den betrieb sie fast schon exzessiv. Im Fitnessstudio, auf dem Mountainbike runter ins Kochertal und dann weiter an die Jagst oder beim Speed Hiking in den Waldenburger Bergen.

»Haben Sie mal geraucht, Chef?«

Friedrich atmete tief ein und stieß die Luft durch die Zähne. »Fast 20 Jahre lang, Kollegin. Aufgehört habe ich, da war ich bei täglich zwei Schachteln Gauloises und 38 Jahre alt und kriegte wohl die Midlife-Crisis. Das hat mich vom süchtigen Leben befreit.«

»Respekt! Das war ja wohl 'ne hohe Dosis von dem widerlichen Dreckszeug. Sieht man Ihnen aber heute wirklich nicht mehr an«, bemerkte sie, und in ihrer Stimme schwang so etwas wie Bewunderung mit.

»Nun, ich habe ja auch, als ich mit dem Rauchen aufhörte, mit dem Laufen angefangen.«

»Richtig«, erinnerte sich Marie-Lena, »Sie sind doch auch schon Marathon gelaufen, hab ich auf dem Revier gehört.«

»Genau. Mein erster 42-Kilometer-Lauf war in Niedernhall, beim ebm-papst Marathon. Da sind wir als Gruppe für den Polizeisportverein angetreten.«

Auch schon wieder einige Jahre her, dachte Friedrich, und schlagartig wurde es ihm wieder einmal bewusst, dass er heuer direkten Kurs auf die 60 nahm. Da war sie wieder, die Wehmut. Von der er heute schon genug hatte.

»Wollen Sie vielleicht zunächst alleine ins Zimmer von Caroline Struck schneien?« Friedrich wartete die Antwort seiner Kollegin nicht ab, sondern nahm zielstrebig Kurs auf die Dame an der Krankenhausrezeption. »Karl Friedrich von Bühl und meine Kollegin Marie-Lena Dambach. Wir kommen vom Kriminalkommissariat Öhringen und wollen zu Frau Caroline Struck. Können Sie uns sagen, in welchem Zimmer wir sie finden?«

Kurz angebunden und Klartext redend. Das war genau und treffend Friedrichs Art. Da kamen wohl die norddeutschen blaublütigen Vorfahren bei ihm durch.

»Caroline Struck, da haben wir sie ja schon«, sagte die Krankenhausmitarbeiterin, während sie noch auf der Tastatur tippte. »Das ist die Wochenstation, Abteilung Gynäkologie und Geburtshilfe. Das Einzelzimmer 304. Soll ich Sie bei Frau Struck anmelden? Das ist ein Service bei Wahlleistungen«, erklärte sie.

»Ja bitte!«, sagte Marie-Lena, die sich jetzt neben Friedrich über die Theke lehnte. Der schaute sie fragend an. »Okay, sie weiß, dass wir kommen. Aber vielleicht hat sie ja gerade den Kleinen an der Brust«, erklärte sie.

Das wiederum beantwortete auch die Frage, die Friedrich an sein weibliches Ermittlergegenstück gestellt hatte. Daran hatte er ja wohl zuerst gedacht. Wohl wissend, dass die Geburtshilfe des Öhringer Krankenhauses weit über die Grenzen von Hohenlohe hinaus vor allem dadurch bekannt und beliebt war, dass Mutter und Kind – und im gebuchten Familienzimmer auch der Vater – rund um die Uhr zusammen sein konnten. Auf Wunsch sogar in einem Bett. Absolute Ruhe und Intimität für frischgebackene Eltern und ihren Nachwuchs waren hier quasi Programm und hatten höchste Priorität. Zudem punktete die Geburtshilfeabteilung mit einem gut eingespielten Team von Ärzten, Hebammen und Krankenpflegepersonal. Viele werdende Eltern, vor allem auch aus dem Raum Heilbronn, entschieden sich deshalb für die Entbindung in Hohenlohe. Ein Aushängeschild für das Öhringer Krankenhaus also.

»Frau Struck erwartet Sie schon«, sagte die Krankenhausmitarbeiterin und legte den Hörer auf die Gabel.

»Na dann mal los. Nehmen wir die Treppe, werte Kollegin. Dann haben Sie heut schon mal den sportlichen Einstieg.«

»Ich war heute früh schon 'ne Stunde im Fitness bei Rolfi«, konterte Marie-Lena.

»Rolfi?« Friedrich zwinkerte ihr eindeutig zu. Marie-Lena zwinkerte zweideutig zurück: »Tja, Chef, der Rolfi ist der Hammer!« Dabei verdrehte sie verträumt die Augen.

»Heißt allerdings genau: Rolfs Fitnessstudio, Firmenname ›RolFit‹ in Langensall. Da bin ich schon seit meiner

Rückkehr aus Villingen-Schwenningen fast täglich. Eine umgebaute Scheune mit tollem Ambiente. Nicht so klinisch rein wie viele andere Studios. Und der Service, also die Betreuung ist wirklich nicht von schlechten Eltern.«

Kurz musterte Friedrich sie unauffällig von der Seite. *Ihre Figur ist auch nicht von schlechten Eltern*, dachte er anerkennend.

Im dritten Stock des Krankenhauses angekommen, mussten sie sich orientieren. Auf dem Flur ging ein junges Paar auf und ab. Die blasse Frau hatte Schweiß auf der Stirn und strich sich immer wieder abwechselnd mit der Hand eine Haarsträhne aus dem Gesicht und über ihren prall gewölbten Bauch. Ihr Gesicht war schmerzverzerrt, und in kurzen Abständen stöhnte sie laut und gequält auf. Der Mann an ihrer Seite wirkte ziemlich hilflos, sprach leise auf sie ein und strich ihr liebevoll mit der Hand über den unteren Teil des Rückens. Am Ende des Gangs war eine große weiße Tür mit der Aufschrift ›Kreißsaal‹ und einem unmissverständlichen ›Bitte läuten und nur Eintreten nach Aufforderung‹. Eine Hebamme kam aus der Tür und stützte die Hochschwangere. »Dann kommen Sie mal, wir haben im Kreißsaal schon alles für die Wassergeburt vorbereitet.« Während der angehende Vater etwas hilflos schaute, leuchtete dagegen das Gesicht der werdenden Mutter.

»Das ist noch keine Option für mich«, meinte Marie-Lena und legte ihre Stirn in Falten.

»Wie. Was. Keine Option?« Friedrich kratzte sich verlegen am Hinterkopf.

»Mann, Kind und Heim«, gab sie kurz angebunden zurück. Der Anblick dieses jungen Familienglücks war ein Stachel in ihrem Fleisch. Familie gründen! Damit lag ihr Micha, schon seit sie von der Polizeihochschule zurück war, in den Ohren. Noch studierte ihre Jugendliebe an der Musikhochschule in Mannheim. Die Begabung war Micha Mugler quasi in die Wiege gelegt. Er war der Sohn des bekannten Hohenloher Musikers Manfred Mugler. Gründer und Leadsänger der Hohenloher Mundartband ›Sunnâschei‹ aus Forchtenberg. Die Familie Mugler hatte einen kleinen feinen Weinbaubetrieb, eine Weinstube mit der hervorragenden Küche von Gisela Mugler und eine schicke Pension für die Touristen, welche gerade auch zur Landesgartenschau die Region Hohenlohe entdeckten. Tja, und Micha malte sich die gemeinsame Zukunft geradezu rosarot aus. »Ich kann mich ums Baby kümmern, während du die Verbrecher jagst«, war sein Credo. Marie-Lena schüttelte unbewusst den Kopf. Meins aber nicht, sollte das wohl heißen.

*

»Ja bitte.« Vorsichtig drückte Marie-Lena den Türknauf nach unten, nachdem sie höflich angeklopft hatte. Mitten im großen, hellen, freundlichen und mit stimmungsvollen Bildern an der Wand dekorierten Zimmer saß Caroline Struck aufrecht in ihrem Bett. Neben ihr ein fahrbares Babybettchen. Eingewickelt in eine bunte Decke und mit einem kleinen süßen Teddybären auf der Brust schlief der Nachwuchs von Caroline und Olaf Struck sichtlich tief und selig.

»Ist es in Ordnung, wenn wir uns hier mit Ihnen unterhalten?« Marie-Lena flüsterte fast schon ehrfürchtig und schaute dabei den kleinen Wonneproppen an.

»Natürlich. David habe ich gerade gestillt. Er ist also satt und glücklich. Fast so wie ich«, sagte Caroline Struck mit brüchiger Stimme und blickte dabei ihren kleinen Sohn an.

»Sie haben uns heute Mittag angerufen und erklärt, dass Sie Ihren Mann vermissen.« Marie-Lena trat näher an das Bett.

»Ja«, antwortete Caroline Struck. »Aber bitte setzen Sie sich doch«, deutete sie auf die Stühle gegenüber im Zimmer.

»Er wollte wie auch in den letzten Tagen um kurz nach zehn Uhr hier sein.« Caroline Struck war den Tränen nahe. »Wir haben dann immer zusammen den kleinen Strolch hier gebadet.« Jetzt liefen ihr die Tränen über die Wangen. »Ben, ich meine Olaf – ich nenne ihn als Einzige bei seinem Zweitnamen«, sagte sie fast entschuldigend, »also Ben wollte ja ein Familienzimmer für die Zeit hier nach der Geburt von David haben.«

»Familienzimmer?«, hakte Marie-Lena nach.

»Da wären wir alle drei als Paket rundum versorgt gewesen. Auch eine Wahlleistung hier im Krankenhaus«, erklärte Caroline Struck.

Friedrich zog sich instinktiv zurück. Das war wohl jetzt das Terrain der Kollegin. Während sich Marie-Lena einen der Stühle genommen und sich damit neben das Bett von Caroline Struck gesetzt hatte, stützte er seine Hände auf den Fenstersims und schaute in den Himmel mit den dunklen Quellwolken. *Da braut sich ganz schön was zusammen,* dachte er.

»Ein Familienzimmer wollte ich aber nicht. Bis Heiligenwald und ins Jagdschloss sind es ja nur ein paar Kilometer. Und ich dachte, wenn Ben seinen Job ohne Unterbrechung macht, können wir dann im September einen längeren Urlaub mit dem Kleinen einplanen.«

Jetzt war der Damm bei Caroline Struck gebrochen. Sie schlug die Hände vors Gesicht und weinte herzzerreißend.

»Wissen Sie, mein Mann ist wirklich zuverlässig. Wenn er sagt, er kommt zu der und der Zeit, ist er auch da. Oder er ruft an und entschuldigt sich, wenn etwas dazwischenkommt«, schniefte Caroline Struck, nahm ein Papiertuch vom Nachttisch und schnäuzte sich die Nase.

»So ist er, seit wir uns kennen.«

Sie schaute jetzt Marie-Lena Dambach fest in die Augen.

»Da ist noch etwas, was mir große Sorgen macht. Dass vielleicht etwas Schreckliches passiert sein könnte.«

»Erzählen Sie«, ermutigte Marie-Lena die junge Frau vor ihr, die in etwa so alt war wie sie selbst. Jetzt kam auch Friedrich an das Bett und hörte aufmerksam zu.

»Seit Wochen war da eine Sache, die ihn wohl beschäftigte. Er war oft mit den Gedanken weit weg, obwohl er sich ganz rührend um mich kümmerte während der Schwangerschaft. Wenn ich ihn darauf angesprochen habe, winkte er nur ab. Caro, meinte er dann, Liebes, glaub mir, es hat nichts mit uns zu tun. Ich fürchte, ich bin da hinter eine richtige Schweinerei gekommen. Aber um etwas zu beweisen, brauche ich noch ein paar Informationen. Und wenn ich die habe, dann könnten hier im beschaulichen Hohenlohe bald ein paar Köpfe rollen.«

Jetzt fiepte das Baby in seinem Bettchen und bewegte die kleinen Ärmchen. Caroline Struck wandte ihrem Sohn sofort ihre volle Aufmerksamkeit zu.

»Wissen Sie, ich habe mir dann aber keine weiteren Gedanken dazu gemacht. Vielleicht hab ich die Aussage von Ben auch irgendwie überhört. Ich war so mit meiner Schwangerschaft beschäftigt, dass ich vieles ausgeblendet habe.«

Jetzt schrie der kleine Wonneproppen aus Leibeskräften, und Caroline Struck hob ihn aus seinem Bettchen und legte ihn bäuchlings auf ihre Brust. »Das ist nur das Bäuchlein, das legt sich gleich«, sagte sie leise. Sie sah nun sehr erschöpft aus.

»Bitte finden Sie meinen Mann. Ich habe plötzlich schreckliche Angst um ihn«, flehte sie die beiden Beamten an und drehte ihren Kopf müde zur Seite. Den Kleinen hatte sie in ihre Armbeuge gekuschelt und liebevoll umschlungen. Er war wieder eingeschlafen.

2. KAPITEL

SUPPE – POTAGE

Woher zum Teufel kommen diese höllischen Schmerzen? Olaf Ben Struck versuchte, sich zu bewegen. Keine Chance. Kein Stück. Nicht einmal die Finger konnte er krümmen.

Es fühlt sich an, als wenn ich in Beton gegossen wäre, schoss es ihm durch den Kopf.

Im Zeitlupentempo begann er seine Augenlider zu öffnen. Er war sich sicher, es geschafft zu haben. Aber es blieb schwarz. Noch mal. Jetzt war er sich sicher zu blinzeln. Ja. Die Schwärze wich langsam und machte einem schemenhaften Grau Platz. Es war kalt, und das, was er wie durch einen Schleier erkennen konnte, ließ ihm sein Blut in den Adern gefrieren.

Nein. Das kann nicht wahr sein. Wie komme ich nur hierher, versuchte er sich zu erinnern.

Caro! Der Kleine … Erschöpft schloss er wieder die Augen. Alles war weit weg. Seine Erinnerung tropfte zäh und klebrig wie Honig ins Gehirn.

Weit, weit weg meinte er das Geräusch einer Säge wahrzunehmen. Schrill und durchdringend. Iiiiiiium, iiiiiium, iiiiiium. Vielleicht war es auch etwas anderes. Zweifellos aber eine Maschine.

Was ihm plötzlich völlig egal war. Die Schmerzen nahmen ihn mit in eine erlösende Ohnmacht.

*

Schweigend gingen Marie-Lena Dambach und Karl Friedrich von Bühl zurück zum Auto. Jeder hing seinen Gedanken nach, und beide hatten eine sorgenvolle Miene. Die Schwüle hatte zugenommen, und am Himmel schoben sich immer mehr dunkle Quellwolken zusammen.

»Na, das kann ja heute noch heiter werden«, schnatterte Marie-Lena los. »War ja auch angekündigt: heftige Gewitter am Abend und in der Nacht. Bevor es kracht, will ich aber zu Hause sein. Dann kann ich mich wenigstens auf dem Sofa einkrümeln und Tee schlürfen.«

»Bei der Hitze Tee trinken, werte Kollegin, das wäre nun wirklich nicht meine Leidenschaft.«

Friedrich schüttelte den Kopf.

»Dass Sie lieber einem Glas Wein zusprechen, hab ich auch schon mitgekriegt.«

»Manchmal auch zwei!« Kulinarische Genüsse, dazu noch besten Wein: Da konnte Friedrich kaum Nein sagen. Hohenlohe war ja diesbezüglich auch ein richtiges Schlaraffenland für Feinschmecker wie ihn.

Sterneköche gab es hier in der Region, neben Olaf Ben Struck, noch ein paar weitere. Ein weites Genießerland, dieses Hohenlohe. Von Bad Mergentheim im Nordwesten bis rüber nach Rothenburg an der Tauber im Nordosten, runter nach Crailsheim in den östlichen Süden über Vellberg und Schwäbisch Hall bis wieder nach Südwesten und damit Bretzfeld, das als Tor vom Heilbronner Land nach Hohenlohe gilt. In den Jahren, die er schon hier lebte, war er in so ziemlich allen guten Küchen gewesen. Dazu kamen die vielen Hohenloher Direktvermarkter. Da gab es alles, was einem Gourmet wie ihm das Wasser im Mund zusammenlaufen ließ. Fleisch- und Wurstprodukte vom Fränkisch-Hohenlohischen Landschwein oder dem Hohenloher Angusrind, Geflügel wie der Landgockel, Schafskäse, Quittenschaumwein …

»Von was träumen Sie eigentlich nachts?«

Ob er sich jemals an diesen frechen Unterton gewöhnen konnte?

»Wenn Sie mich noch weiter provozieren, dann bestimmt von Ihnen heute Nacht. Und womöglich würde ich dann zu einem Täter werden.«

»Ich muss noch was in der BAG holen«, tat Marie-Lena ganz so, als ob sie die Antwort ihres Chefs überhört hätte. Sie bog von der Hindenburgstraße nach rechts zum Parkplatz des Raiffeisenmarktes ab. »Ich komm mit hinein, vielleicht fällt mir ja auch noch was ins Auge, was ich gebrauchen könnte«, meinte Friedrich schon wieder ganz versöhnlich und gut gelaunt.

Was wahrscheinlich auch mit der Aussicht zusammenhing, ein bisschen durch den BAG-Markt zu schlendern. Das nämlich tat er immer wieder gerne. Hier gab es nicht nur so ziemlich alles für Garten und Balkon, der gut sortierte Raiffeisenmarkt hatte auch eine große Getränke- und Spirituosenabteilung sowie eine Vielzahl von regionalen Nahrungsmitteln.

»Sie wollen sich doch sicher in der Hohenloher Schmankerl-Ecke rumdrücken«, flötete es da an seiner Seite.

Noch nicht lange da, aber kennen tut sie mich ja schon ziemlich gut, dieser kleine Frischling, dachte Friedrich und bestätigte: »Genau das mach ich, und wofür wollen Sie Ihr Geld loswerden?«

»Brauch noch ein paar Balkonpflänzchen, bin schon fast zu spät dran jetzt Mitte Juni«, erklärte sie, packte sich einen Wagen und entschwand in den Außenbereich zu den Pflanzen.

»Hallo, Herr von Bühl, kann ich Ihnen helfen«, meldete sich eine freundliche Stimme neben ihm, als er gerade seine Brille zurechtrückte, um die Aufschrift auf dem Senfglas zu lesen. »Guten Tag, Herr Müller«, grüßte Friedrich genauso freundlich zurück.

Auch das machte den BAG-Markt Öhringen aus: nicht nur das große Sortiment, vielmehr auch die immer freundlichen und kompetenten Mitarbeiter. Genau aus diesem Grund verweigerte er sich fast ausschließlich, wenn es um Bestellungen im Internet ging. Schließlich galt für ihn der Grundsatz: Den Handel vor Ort zu stärken, welcher ja vor allem mit Service und Beratung punktete. »Haben Sie die Produkte der Senfmanufaktur hier neu im Markt?«

»Ja, erst seit letzter Woche. Es ist ein kleiner, aber schon mehrfach ausgezeichneter Betrieb. Alle Senfsorten sind handwerklich hergestellt. Die Senfsaaten sind natürlich frisch vermahlen, und die Zusatzstoffe im Senf, wie beispielsweise der Pfeffer, kommen aus ausgewählten bäuerlichen Betrieben. Alles freilich ganz auf Naturbasis, also ohne Farb- und Konservierungsstoffe und Geschmacksverstärker«, erklärte der BAG-Mitarbeiter.

»Gut, dann teste ich mal den Feigensenf und den Orangensenf mit Pfeffer und berichte Ihnen beim nächsten Einkauf, ob der Feigensenf oder der Orangensenf besser zu meinem Lieblingskäse aus Geifertshofen harmoniert.« Damit packte sich Friedrich gleich die beiden Gläser in den Einkaufswagen.

Aus den Augenwinkeln sah er Marie-Lena Dambachs braunen Lockenkopf inmitten eines blühenden Meeres von Balkonblumen auftauchen. Schwungvoll platzierte sie den voll bepackten Wagen an der Kasse und stapelte Geranie, Fleißiges Lieschen, Begonie und Fuchsie aufs Band.

»Na denn, Kollegin, das wird wohl heute Abend nichts mit Couch, Füße hochlegen und dem Tässchen Tee?« Jetzt war Friedrich mal an der Reihe, um die Mundwinkel leicht spöttisch hochzuziehen.

»Klar, Chef, das wird. Morgen kommt Mami und beackert meine neue Wohnung plus Balkon. Heißt: Ich kann heut wie geplant gemütlich abhängen.«

Sie fuhren auf der Friedrichsruher Straße zurück zum Revier. An der Kreuzung Karlsvorstadt fuhr Marie-Lena aber nicht nach rechts ab, sondern weiter auf die Hunnenstraße und bog dann nach rechts in die Poststraße ab. Auf Höhe der Kirchbrunnengasse hielt sie an und öffnete schwungvoll den Kofferraum des VW Passat.

Friedrich rückte seine Sonnenbrille zurecht und ließ sich mindestens zehn Zentimeter tiefer in den Beifahrersitz sinken.

»Ist das jetzt 'ne Ordnungswidrigkeit oder ein schweres Vergehen?«, murrte Marie-Lena, als sie den strafenden Blick ihres Vorgesetzten sah.

»Na ja, Kollegin, sauber ist das jedenfalls nicht. Ein hochoffizielles Polizeiauto in der Poststraße, das für jedermann und natürlich jedefrau ersichtlich Blumen im Kofferraum transportiert ...«

»Oh Mann, ist ja schon alles weg«, schnaubte Marie-Lena und hievte die letzten Geranien aus dem Wagen in den Hauseingang des kleinen schmucken Fachwerkhäuschens in der Kirchbrunnengasse.

»Apropos hochoffiziell: Drüben am Marktplatz wird sich wohl bald die Prominenz zum Programmpunkt Sterne-Ehrung vom Struck einfinden. Wollen wir da jetzt gleich rüber? Oder was, Chef?«

»Wir beide werden jetzt aufs Revier fahren, die Lage checken und dann schauen, was Sache ist.«

»Auch gut. Dann hol ich uns jetzt schnell bei Offenheimer drüben ein paar süße Stücklich«, sagte Marie-Lena und deutete auf die Bäckerei keine zehn Meter entfernt.

»Ein paar was?«

»Süße Teilchen, die wir nachher auf dem Revier zum Kaffee vernaschen können. Auf Hohenlohisch sind das Stücklich, lieber Chef!«

*

Auf dem Öhringer Polizeirevier war es an diesem Donnerstagnachmittag erstaunlich ruhig. Vier Streifen waren draußen unterwegs, und mit zwölf diensthabenden Beamten im Haus selbst war das Revier eigentlich gut besetzt. Vielleicht lag es ja an der drückenden Schwüle, dass es keine Besucher gab.

»Heute seid ihr ja mal ganz unter euch«, feixte Marie-Lena und stolzierte über den Gang in Richtung der beiden Büros des Kommissariats. Friedrich zwinkerte indes einer Kollegin der Schutzpolizei zu und verdrehte dann die Augen. Was heißen sollte: Das Küken muss noch an seinen Aufgaben wachsen, dann wird ihm das Stolzieren schon noch vergehen.

Das Kriminalkommissariat Öhringen war mit ihm als Kriminalhauptkommissar und nun mit Küken Dambach als Kriminalkommissarin zweifellos eine kleine Einheit. Angeschlossen an das Polizeipräsidium in Heilbronn reichte das allerdings aus. Jederzeit konnte Friedrich von Bühl zusätzliche Kollegen aus Heilbronn anfordern. Und gearbeitet wurde sowieso im Team, ob nun Schutz- oder Kriminalpolizist.

»Freddie, hab dir was auf den Schreibtisch gelegt.« Harry Zürn, sein langjähriger Kollege, deutete mit einer Hand aufs Ende vom Flur und damit auf sein Büro. In der anderen Hand hatte er den Telefonhörer und wirkte sichtlich angespannt.

Noch bevor Friedrich die Notiz auf seinem Schreibtisch lesen konnte, stand Harry schon in seiner Bürotür und fuchtelte aufgeregt mit den Armen. »Einer Streife ist in Waldenburg oben auf dem Parkplatz der Sportschule ein Fahrzeug aus dem Fuhrpark des Hotels Jagdschloss aufgefallen. Die Fahrertür stand offen, und zudem waren die Fensterscheiben runtergedreht«, erklärte Henry ohne Punkte und Komma.

»Und was ist daran so außergewöhnlich? Es soll ja vorkommen, dass manche Leute ihr Fahrzeug nicht ordnungsgemäß abschließen. Gerade wenn es nicht das eigene Auto ist«, meinte Friedrich leicht genervt.

»Hallo? Freddie? Setzt dir etwa heute die Hitze zu?« Jetzt war es Harry, der sichtlich genervt war.

»Fahrzeug, Hotel *Residenz am Jagdschloss*, verschwundener Sternekoch Struck. Na, klingelt es jetzt?«, meinte Harry und zog jedes einzelne Wort in die Länge. Plötzlich hatte er Friedrichs volle Aufmerksamkeit.

»Okay, kapiert. Habt ihr das überprüft?«

Klar haben sie das, beantwortete Friedrich seine Frage selbst und las die Notiz auf dem Tisch aufmerksam durch. Den beiden Streifenbeamten war das unverschlossene Fahrzeug auf dem Gelände der Waldenburger Sportschule gegen 14 Uhr aufgefallen. Sie stiegen aus und nahmen den Wagen daraufhin genauer in Augenschein. Neben der lediglich angelehnten Fahrertür waren zudem die Fenster auf der Fahrerseite wie auch der Beifahrerseite des Audi Q7 offen. Dass das Fahrzeug aus der Neckarsulmer Automobilschmiede noch nicht alt war, sahen die beiden Beamten schon auf den ersten Blick. Der neue Audi Q7 wurde erst 2015 beim Genfer Autosalon vorgestellt. Und dass man so ein Auto – auch nicht mal schnell und ganz kurz – einfach so abstellt, versteht sich von selbst. Der Innenraum war blitzeblank. Keine Gegenstände auf den Sitzen. Keine Utensilien in den Türfächern. Noch nicht einmal im Fußraum gab es Spuren, die darauf hinwiesen, dass dieses Auto überhaupt benutzt wurde. Auffallend war lediglich die Fahrzeugbeschriftung. An den Seitenwänden prangte neben dem Bild eines Torbogens die Aufschrift: Hotel Residenz am Jagdschloss.

Während einer der beiden Beamten über Funk unter Angabe des Kennzeichens die Daten des Fahrzeughalters anforderte, war sein Kollege in der Zentrale der Sportschule. Ohne Erfolg. Keiner wusste, wer den Audi Q7 hier abgestellt hatte. Er stand schon da, als die Rezeptionistin der Sportschule gegen neun Uhr ihre Arbeit aufnahm. Diese Meldung gaben die beiden Beamten an das Öhringer Revier weiter.

»Und jetzt rate mal, wen ich gerade in der Leitung hatte?« Freddie schaute Harry fragend an: »Hoteldirektor Arnulf Mertens vom Jagdschloss«, sagte Harry und ergänzte: »Er hat bestätigt, dass der Audi Q7 von Olaf Struck gefahren wurde. Ausschließlich. Es war quasi sein privates Firmenfahrzeug.« Jetzt kam Harry richtig in Fahrt: »Für Mertens ist es absolut undenkbar, dass sein Sternekoch das Fahrzeug einfach so stehen lässt. Er sei ein überaus korrekter Mitarbeiter.«

Friedrich schaute kurz auf seine Uhr. Es war knapp 16 Uhr. Heute Abend hatte er zwar sein monatliches Treffen des Öhringer Literaturkreises, aber das passte noch.

»Wo steckt denn jetzt die Kollegin Dambach?« Die Frage war mehr an ihn selbst gerichtet als an Harry, der sich aber sofort suchend umschaute.

»Ich war für kleine Mädchen«, flötete es da auch schon vom Flur.

»Wir fahren noch mal raus, mein Mädchen«, versuchte Friedrich, ihren Tonfall nachzuahmen.

»Hoffe doch, Sie haben auch Ihr Näschen gepudert? Das Fünfsternehotel *Residenz am Jagdschloss* wartet nämlich auf uns.«

*

Die feine Adresse des Hotels *Residenz am Jagdschloss*, hier unweit von Öhringen, mitten im Heiligenwald, war weit über die Grenzen Süddeutschlands hinaus bekannt. Auf der Gästeliste standen Schauspieler aus Hamburg genauso wie Erholung suchende Unternehmer aus Berlin. Darüber hinaus kamen ganze Familien aus Saudi-Arabien, Geschäftsreisende aus Japan oder auch mal eine komplette Basketballmannschaft aus den USA in die Luxusherberge. Die Abgeschiedenheit in idyllischer Natur und die Verschwiegenheit des Hotels, gerade auch, was prominente Gäste anging: Damit punktete die *Residenz am Jagdschloss*. Hier konnte man geradezu eintauchen in Ruhe, Entspannung und Genuss. Ein Alleinstellungsmerkmal war sicher auch das Gebäudeensemble auf dem riesigen Areal. Und das Kernstück war zweifellos auch Namensgeber des Hotels: das Jagdschloss. Zu Anfang des 18. Jahrhunderts wurde es unter Graf Johann Friedrich II, späterer Fürst zu Hohenlohe-Neuenstein, gebaut und diente der Fürstenfamilie als Gästehaus. Schließlich boten die umliegenden Wälder unzählige Möglichkeiten zur Jagd, zu Ausritten oder Ausflügen. Dieses herrschaftliche Flair blieb bis heute erhalten. So entsprach die Einrichtung der Hotelzimmer im Jagdschloss einem luxuriösen englischen Landhaus. Zur Luxusherberge für Gäste umgebaut wurden ebenso die ehemalige Kutschen- und Pferderemise und das Gartenhaus. Anfang der 50er Jahre wurde mit dem Neubau des Haupthauses der Hotelbetrieb aufgenommen. Die Residenz am Jagschloss machte sich dann in der kulinarischen Szene mit Günther Brockmann einen Namen. Der damalige und über lange Jahre amtierende Küchenchef war Träger mehrfacher Auszeichnungen. Brockmann hatte sein Handwerk bei Paul Bocuse in Frankreich höchstpersönlich gelernt und brachte damit die klassische französische Küche in die Hohenlohische Provinz.

Nach der Jahrtausendwende gab es auch im Hotel Jagdschloss eine entscheidende Wende. Die Fürstenfamilie verkaufte die Hotelanlage wie auch das gesamte Areal im Heiligenwald an den Hohenloher Reinhard Warther. Warther galt quasi als Galionsfigur für das Hohenloher Unternehmertum. Ein Selfmade-Milliardär aus dem Kochertal, welcher mit ehrgeizigem Schaffen über Jahrzehnte seinen multinationalen Konzern aufgebaut hatte. Und ein Wohltäter für die Region: Als begeisterter Kunstliebhaber und -sammler wurde er auch schnell zum Kunstmäzen und brachte den Museen der einst ländlich-bäuerlichen Region beachtlichen überregionalen Status.

Unter der neuen Führung wurde das Hotel Residenz am Jagdschloss schließlich zum Luxusdomizil erweitert. Mit einem über 4.000 Quadratmeter großen Spa- und Hotelbereich stieg die ehemals fürstliche Herberge zu einem vielfach ausgezeichneten Sternehotel auf.

»Ich seh hier den Wald vor lauter Bäumen nicht.« Marie-Lena kurvte nun schon dreimal um das Areal der Jagdschlossresidenz. Die weitläufige Anlage war ja schließlich auch keine Poststraße mitten in Öhringen.

»Und das Navi schläft«, bemerkte sie mit schrägem Blick auf ihren Chef, der auf dem Beifahrersitz kurz eingenickt war.

»Was war mit dem Navi?« Friedrich blinzelte müde und schweißgebadet seine Kollegin an und kurbelte trotz der laufenden Klimaanlage reflexartig das Beifahrerfenster auf.

»Puh, ich dachte, das bringt frische Luft. Aber das ist ja der reine Horror«, bemerkte er und fuhr sofort wieder die Scheiben nach oben.

»Schluss mit Nickerchen, Herr Kriminalhauptkommissar. Wir sind im Heiligenwald, und wo bitte ist nun das Haupthaus der tollen Hotelanlage? Schließlich sind Sie ja wohl öfter hier Gast als ich.«

»Nun aber halblang, Kollegin Kommissarin! Ein alter Chef darf ja wohl noch kurz die Augen schließen, um nachzudenken.«

Marie-Lena hauchte ihm einen simulierten Kussmund entgegen.

»Klar. *Chef* ja wohl immer! Und alter Chef gleich zweimal!«

Die Kurzzeitparkplätze – oder im Hoteljargon: Check-in/Check-out-Buchten hatte sie inzwischen auch im Visier und platzierte das in die Jahre gekommene Zivilfahrzeug, einen VW Golf, direkt vor dem Parkplatz-Reserviert-Schild des Nobelhotels.

»Ich stinke.« Marie-Lena hob ihren Arm, schnupperte kurz und rümpfte angewidert die Nase. Seit heute Morgen um acht Uhr war sie nun ohne Pause auf den Beinen im Revier und im Dienst. Da blieb auch nichts mehr übrig vom Duft des belebenden Morning-Shower-Gels mit Aloe

Vera und Zitronengras, welches sie beim Duschen nach dem Frühsport im Fitnessstudio über ihren trainierten Körper verteilte.

In der Ferne vernahm man ein verhaltenes dunkles, aber bedrohliches Grummeln. Vorbote der vom Wetterdienst prognostizierten heftigen Gewitterfront.

»Na, ich hoffe doch, dass wir hier bald wieder wegkommen«, schnaubte Marie-Lena sichtlich genervt.

»Ich weiß, der Tee und das Beine ausstrecken auf dem Sofa warten auf Sie«, konterte Friedrich. »Zunächst allerdings werden wir uns wohl mit Arnulf Mertens zusammensetzen.« Friedrich kannte den langjährigen Hoteldirektor zwar nur flüchtig, aber das, was ihm vom Hörensagen aus der Gastronomieszene so zugetragen wurde, ließ Mertens immer in einem absolut makellosen und deshalb glorreichen Licht erscheinen.

*

Arnulf Mertens liebte seinen Job. Er hatte sich in den nun fast 40 Berufsjahren vom kleinen Hotelangestellten zum Hoteldirektor hochgearbeitet. Jetzt war er 58 und seit über zehn Jahren im Jagdschloss. Das kleine und feine Luxushotel war ihm ans Herz gewachsen. Samt den Mitarbeitern. Die ruhige Lage mitten im Heiligenwald wirkte sich wohl auch auf das Klima im Haus selbst aus. Teamarbeit wurde großgeschrieben, und man pflegte einen kollegial-herzlichen Stil untereinander, ohne dass er allerdings in Distanzlosigkeit endete.

Angefangen von den hochqualifizierten Kosmetikerinnen im Spa über das Team vom Zimmerservice oder dem Empfang, der Mannschaft, die den Park pflegten, oder dem Reinigungspersonal bis zum Herz des Hotels, der Küchenbrigade, war die komplette Hotelmannschaft bestens aufeinander eingespielt. Mertens war es auch, der den jungen Struck vor fünf Jahren aus dem Schweizer Nobelort Gstaad hier ins beschauliche Hohenlohe lockte. Olaf Ben Struck galt als aufstrebender Stern am Küchenhimmel. Struck, der in seinen Lehr- und Wanderjahren bei sämtlichen namhaften Meistern des Fachs gearbeitet hatte und sich als Küchenchef im Hotel-Restaurant *Bergwelt* in Gstaad dann auch seine erste kulinarische Auszeichnung holte, war damit von Anfang an das Juwel im Jagdschloss.

»Alain Delon«, raunte Marie-Lena leise.

»Was?« Friedrich verstand nur Bahnhof. Sie warteten nun schon mehr als die akademische Viertelstunde in der Empfangslobby des Hotels. Zurückgelehnt im dunkelroten Plüschsessel und eingelullt vom leisen Surren der Klimaanlage waren Friedrich prompt wieder die Augen zugefallen. Das liegt am Wetter, nicht am Alter, sinnierte er noch, als ihn Marie-Lenas Stimme aus der schweren Plüschtiefe holte.

»Der sieht aus wie Alain Delon«, flüsterte es wieder neben ihm.

»Sie und Ihre Leinwandhelden«, blinzelte Friedrich seine Kollegin müde an und wurde schlagartig hellwach, als er die tiefe und melodiöse Stimme von Arnulf Mertens hörte.

»Entschuldigen Sie bitte vielmals«, kam der Hoteldirektor auf die beiden zu.

»Ich hatte noch einen ganz dringenden Telefontermin, der nun doch länger dauerte.« Arnulf Mertens hob entschuldigend die Arme und setzte eine Büßermiene auf.

Na ja, nicht gerade der Held vom Feld, und in der Optik ein Alain Delon? Friedrich strich sich übers Kinn und schwang sich so elegant er nur konnte aus dem roten Plüsch. Zugegeben, die ein, zwei, drei Jährchen älter als er sah man dem Delon-Mertens wirklich nicht an. Der ganze Mann war durchgestylt. Marke: George Clooney lässt grüßen. Der Anzug feinster Zwirn in gediegenem Grau. Das Hemd anthrazitfarben. Keine Krawatte. Die Schuhe rabenschwarz und hochglanzpoliert. So wie die Zähne, die er mit einem breiten Lächeln entblößte. Aber die waren natürlich strahlend weiß.

»Hauptkommissar von Bühl und Kommissarin Dambach.« Marie-Lena atmete durch und rückte ihren Oberkörper gerade. Brust raus.

»Freut mich, seien Sie herzlich willkommen«, schmeichelte Mertens.

»Nein, natürlich freut es mich ganz und gar nicht, dass ich die Kripo hier habe«, schüttelte er den Kopf und hatte plötzlich einen sorgenvollen Zug um den Mund.

»Aber kommen Sie doch mit in mein Büro. Da können wir in Ruhe reden.« Er deutete mit dem Arm in Richtung des langgestreckten Flurs.

Die Räumlichkeiten des Hoteldirektors waren schlicht. Spartanisch. Auf dem Schreibtisch stand das obligatorische Foto der Ehefrau und den Kindern, daneben lagen ein Notizbuch oder Kalender und ein goldfarbener Kugelschreiber. Sonst nichts.

»Sie haben also unseren Audi Q7 oben in Waldenburg gefunden.« Arnulf Mertens wirkte plötzlich erschöpft.

»Den Kollegen von der Streife fiel das Fahrzeug auf«, bestätigte Friedrich.

»Struck hat den Wagen im letzten Jahr bekommen.

Brandneu, quasi vom Fließband weg. Dass er dieses Auto irgendwo einfach so offen stehen lässt ... nie und nimmer«, schüttelte Mertens den Kopf.

»Das haben Sie ja schon unserem Kollegen auf dem Revier am Telefon erzählt. Inzwischen waren wir auch bei Caroline Struck im Öhringer Krankenhaus«, erklärte Friedrich.

»Weiß *sie* denn etwas über den Verbleib ihres Mannes?«

»Nein«, antwortete Marie-Lena. »Frau Struck ist sehr in Sorge um ihren Mann. Sie meinte, dass er stets pünktlich und zuverlässig sei.«

»Ja natürlich, genau so ist er, unser Olaf. Wenn er einen Termin nicht einhalten konnte, dann entschuldigte er sich. Immer.« Jetzt klang die Stimme von Mertens geradezu verzweifelt.

»Und niemals wäre er an einem großen Tag wie heute einfach abgetaucht. Das glauben Sie doch auch?«, sagte Mertens und schüttelte wie zur Bekräftigung den Kopf.

»Eigentlich wäre ich jetzt zusammen mit der Hotelleitung nach Öhringen gefahren, um an der feierlichen Übergabe seines zweiten Kulinarik-Sterns teilzunehmen. Aber auf dem Marktplatz steht wohl gerade alles Kopf. Ein Mitarbeiter des Senders, der das Ganze live übertragen soll, ruft hier alle halbe Stunde an. Die werden wohl die Livesendung absagen müssen. Struck hätte schon vor einer Stunde für die Probeaufnahmen vor Ort sein sollen. So eine Blamage für unser Hotel.« Jetzt hatte sich Arnulf Mertens so in Rage geredet, dass sein Gesicht rot angelaufen war.

»Entschuldigen Sie bitte«, meinte er wieder ruhiger.

»Gut. Wir gehen jetzt davon aus, dass Olaf Struck kein Mann ist, der sagt, er geht Zigaretten holen, um dann nach

Jahren reumütig wieder aufzutauchen«, versuchte Friedrich, so gut es die Situation zuließ, witzig zu sein. Das war seine Art. Platt-nordischer Humor gepaart mit der trockenen Art eines Sauerländers bescheinigten ihm seine Freunde. Egal. Damit hangelte er sich einfach oft aus einem unangenehmen inneren Zustand. Welcher meist einherging mit einer Vorahnung, die sich dann im Nachhinein bestätigte. So wie jetzt. Das Ganze war mehr als mysteriös.

»Ich muss Ihnen noch etwas sagen, was jetzt vielleicht von Bedeutung ist.« Arnulf Mertens schaute Friedrich an.

»Olaf wirkte in letzter Zeit zerstreut und unsicher. Zunächst haben wir das alle hier auf seinen werdenden Vaterstatus geschoben. Aber er war auch oft fahrig, zuckte zusammen, wenn man ihn ansprach. Er machte fast schon den Eindruck, als ob er Angst habe.« Mertens wirkte zunehmend nervöser. »Und es gab in den letzten Monaten ein paar seltsame Anrufe, die unsere Damen am Empfang nicht einordnen konnten.«

»Was für Anrufe?« Jetzt war Friedrich angespannt.

»Drohungen gegen Olaf«, stieß Mertens hervor. »Ein anonymer Anrufer. In gebrochenem Deutsch hat er fast immer dieselbe Frage gestellt: ob wir uns sicher sind, dass unser Aushängeschild auch tatsächlich seinen zweiten Stern entgegennehmen wird.« Unsicher schaute Mertens nun auf die beiden Beamten. »Olaf habe ich das gar nicht erzählt. Ich bin davon ausgegangen, dass es ein Neider aus der Restaurantszene ist. Das kommt in unserer Branche schon mal vor. Ich wollte den sowieso schon nervösen Kerl nicht verunsichern, so in Erwartung des ersten Kindes und der bevorstehenden Auszeichnung.«

Bei Friedrich schrillten jetzt so etwas wie kriminalistische Alarmglocken.

»Dambach, ich glaube, das wird heut nichts mit Ihrem Date mit Sofa und Tee. Geben Sie Signal nach Heilbronn. Wir brauchen eine Hundertschaft der Bereitschaftspolizei und die komplette Hundestaffel. Sofort. Treffpunkt ist der Parkplatz an der Sportschule oben in Waldenburg.«

*

»Hohenlohische Buchhandlung Ferdinand in Öhringen«, meldete sich eine freundliche Stimme am Telefon.

»Ja hallo, hier ist Friedrich von Bühl. Könnte ich bitte Martin Hettler sprechen?«

»Kleinen Moment bitte, ich schau mal, ob ich ihn zwischen den Büchern finde«, antwortete ihm das Gegenüber am Ohr fröhlich.

»Freddie, altes Haus, was ist los? Wir sehen uns doch nachher«, hörte er die vertraute Stimme seines Freundes.

»Nein leider, lieber Martin. Ich muss beim Literaturkreis heut Abend passen. Wir müssen Überstunden schieben.«

»Ach wie schade, aber klar, Dienst ist Dienst. Ich hoffe doch, es ist keine schlimme Sache, an der ihr gerade dran seid?« Martin schien besorgt. Etwas, was Friedrich an seinem erheblich jüngeren Freund sehr schätzte: Er war sehr empathisch und spürte deshalb wieder einmal sofort Friedrichs Anspannung in der Stimme.

Martin Hettler war ihm als einer der Ersten hier in Hohenlohe ans Herz gewachsen. Als literaturbegeisterter Reingeschmeckter steuerte Friedrich, als er hierher zog und das Kommissariat in Öhringen übernahm, natürlich sofort und wiederholt die Hohenlohische Buchhandlung Ferdinand an. Und so kamen Hettler und er sehr schnell ins Gespräch. Der junge engagierte Buchhändler war damals gerade dabei, einen kleinen Literaturzirkel in Öhringen zu etablieren. Für Friedrich Musik in den Ohren. Mit gleichgesinnten Literaturbegeisterten zusammen Bücher unter die Lupe zu nehmen – das war genau sein Ding. Über all die Jahre waren die monatlichen Treffen vom sogenannten Öhringer *Sofa*- in der Stadtbücherei, dem schönen, historischen ehemaligen Rathaus in der Unteren Torstraße, zu einem absolut festen Date für ihn geworden. Und sein Freund Martin wusste, wenn er einen Termin absagen musste, hatte es entweder einen guten oder einen wirklich schlimmen Grund.

»Das wissen wir noch nicht. Wir gehen allerdings davon aus, dass ein Verbrechen vorliegt.« Er hörte Martin am anderen Ende tief durchatmen.

»Ich weiß, du kannst mir natürlich zu diesem Zeitpunkt nichts dazu sagen. Ich hoffe wirklich sehr, dass niemand zu Schaden gekommen ist. Und pass auf dich auf, wo immer ihr jetzt gerade hinfahrt.«

»Danke, ich ruf dich die Tage mal in Ruhe an«, sagte Freddie und legte sein Handy in die Ablage des Beifahrersitzes.

Dambach und er waren unterwegs von Öhringen in Richtung Neuenstein. Er schaute seine Kollegin, die beide Hände fest, fast schon verkrampft am Steuer hatte, nachdenklich an. So cool, wie sie tat, war die junge Polizistin wohl doch nicht. Jedenfalls schien es in ihr zu brodeln, so angestrengt wie sie auf die Straße schaute und gleichzeitig an den Lippen nagte.

»Na ja, wir Polizisten sind ja auch nur Menschen«, sagte Friedrich in die jetzt plötzlich herrschende Stille des Wagens.

»Wie bitte? Wer ist ein Mensch?«, bemerkte Marie-Lena, so als ob sie gar nicht zugehört hätte.

Sie fuhren inzwischen auf der kurvenreichen L1064 nach Waldenburg hoch. Mehr als 500 Meter überm Meeresspiegel thronte das beschauliche Städtchen mit dem imposanten Schloss der Fürsten zu Hohenlohe-Waldenburg über der Region. Waldenburg wurde deshalb auch der Balkon Hohenlohes genannt. Oben auf der Stadtmauer sitzend hatte man einen unbeschreiblich weiten Blick über die Hohenloher Ebene.

3. KAPITEL

WARME VORSPEISE – HORS-D'OEUVRE CHAUD

Freitag, 17. Juni 2016

Die alles vergessende Ohnmacht hatte ihn wieder ins Leben zurückgeschickt. Olaf Ben Struck musste würgen. Aber dieser Drang kam nicht aus seinem Magen. Oder doch? Er spürte, wie die Übelkeit in ihm hochstieg. Wieder versuchte er, sich zu erinnern. Wann hatte er das letzte Mal etwas gegessen? Wo war er? Dieser fürchterliche, ekelhafte metallische Geschmack in seinem Mund war so übermächtig, dass er seinen Mund öffnen und husten musste. Blut. Das ist eindeutig Blut, dachte er bei sich.

Die Schmerzen waren immer noch da. Genauso wie vor der Bewusstlosigkeit. Nein, sie waren noch schlimmer geworden. Nicht mehr da waren die Geräusche einer Maschine. Ihm war immer noch kalt. Aber es war nicht mehr diese Eiseskälte, an die er sich plötzlich erinnerte. Er tastete vorsichtig über seinen Körper. Vielleicht lag es an den weißen Fliesen, dass er sich plötzlich in Sicherheit wiegte. Weiß. Unschuld. Rein. Für Sekundenbruchteile hatte er die Augen geöffnet. Ein Badezimmer? Sein Gehirn versuchte, die Information zu verarbeiten. Das war kein Badezimmer. Es war …

Nein, das konnte nicht sein. Olaf Ben Struck wollte den Gedanken abschütteln. Es gelang ihm nicht, und wieder fiel er in tiefe gnädige Bewusstlosigkeit.

*

Donnerstag, 16. Juni 2016

Das Präsidium in Heilbronn hatte wie erwartet umgehend die Bereitschaftspolizei und die Hundestaffel in Marsch gesetzt. Polizeichef Manfred Deininger wollte lediglich ein paar Eckdaten zum Fall wissen. Er konnte sich auf seinen Mann in Öhringen verlassen. Wenn von Bühl Hilfe aus Heilbronn benötigte, war Gefahr in Verzug. Genau das schätzte Deininger auch an dem Hauptkommissar, der aus der Ruhrpottstadt Bochum nach Hohenlohe kam, wo er zuletzt bei der Drogenfahndung Dienst schob. Seine ruhige und auch oft trockene Art gepaart mit dieser Zuverlässigkeit. In den nun fast 15 Dienstjahren, die der Sauerländer unter seinem Befehl stand, waren sie sich privat nie nähergekommen. Bei keinen gemeinsamen Fortbildungen, bei keinem Jahresausflug des Präsidiums, bei keiner Weihnachtsfeier. Von Bühl erklärte einmal, dass Heilbronn für ihn vergleichbar mit dem Ruhrpott, und Hohenlohe so etwas wie die Provinz seines Sauerlandes, wo er aufgewachsen war, sei. Deininger bot von Bühl nach dem Tod seiner Frau Alexandra eine Stelle im Heilbronner Präsidium an. Er wollte ihn als seinen Nachfolger aufbauen. »Nein«, winkte der Sauerländer damals kategorisch ab. »Wenn ich Hohenlohe hier den Rücken kehre, dann geh ich ganz weit weg«, war seine Antwort.

*

»Da hat unser Präsi in Heilbronn ja das ganze Aufgebot geschickt.« Marie-Lena nahm die rechte Hand vom Steuer, machte eine Faust und hob dabei den Daumen in die Höhe. Auf dem Parkplatz der Waldenburger Sportschule standen die Mannschaftswagen der Bereitschaftspolizei. Die Kollegen der Hundestaffel waren auch schon vor Ort.

»Es heißt Polizeipräsident, liebe Kollegin. Nicht einfach nur Präsi«, mahnte Friedrich Marie-Lena zur Ordnung.

»Schon gut, Chef«, sagte Marie-Lena und fuhr mit mächtig quietschenden Reifen neben den Wagen der Einsatzleitung in die Parklücke.

»Hallo, Freddie, schön, dich zu sehen«, begrüßte sie der schwergewichtige Einsatzleiter Dieter Sattler und schickte einen missbilligenden Blick in Richtung Marie-Lena.

»Leider wie immer nur, wenn es brennt«, antwortete Friedrich.

»Wir haben auf euch gewartet. Deininger hat uns zwar schon die Daten durchgegeben, losmarschieren müssen wir aber zusammen«, meinte Sattler.

»Okay, Dieter, wie ich sehe, hast du schon alles auf dem Schirm«, bemerkte Friedrich mit Blick auf die zwei Kollegen vor den Monitoren im Inneren des Kleinbusses der Einsatzleitung.

»Ja, wir werden das gesamte Areal hier ab dem Parkplatz rüber ins Waldstück mit dem Hochseilgarten und dann weiter in Richtung der Naturschutzgebiete Entlesboden und Obere Weide durchkämmen«, stimmte Dieter Sattler seinem Kollegen zu.

Plötzlich schlugen am anderen Ende des Parkplatzes die Hunde an. Sie schienen eine Spur aufgenommen zu haben.

»Die Hunde haben etwas gewittert!«, rief auch schon eine Stimme quer über den Parkplatz. Sattler, Friedrich und Marie-Lena waren mit einem Sprung beim Diensthundeführer. Zwei Deutsche Schäferhunde waren gerade dabei, unter einen roten Ford Fiesta zu kriechen. Sie schienen wie elektrisiert.

»Die Karre muss weg, die Hunde kommen so nicht weiter«, bemerkte der Kollege von der Hundestaffel.

»Kollegin, Sie gehen mal rein in die Sportschule

und fragen nach, wem das Auto mit dem Kennzeichen ÖHR-KU 23 gehört«, gab Friedrich Anweisung.

Marie-Lena kam nur wenige Minuten später zurück. Im Schlepptau den Hausmeister der Waldenburger Sportschule.

»Der Fiesta gehört einer Lehrkraft, und der Fahrzeugschlüssel war an der Rezeption hinterlegt«, strahlte Marie-Lena über beide Wangen.

»Sauber, Kollegin. Das ging ja flott«, kommentierte Friedrich.

Ruckzuck war auch die Kiste aus der Parkbucht gefahren. Der graue Asphalt gab jetzt einen großen dunklen Fleck preis, den die Hunde sofort lautstark anbellten.

»Das ist eindeutig Blut«, sagte Friedrich und ging in die Knie, um sich den Fleck genauer anzusehen.

»Wir brauchen die Jungs von der Spurensicherung. Funken Sie bitte noch mal nach Heilbronn«, gab Einsatzleiter Sattler Anweisung an Marie-Lena. »Die sollen das ganz schnell unter die Lupe nehmen, und wir starten am besten jetzt«, meinte Sattler mit sorgenvollem Blick auf den immer dunkler werdenden Himmel. Das Donnergrollen aus der Ferne schien nun deutlich näherzukommen.

»Wenn die Gewitterfront da ist, werden wir wohl die Suche abbrechen müssen«, konstatierte Dieter Sattler und kommandierte in Richtung der schon in Reih und Glied aufgestellten Hundertschaft ein knappes und klares »Go«.

Die Polizeihunde, die mit einem Kleidungsstück von Olaf Ben Struck, welches Caroline Struck zur Verfügung stellte, instruiert wurden, preschten sofort in Richtung Hochseilgarten.

Zentimeter für Zentimeter rückten die Polizisten vor.

»Wenn ihr an den Naturschutzgebieten seid, bitte vorsichtig im Gelände agieren. Trampelt mir bloß nicht das

Wollgras platt, sonst darf ich nächste Woche wieder mal beim Minister vorsprechen!«, rief Sattler seiner Mannschaft zu.

»Genau das wollte ich gerade loswerden«, sagte Friedrich und runzelte die Stirn.

Die drei vom Land Baden-Württemberg ausgewiesenen Naturschutzgebiete Entlesboden, Obere Weide und Viehweide hier in den Waldenburger Bergen waren für ihn als Naturliebhaber ganz besondere Orte. Hier wuchsen seltene Pflanzenarten wie Wiesen-Wachtelweizen, Färbeginster und seltene Orchideen wie das Gefleckte Knabenkraut. Schließlich waren diese besonders geschützten Gebiete parkähnliche Flächen mitten im Wald. Die Waldheide entstand einst aus der Armut der Bevölkerung, denn vor Jahrhunderten erbrachte die Landwirtschaft rund um Waldenburg kärgliches Brot, gaben doch die Sandböden nicht viel her. Mensch und Vieh hatten damals gleichsam wenig zu futtern, und man benötigte die Böden rund um die Dörfer für den Ackerbau. Ziegen, Schafe, Rinder und Schweine wurden deshalb kurzerhand in die umliegenden Wälder gebracht, wo die Früchte der Eichen und Buchen ein gefundenes Fressen waren. Doch nicht nur daran tat sich das Vieh im Waldenburger Wald gütlich, es machte sich ebenso über das Gras und vor allem über die jungen Triebe her. Keine Chance für kleine Bäumchen, zu wachsen, und so entstanden immer lichtere Wälder. Einige wenige mächtige Eichen und Buchen sowie mehrere Birken bestimmten deshalb heute dieses Landschaftsbild. Friedrich schätzte die unglaubliche Ruhe in den Naturschutzgebieten. Er war vor allem im Sommer oft hier oben. Außer dem melodischen Vogelgezwitscher und dem Quaken der Frösche aus den vielen versteckt liegenden Teichen gab es keine störenden von Menschen gemachte Geräusche. Wenn er hier stundenlang durch den Wald streifte, fühlte er sich fast wie zu Hause im Sauerland.

»Das hab ich mir schon gedacht«, hörte Friedrich Einsatzleiter Dieter Sattler neben ihm sagen, als plötzlich ein erster heftiger Blitz vom Himmel zuckte. Gefolgt von einem lauten Donnerschlag.

»Rückzug, Jungs und Mädels. Wir brechen ab.« Sattler schnaubte kurz und nahm die tief dunkelgraue Wolkenfront am Himmel ins Visier. Kräftiger Wind ließ inzwischen die Baumwipfel tanzen.

»Das war knapp«, bemerkte Marie-Lena, als sie wieder am Parkplatz der Sportschule ankamen. Dicke Regentropfen klatschten auf den heißen Asphalt. Die Kollegen der Bereitschaftspolizei sortierten sich noch in ihre Mannschaftswagen, die Hundestaffel war schon abgerückt.

Im Einsatzfahrzeug der Spurensicherung herrschte Hochbetrieb. Das Innenleben des weißen Transporters war ein Hightech-Labor. Hier konnten die Kollegen der Forensik noch vor Ort entsprechende Daten eingeben und auswerten.

»Habt ihr schon ein Ergebnis von diesem Fleck vom Parkplatz?« Friedrich schwirrte der Kopf, als er diese ganze blinkende und surrende Technik vor Augen und in den Ohren hatte.

»Kollege von Bühl, wir wissen ja schon, dass unsere analytische Forensik nicht unbedingt Ihre Leidenschaft ist, aber das dürfte Sie nun doch interessieren«, meinte der Kollege der Spurensicherung lakonisch.

»Lassen Sie hören«, antwortete Friedrich.

»Dass es Blut ist, hatten wir ja schon vermutet. Und mit dem DNA-Abgleich wissen wir nun auch sicher, dass es das Blut von Olaf Struck ist.«

»Das habe ich mir gedacht«, murmelte Friedrich. Er war müde und erschöpft. Weniger von der kilometerweiten Suchtour durch den Wald. Er war resigniert, weil es keinen Anhaltspunkt über den Verbleib von Olaf Ben Struck gab.

*

Marie-Lena Dambach wartete im Auto auf ihren Chef. Über Waldenburg hatte der Himmel jetzt alle Schleusen geöffnet. Es goss wie aus Kübeln. Dazwischen blitzte es im Sekundentakt, gepaart mit Donnerschlägen, die so heftig waren, dass Marie-Lena anfing zu zittern. Gewitter waren wirklich nicht ihr Ding. Schon als kleines Mädchen spürte sie diese Wetterfronten, lange bevor sich am Horizont erste Wolken auftürmten. 's Marlenchen ist mal wieder wetterfühlig, wusste dann ihre Familie zu sagen. 's Marlenchen verkroch sich dann meist in der Küche der Großmutter. Dort auf der Bank am immer warmen und damit heimeligen Holzkohleherd fühlte sie sich sicher und geborgen. Nicht nur, wenn Blitz und Donner übers Steinbacher Tal zogen. In allen Situationen, in denen sie sich bedroht fühlte. Sie stammte aus dem kleinen Dorf Harsberg, etwas oberhalb gelegen im idyllischen Steinbacher Tal. Auf der östlichen Seite waren die Weinberge prägend, und südwestlich grenzte der Mainhardter Wald. Hier war sie aufgewachsen. Und hier im Steinbacher Tal sagten sich Fuchs und Hase Gute Nacht. Später in ihren Jugendtagen waren dann die legendären Festivitäten des genossenschaftlichen Weinbaubetriebs in Heuholz ein Besuchermagnet. Vor allem am Himmelfahrtwochenende steppte der Bär.

Heute war das Steinbacher Tal für Touristen ein überaus beliebter Ausflugsort. Nicht zuletzt bescherte die neue

Limes-Plattform oben am Waldhang in Gleichen, welche im Jahr 2014 eigens für die Landesgartenschau 2016 gebaut wurde, dem Tal einen Besucherschub. Marie-Lena war immer wieder gerne im elterlichen Haus in Harsberg, obwohl sie sich nach ihrem Studium und damit ihrer Rückkehr von Villingen-Schwenningen nach Hohenlohe dazu entschlossen hatte, sich eine kleine eigene Wohnung in Öhringen zu mieten. Aber nach wie vor waren die Familienzusammenkünfte am Sonntag festes Programm. Und für die junge Polizistin das Highlight der Woche. Dann hockte meist die komplette Familie am großen massiven Holzesstisch im Wohnzimmer zusammen. Patrizia, ihre älteste Schwester, mit Mann und den beiden kleinen Söhnen, und Sandra, das Nesthäckchen der Familie. Sandra hatte mit ihren 20 Lenzen gerade ein Studium in Heilbronn angefangen. Weintourismus-Management. Brigitte Dambach tischte entweder ihren unnachahmlichen Sauerbraten mit selbstgemachten Spätzlich auf oder im Herbst auch gerne mal einen kräftigen Wildschweinbraten in süffiger Lembergersoße. Mutter Dambach war die gute Seele des *Mädel-Clans*, wie Vater Siegfried Dambach seinen Frauenhaushalt früher, als noch alle unter einem Dach wohnten, gerne nannte. Brigitte Dambach hatte an der Universität Hohenheim Haushalts- und Ernährungswissenschaften studiert, wurde dann nach ihrer Diplomarbeit schwanger und entschied sich ganz bewusst und gerne für die Haus-, Garten- und Familienarbeit. Siegfried Dambach war ein bodenständiger Handwerker und hatte mit seiner anfangs kleinen Schreinerei in den zurückliegenden Jahren einen gut gehenden mittelständischen Betrieb mit Sitz in Pfedelbach aufgebaut. Nachdem die Mädels aus dem Dambach-Clan langsam flügge geworden waren, baute sich Mutter

Brigitte eine Genusswerkstatt, wie sich es nannte, auf. Erdbeer-Rhabarber-Marmelade, Himbeeressig, Quittengelee, Kirschsecco, Ravioli mit Ziegenfrischkäsefüllung, Bärlauchpesto, Vollkorn-Walnuss-Brot aus dem Holzofen … Die Palette an selbst gemachten feinen Produkten wurde von Brigitte Dambach stetig erweitert. Je nach Lust und Laune und natürlich, was der biologische Selbstanbau im großen Garten saisonal an Obst und Gemüse hergab. Ihre kulinarischen Köstlichkeiten brachte sie auf den Wochenmärkten in Hohenlohe an Frau und Mann. Zudem gab es an jedem zweiten Samstag im Monat einen offenen Hofladen in Harsberg. Vor allem für Liebhaber des Hohenloher Blooz waren diese beiden Termine ein Muss. Brigitte Dambach reichte dann zu Most oder Wein diesen typischen Kuchen vom Blech weg.

*

»Jetzt träumen Sie mal zur Abwechslung, meine Liebe.«

Marie-Lena schreckte buchstäblich auf, als Friedrich die Beifahrertür aufriss und sich neben ihr lautstark seufzend in den Sitz fallen ließ.

»Sie sind ja ganz bleich«, schaute ihr Friedrich besorgt ins Gesicht.

»War ein langer und aufregender Tag«, murmelte Marie-Lena erschöpft.

»Den Sie jetzt ganz bestimmt nicht mit Tee auf Ihrem Sofa beenden werden. Wir beide gehen jetzt noch etwas essen«, bestimmte Friedrich und freute sich, als ein schwaches Lächeln über Marie-Lenas Lippen huschte.

»Da werden wir allerdings Pech haben«, antwortete sie mit Blick auf die Uhr.

»Was die eh schon dünn gesäte gutbürgerliche bodenständige Küche rund um Öhringen angeht, geb ich Ihnen recht. Da werden wir jetzt so kurz vor zehn auf geschlossene Küchentüren stoßen. Aber gelobt sei zu später Stunde der Italiener. Ich lade Sie ein zu Giuseppe und Antonio.«

»Sie meinen das *Bella Italia* in der Marktstraße?«

»Genau diese Location meine ich, liebe Kollegin. Drehen Sie also ganz schnell den Zündschlüssel, damit wir zurück nach Öhringen fahren können.«

»Aye, aye, Chef.« Marie-Lena war schlagartig wach. Und auf einmal gut gelaunt. Über Waldenburg hatte sich das Gewitter inzwischen abgeschwächt. Die Front zog in nördlicher Richtung weiter.

Als sie von der L1046 in Höhe der ländlichen Heimvolksschule Hohebuch nach links auf die Landstraße 1036 in Richtung Neuenstein abbogen, war die Fahrbahn stellenweise überflutet.

»Wir fahren am besten rechts in den Rastplatz hier bei Waldsall«, deutete Friedrich auf die Einbuchtung neben der Straße. Hier standen schon mehrere Autos.

»Sobald der Starkregen nachlässt, wird das Wasser auch schnell wieder abfließen. Wir warten also lieber, als einen Unfall zu riskieren«, sagte Friedrich und schüttelte verärgert den Kopf, als er sah, wie viele Autofahrer auch noch mit hoher Geschwindigkeit durch die Wassermassen fuhren.

»Wollen Sie dann nicht kurz bei Ihrem Italiener anrufen?«, meinte Marie-Lena. Die Aussicht auf eine leckere Pizza frisch aus dem Ofen ließ ihr schon das Wasser im Mund zusammenlaufen.

»Gute Idee, Kollegin«, antwortete Friedrich und zog mit einer eleganten Bewegung sein Smartphone aus der Tasche.

»Ciao, Giuseppe, ich bin es, Freddy. Kannst du mir noch zwei Plätze freihalten? So bis in zehn Minuten beziehungsweise einer Viertelstunde? Ach ja, und Hunger haben wir auch. Ich hoffe doch, du hast deine Pfannen noch nicht weggeräumt.«

Friedrich lachte laut auf und verstaute sein Handy wieder in der Sakkotasche. Marie-Lena schaute ihn fragend an. »Für mich lässt Giuseppe noch eine Pfanne auf dem Herd stehen. Und er ist mächtig neugierig, wen ich mitbringe.« Er grinste jetzt über beide Ohren, was Marie-Lena ihren fragenden Blick noch verstärken ließ.

»Na ja, wenn es ein später Dienstschluss wird, bin ich oft noch schnell im Italia auf ein Feierabendbier und Piccata Milanese.«

»Pi was?«

»Dünne Kalbsschnitzelchen paniert mit Ei, Weißbrotbröseln und frisch geriebenem Parmesan. Angebraten in Butter. Dazu gibt es feine Spaghettini, das sind ganz dünne Spaghetti, in Tomatensoße alla Antonio. Frischer Oregano, frisches Basilikum, feiner Knoblauch, etwas scharfer Chili und als Krönung gehobelter Parmesan.«

»Chefkoch Punkt de«, kommentierte Marie-Lena trocken. »Ich hab jetzt Kohldampf wie Sau.«

Die Anzeige der Werbesäule vor der Kreissparkasse sprang gerade von 22.14 Uhr auf 22.15 Uhr, als Dambach und von Bühl auf der Bahnhofstraße in Höhe der Hohenlohischen Buchhandlung Ferdinand fuhren.

»Parken wir am besten gleich hier«, zeigte Friedrich auf die freien Flächen vor der Kreissparkasse, und Marie-Lena steuerte den Wagen in die Parkbucht. Fast gleichzeitig stiegen sie aus dem Auto. Es war erstaunlich ruhig in der Öhringer Innenstadt an diesem Abend. Das Eiscafé gegenüber der Sparkasse hatte die Außenbestuhlung schon hochgeklappt, auf den Tischen stand noch das Regenwasser. Und es hatte sich doch deutlich abgekühlt.

»Das Gewitter war hier wohl auch ziemlich heftig«, kommentierte Marie-Lena die Straßenverhältnisse. Abgebrochene Äste, Schlamm und allerlei Unrat lagen auf dem sonst so penibel sauberen Pflaster der Innenstadt. Sie gingen vom Martersgässle in Richtung Marktstraße. Vor dem Bella Italia strich sich Marie-Lena mit den Fingern kurz durch den Lockenschopf und zupfte dann ihren sportiven Blouson in Form.

»Ganz schön was los um diese Uhrzeit«, meinte sie mit Blick durch die großzügige Fensterfront des Ristorante.

»Donnerstagabend eigentlich immer. Vor allem kommen dann größere Gruppen. Volkshochschulkursler oder Ähnliches«, meinte Friedrich und betrat das Lokal.

»Freddie, come stai?«, begrüßte sie Giuseppe überschwänglich. Ohne eine Antwort abzuwarten, zeigte er auf einen kleinen Tisch am Fenster. »Habe ich für dich reserviert, mit de schöne Blicke nach drauße.«

»Wunderbar, Giuseppe, du bist wie immer ein Held. Und wenn du mir jetzt auf die Schnelle zuerst ein kleines Pils bringst, werde ich dir auf immer und ewig dankbar sein.«

Während Marie-Lena sich in die Speisekarte vertiefte, hatte Friedrich sich sein ›Feierabendbier‹ in drei Zügen einverleibt.

»Das musste jetzt sein«, meinte er fast schon entschuldigend, als ihn seine Kollegin über den Rand der Karte amüsiert anschaute.

»So einen Tag habe ich schon lange nicht mehr erlebt. Wie hatten Sie heute Morgen den Anruf von Frau Struck kommentiert?«

»Ziemlich aufreibend«, meinte Marie-Lena trocken.

»Genau das trifft es, liebe Kollegin. Es war ein ziemlich aufreibender Tag heute.«

4. KAPITEL

FISCH – POISSON

Dienstag, 7. Juni 2016, eine Woche zuvor

Ricarda Brenner hatte Kopfschmerzen. Dumpf. Bohrend. Stechend. Im Wechsel. Seit ihren Jugendjahren litt sie unter diesen anfallsartigen quälenden Kopfschmerzen. Sie wusste auch ganz genau, wann das mit den Kopfschmerzen angefangen hatte. Aber sie wusste das genauso gut zu verdrängen. Während ihres Studiums waren diese Schmerzen oft so unerträglich, dass sie damals schon anfing, regelmäßig starke Medikamente zu nehmen. Sie hatte in Nürnberg Wirtschaftswissenschaften studiert und ihren Master mit Bravour gemacht. Eigentlich wollte sie nach dem Abschluss in die USA, dort hatte sie zwei Auslandssemester absolviert und schon entsprechende Kontakte geknüpft. Dann aber war ihr Vater schwer krank geworden, und sie wurde in den elterlichen Betrieb abkommandiert. Ricarda Brenner war da gerade mal 27 Jahre alt. Rüdiger Brenner erlag seinem kurzen, aber heftigen Krebsleiden, kaum dass Ricarda sich so richtig in die Geschäfte eingearbeitet hatte. Geschäfte, die gut gingen. Rüdiger Brenner hatte sich ein kleines Fleischimperium aufgebaut. Der Schlachthof bei Kupferzell mit angegliederter Großmetzgerei belieferte zahlreiche Metzgereien in Hohenlohe mit Fleisch- und Wurstwaren. Und auch immer mehr gastronomische Spitzenbetriebe waren Abnehmer seines Qualitätsfleisches. Noch kurz vor seiner Krankheit hatte Brenner außerdem einen Catering-Service aufgebaut und neben einem Spitzenkoch am Herd noch hoch qualifiziertes Küchen- und Servicepersonal eingestellt. »In Hohenlohe wird immer und ausgiebig irgendwo gefeiert«, pflegte er zu sagen. »Gutes Essen ist den Hohenlohern wichtig. Auf diesen Zug müssen wir also aufspringen.« Den Erfolg seiner Idee hatte er leider nicht mehr erlebt. Jetzt im Jahr vier nach seinem Tod, brummte der ›BCS‹, der ›Brenner-Catering-Service‹. Der Neubau neben dem Schlachthof, den Brenner allerdings nur noch am Reißbrett sah, beherbergte eine modern ausgestattete Küche und entsprechende Nebenräume. Kein Vergleich mehr zu dem anfänglichen Behelfsraum im Schlachthaus.

Ricarda Brenner hatte ihr Erbe gut im Griff. Obwohl sie die Provinz hier hasste und heute mehr noch als zu ihren Studienzeiten vom Leben in einer Großstadtmetropole über dem großen Teich träumte, wusste sie das Erbe ihres Vaters zu ehren. Sie hatte sogar seinen Erzfeind mit in ihr Leben übernommen: Rolf von Wachter. Von Wachter war so etwas wie die Leitfigur der Hohenloher Landwirte. Der Sohn eines alten Bauerngeschlechtes, gelernter Landwirt und Diplom-Agraringenieur aus Schwäbisch Hall, hatte in den 80er Jahren die vom Aussterben bedrohte Rasse des Fränkisch-Hohenlohischen Landschweins gerettet. Nach Jahren in der Entwicklungshilfe in Asien und Afrika kam er damals nach Hohenlohe und auf den elterlichen Hof zurück. Es war die Zeit der XXL-Höfe im bäuerlich geprägten Hohenloher Land. In den 70er Jahre hatten viele Landwirte auf Schweinezucht- und Mastunternehmen in überdimensionierter Größe gesetzt. Dagegen wurden einst stattliche Höfe, die über Generationen hinweg als traditionelle, typische landwirtschaftliche Mischbetriebe geführt wurden, stillgelegt. Von Wachter setzte zu diesem Trend einen Gegenpol. Auf dem elterlichen Hof begann er bescheiden mit der Zucht des damals aus den Ställen fast gänzlich verschwundenen Fränkisch-Hohenlohischen Landschweins. Von Wachter fand schnell Mitstreiter für sein Konzept der artgerechten Tierhaltung und des biologischen Anbaus. Er gründete schließlich eine bäuerliche Genossenschaft. Die stetig wuchs. Nahezu 1.000 Landwirte mit meist kleinen und mittelgroßen Höfen und viele im Nebenerwerb zählten heuer zur ›BGH‹, der ›Bäuerlichen Genossenschaft Hohenlohe‹. Kein Wunder. Schließlich wurde das Fleisch der Sau mit der typisch schwarz gefleckten Färbung binnen weniger Jahre in ganz Deutschland bekannt und geschätzt. Der charakteristische Fettgehalt und ein unnachahmlich guter Geschmack kennzeichneten das Fleisch des Fränkisch-Hohenlohischen Landschweins.

Rüdiger Brenner war ein einstiger Mitstreiter und ein Mann der ersten Stunde. Von Wachter und Brenner kannten sich seit Kindertagen. Während aber von Wachter Hohenlohe den Rücken kehrte, um zu studieren und später die Welt zu erkunden, blieb Brenner auf dem elterlichen Hof und heiratete seine Jugendliebe aus dem Nachbardorf. Als Rolf zurückkehrte und zuallererst Rüdiger von seinen Plänen erzählte, war dieser schnell begeistert. Ein Enthusiasmus, der bei Brenner nicht lange anhielt. Die Welten zweier Alpha-Männer prallten schnell aufeinander, und Rüdiger Brenner verließ nach langem Ringen und im Streit die BGH. Mitte der 90er Jahre baute er einen großen modernen Schlachthof in Kupferzell und trat in Konkurrenz mit dem Schlachtbetrieb der BGH und damit mit Rolf von Wachter in Schwäbisch Hall. Brenner schlachtete, verwertete und vermarktete Fränkisch-Hohenlohisches Landschwein, Eichelmastschwein und Kreuzzüchtungen wie auch Rindfleisch der Hohenloher Weiderasse oder Lamm aus dem Jagsttal. Von Wachter und er hatten bis zu seinem Tod nie mehr ein Wort gesprochen.

»Frau Brenner? Ich habe hier die Zahlen vom Vormonat.« Ilona Doroschefski blieb in der Tür stehen, als sie ihre Chefin den Kopf in beide Hände stützend am Schreibtisch sitzen sah.

»Danke, Ilona, legen Sie die Auswertung einfach hier auf den Tisch.« Ricarda Brenner zwang sich zur Haltung und schaute ihrer Sekretärin in die Augen.

»Meine Kopfschmerzen, wieder mal … Können Sie mir vielleicht meine Tabletten bringen und ein nicht zu kaltes Glas Wasser?«

»Natürlich, Frau Brenner, bin schon auf dem Weg«, meinte Ilona Doroschefski, blieb aber abrupt stehen.

»Dieser Sternekoch hat vorhin angerufen. Er will unbedingt das Catering für nächste Woche mit Ihnen besprechen. Sagte er, aber irgendwie klang das unglaubwürdig.«

»Sie meinen den Struck vom Jagdschloss im Heiligenwald?«

»Genau der.«

Ricarda Brenner legte ihre Stirn in Falten. »Wieso unglaubwürdig?«

»Na ja, es ging ihm wohl weniger um Häppchen als um ein sofortiges Telefonat mit Ihnen. Er war ziemlich von der Rolle und drängte mich förmlich, Ihre private Handynummer preiszugeben.«

»Was Sie hoffentlich nicht gemacht haben.«

»Nein, natürlich nicht. Ich halte mich an Ihre Anweisungen.«

»Entschuldigen Sie bitte, Ilona, selbstverständlich weiß ich um Ihre Loyalität.« Ricarda Brenner schaute ihre Sekretärin gespielt zerknirscht an.

»Ist denn unsere Angebotsliste für das Catering nächste Woche soweit fertig?«

Ricarda Brenner hatte sich zunächst gewundert, dass Struck den BCS in Anspruch nehmen wollte. Schließlich hatte er doch in seiner Küche im Jagdschloss ein komplettes Equipment, um selbst für Häppchen zu sorgen. Er hatte ihr dann allerdings erklärt, dass man im Hotelrestaurant den laufenden Betrieb nicht stören wolle. Schließlich war nach der Preisverleihung in Öhringen im Heiligenwald ein großes Dinner für die geladene Prominenz geplant. Brenners-Catering-Service sollte für entsprechendes Fingerfood vor der Liveübertragung für die Gäste auf dem Öhringer Marktplatz sorgen. Das Hotelrestaurant am Jagdschloss wurde schon lange mit Fleisch aus Brenners Schlachthof beliefert. Olaf Struck war ein kritischer Abnehmer. Er wollte bei jeder Lieferung die genaue Herkunft des Fleisches wissen. Der Bauer, bei dem das Tier im Stall stand, musste quasi namentlich benannt werden. Auch bei den Wurstwaren aus dem Brennerschen Betrieb legte der Sternekoch hohe Maßstäbe an. Ricarda Brenner hatte nach dem Tod ihres Vaters angefangen, bei den erzeugten Wurstwaren eine Bioschiene einzurichten. Das Reinheitsgebot sah vor, dass weder chemische Helfer noch Geschmacksverstärker eingesetzt wurden. Und die Naturwürze kam ausschließlich aus biologischer Erzeugung. Mit diesen Würsten und Schinken wurden bislang nur gastronomische Betriebe beliefert. Ricarda Brenner hatte allerdings vor, das Angebot auszubauen, um auch die Metzgereien mit den Bio-Produkten beliefern zu können. Ganz klar wollte sie damit Rolf von Wachter und der Bäuerlichen Genossenschaft Hohenlohe Konkurrenz machen.

Ilona Doroschefski legte eine Mappe mit der Aufschrift ›Catering Preisverleihung Olaf Struck Öhringen Marktplatz, Donnerstag 16. Juni‹ auf den Tisch.

»Sehr gut, dann verbinden Sie mich doch gleich mal mit unserem gekrönten Koch«, sagte Ricarda Brenner, nahm einen Stift und schlug die Mappe auf. Wenige Minuten später hatte sie Olaf Struck auch schon in der Leitung.

»Mein Gott, Frau Brenner, Sie sind ja kreidebleich.« Ilona war ernsthaft entsetzt über das Aussehen ihrer Chefin, als diese nach über einer Stunde aus ihrem Büro kam. »Das waren wohl zähe Verhandlungen mit dem Struck. So lange telefonieren Sie selten. Und das alles wegen ein bisschen Fingerfood?«, sagte Ilona und schüttelte ungläubig den Kopf.

»Rufen Sie Gregor Dimir an, schnell!« Ricarda Brenner strich mit ihren Fingern fahrig durch das lange dunkle Haar. »Er soll mich sofort auf dem Handy zurückrufen!«

»Sie wollen noch weg? Ich dachte, wir besprechen die Zahlen vom Vormonat?« Ilona wurde immer besorgter, als sie sah, dass ihre Chefin völlig aufgelöst war.

»Das kann warten«, stammelte Ricarda Brenner und schnappte sich ihren Autoschlüssel vom Schlüsselbrett.

»Ich brauche Gregor. Und zwar jetzt!« Ihre Augen funkelten wild und fast schon irre.

Ilona kannte diesen Blick. Ricarda Brenner war nicht immer die freundliche und charmante Frau, wie sie sich in der Öffentlichkeit gerne zeigte. Doroschefski war schon zu Rüdiger Brenners Zeiten Sekretärin. Quasi im Betrieb verhaftet. Und sie kannte Ricarda, den einzigen Nachwuchs der Brenners, von deren Kindesbeinen an. Ein schönes Früchtchen. Wenn sie sich etwas in den Kopf gesetzt hatte, mussten Berge weichen. Ilona hatte nicht nur einen der spektakulären Wutanfälle der Tochter ihres früheren Chefs in seinem Büro erlebt. In regelmäßigen Abständen kam Ricarda in den väterlichen Betrieb geschneit. Immer dann, wenn wohl Ebbe im Portemonnaie herrschte. Denn immer endeten diese Zusammenkünfte zwischen Vater und Tochter mit der

Anweisung, vom Privatkonto des Chefs eine nicht unerhebliche Summe auf das Konto des Töchterleins zu überweisen.

Als sich Ricarda Brenner nach dem Tod ihres Vaters sofort in den Chefsessel setzte, waren viele Mitarbeiter des Betriebes hellauf entsetzt. Gerade mal den Master in der Tasche, aber ohne jegliche Berufserfahrung, wo sollte das hinführen, war allgemeiner Tenor. Nachdem sich Ricarda nicht nur als launisch und jähzornig entpuppte – freilich nur hinter verschlossenen Betriebstüren – waren die Kündigungen nicht mehr aufzuhalten. Nur eine Handvoll der früheren Mitarbeiter des Brenner-Imperiums blieb. Ilona eingeschlossen. Sie konnte mit der Juniorchefin umgehen. Nicht zuletzt deshalb, weil ihr Rüdiger Brenner frühzeitig eine Gebrauchsanweisung für seine Tochter an die Hand gegeben hatte.

*

Freitag, 17. Juni 2016

Arnulf Mertens hatte eine schlaflose Nacht hinter sich, als er um zehn Uhr im Konferenzraum vom Jagdschloss eintraf. Er hatte gestern Abend hotelintern noch eine Krisensitzung für heute Vormittag einberufen. Es war ein Horrorabend. Nachdem die Moderatorin den Zuschauern auf dem Öhringer Marktplatz mitteilen musste, dass es weder eine Preisverleihung noch eine Livesendung geben würde, war der Unmut unter den geladenen Gästen groß. Im Jagdschloss liefen währenddessen die Vorbereitungen für das Sechs-Gänge-Menü für eine kleine erlesene Gästeschar, die nach der Veranstaltung in Öhringen den Abend mit Olaf Struck im Jagdschloss ausklingen lassen wollten, auf Hochtouren. Souschef Oliver Winter und die Küchenbrigade arbeiteten unter Volldampf. Auch wenn Küchenchef Olaf Struck an dem Abend nicht selbst mit Hand anlegen konnte, hatte er natürlich das Menü zu Ehren seiner Preisverleihung schon Wochen vorher geplant. Die Tafel im großen Saal des Jagdschlosses wurde schon seit Tagen dekoriert und eingedeckt. Hotelbesitzer Reinhard Warther hatte weder Kosten noch Mühen gescheut, um dem Prunksaal eine noch fürstlichere Note zu geben. Zart duftende Rosenarrangements flankierten die Tafel, die mit feinstem Porzellan und Silber eingedeckt war. Die stilvollen Gläser waren auf Hochglanz poliert. Warther drückte damit auch seinen ganzen Stolz aus: zwei Kulinarik-Sterne für seinen jungen Koch, den er vor einigen Jahren im Gourmet-Restaurant des ›Bergwelt‹ im Schweizer Gstaad entdeckte und Arnulf Mertens dann beauftragte, Struck schließlich abzuwerben. Die Investition, die er tätigte, machte sich im Heiligenwald schnell bezahlt. Olaf Struck lockte mit seinem ausgezeichneten Ruf immer mehr Gäste ins Jagdschloss, das Hotel war sehr gut ausgelastet, und das Gourmet-Restaurant so gut wie immer ausgebucht.

Am 17. Juni, Strucks Ehrentag sollte das Degustationsmenü keine Wünsche offen lassen. Nach dem Amuse-Bouches stand Tatar vom Hohenloher Weiderind mit Kaviar aus dem Hause Prunier, Sauerrahm und geröstetes Demeter Holzofenbrot als erster Gang auf der eigens gedruckten Karte mit den goldenen Lettern: *Zwei Kulinarik-Sterne Preisverleihung, Festabend, Sechs-Gänge-Menü*. Gefolgt von der Essenz vom Fasan mit pochierter Fasanenbrust, Trauben und Schwarzer Nuss. Dritter Gang dann ein Pochierter Steinbutt mit weißem Trüffel aus Alba und Wurzelgemüse. Auf die geschmorte Zickleinkeule mit mediterranen Kräutern, Bio-Kartoffeln und roter Zwiebelmarmelade folgte die Auswahl an gereiftem Rohmilchkäse und Holzofenbrot aus Hermersberg. Den süßen Abschluss und damit den sechsten Gang bildete ein Moelleux von der Mangari-Schokolade mit Portweinfeigen und Vanilleeis. Die korrespondierenden Weine waren mit der neuen Sommelière Jacqueline Schneider abgesprochen.

Ein stimmiges Gourmet-Menü, ein glanzvoller Auftritt des Jagdschlosses, ein großer Abend …

So hätte es sein sollen.

Reinhard Warther hatte im Laufe des späten Donnerstagnachmittags beschlossen, den kulinarischen Festakt im Jagdschloss zu streichen. Telefonisch gab er die entsprechende Anweisung an Arnulf Mertens. Mit wachsender Beklemmung nahm auch er wahr, dass dem Verschwinden von Olaf Struck etwas Schreckliches zugrunde liegen musste. Die ins Jagdschloss geladenen Gäste wurden noch auf dem Öhringer Marktplatz informiert. Ihnen wurde angeboten, ein einfaches Dinner im Restaurant des Tagungshotels ›Panoramablick‹ in Waldenburg einzunehmen, welches ebenso zur Warthergruppe gehörte wie die Residenz am Jagdschloss. Noch nicht wissend, dass an jenem Abend fast zeitgleich eine großangelegte Suchaktion in Waldenburg stattfand.

Arnulf Mertens war der Erste im Konferenzraum. Auf dem Tisch standen die obligaten Getränke: Mineralwasser, verschiedene Fruchtsäfte, Kaffee- und Teekannen. Außerdem süßes Kleingebäck und Butterbrezeln. Mertens verzog angewidert das Gesicht. Ihm war jeglicher Appetit vergangen. Wenn er dem Alkohol nach einer schweren Krebserkrankung nicht schon vor Jahren abgeschworen hätte, würde er jetzt gut und gerne zwei oder drei Korn kippen. Der Abend gestern und Strucks Verschwinden hatten ihn völlig aus seinem sonst so spielerisch routinierten Konzept des Hoteldirektors gebracht. Jetzt galt es, zunächst mal das weitere Vorgehen zu besprechen. Pressesprecherin und Marketingleiterin Tanja Warstein, der zweite Küchenchef Oliver Winter, Restaurant- und Serviceleiter Dominik Graeter und selbstverständlich Reinhard Warther sollten den Krisenstab an diesem Vormittag bilden. Bei allen Spekulationen und Befürchtungen: Der reibungslose Ablauf im Hotel und Restaurantbetrieb musste gewährleistet bleiben. Auch ohne Struck.

Nach mehrstündigem Besprechungsmarathon in der Runde stand für den Krisenstab unter Leitung von Reinhard Warther einhellig fest, dass Oliver Winter als Souschef die Küchenbrigade bis auf Weiteres führen sollte. Dominik Graeter sollte nach wie vor für den vorbildlichen Service im Restaurant sorgen und Fragen der Gäste nach dem Sternekoch charmant, aber bestimmt in eine andere Richtung lenken. Tanja Warsteins Aufgabe bestand darin, jedwede Anfrage, die sich mit dem Verbleib von Olaf Struck befasste, mit stereotypen Sätzen wie »leider können wir zum jetzigen Zeitpunkt keine näheren Angaben machen« möglichst erfolgreich abzuwimmeln.

Unter vier Augen erzählte Arnulf Mertens später Reinhard Warther von den mysteriösen Anrufen in den letzten Monaten. Und davon, dass er die Polizei diesbezüglich gestern informiert hatte.

»Haben Sie eine Idee, wer der anonyme Anrufer sein könnte?«, fragte Warther.

Arnulf Mertens verneinte. »Das hat mich die Kripo gestern auch schon gefragt.«

*

Der Abend im Bella Italia wurde noch lang. Mit zunehmender Stunde waren Friedrich und Marie-Lena entspannter. Marie-Lena zeigte sich experimentierfreudig und bestellte wie Friedrich doch Piccata Milanese und keine Pizza. Dazu einen Barolo aus dem Piemont. Die beiden waren kaum mit dem Essen fertig, als Martin Hettler zur Tür hereinkam. Im Schlepptau den kleinen Zirkel des Literaturkreises. Giuseppe schob schnell ein paar Tische zusammen und stellte zwei Flaschen Barolo in die gesellige Runde. Es wurde viel gelacht, und die beiden Kommissare vergaßen irgendwann den anstrengenden Einsatz und Olaf Struck. Irgendwann um Mitternacht funkte Marie-Lena die Kollegen auf dem Revier an, um den diensthabenden Kollegen zu bitten, eine Streife in die Innenstadt zu schicken. Einer der Kollegen sollte das Dienstfahrzeug zurück in die Karlsvorstadt fahren und auf dem polizeiinternen Parkplatz abstellen. Natürlich nicht die vorschriftsmäßige Nummer. Aber mit zwei, drei Gläsern Barolo im Blut war klar, dass keiner der beiden eine Hand ans Steuer legen würde. Friedrich begleitete seine junge Kollegin noch durch die Fußgängerzone von der Marktstraße bis zur Kirchbrunnengasse und ging dann weiter zum Bahnhof, um sich dort ein Taxi zu nehmen. Von Öhringen bis nach Hirschenweiler, dem kleinen 120-Seelendorf waren es nur wenige Kilometer. Zu Hause angekommen, weit nach Mitternacht, schob Friedrich seine Lieblings-CD – ›Prairie Wind‹ von Neil Young – in den Player und goss sich einen Quittenbrand ein. Er fühlte sich unsagbar einsam.

»Es war ein großartiger Abend bei Ihrem Italiener. Danke, Chef!« Marie-Lena wirkte wie der aufkeimende Frühling, und das mitten im Juni. Pünktlich um acht Uhr am

Freitagmorgen war Friedrich auf der Matte und damit im Kommissariat Öhringen. Dort strahlte ihn auch schon die junge Kollegin quer über den Schreibtisch an.

»Ja, das war er wirklich«, antwortete Friedrich und strahlte zurück.

»Morgääähn, die beiden Herzelchen«, tönte es plötzlich lautstark an der Bürotür. Natürlich war das Henry mit der großen Klappe. Wie immer.

»Die Spurensicherung hat über Nacht alle Daten von gestern Abend ausgewertet, und ihr sollt bitte bis um zehn Uhr im Präsi in Heilbronn sein. Chief Deininger und die Forensiker haben ein Date einberufen.«

»Ganz toll. Da freuen wir uns aber. Ein Meeting in Heilbronn. Da kommt Vorfreude aufs Wochenende auf.« Friedrich und Marie-Lena grinsten sich an.

»Auffi aufn Berg, äh zum Deininger«, flötete Marie-Lena.

»Contenance, liebe Kollegin. Wir sind ja nun nicht mehr am Bechern im Italia. Unser Polizeichef verlangt 150-prozentige Aufmerksamkeit, wie Sie wissen.«

»Ach ja, und wenn ihr noch einen Tipp wollt: Fahrt am besten über Land nach Heilbronn. Die A6 ist mal wieder dicht«, sagte Henry.

»Danke, Henry, was ist es denn diesmal?« Friedrich schüttelte den Kopf. Es war ein Graus mit dieser Autobahn. Vor allem im Abschnitt Kupferzell, Neuenstein, Öhringen und Bretzfeld bis zum Weinsberger Kreuz gab es immer wieder Unfälle und als Folge lange Staus.

»Ein Sattelschlepper aus Tschechien hat heute Nacht ungefähr auf der Höhe der Ausfahrt Bretzfeld die Leitplanke durchbrochen und ist auf der Gegenfahrbahn mit einem Sprinter zusammengestoßen. Der Sprinter fing sofort Feuer.«

»Das hört sich nicht gut an«, meinte Friedrich mit sorgenvoller Miene.

»Ja«, bestätigte Henry. »Obwohl die Feuerwehr und die Rettungsmannschaften aus Öhringen binnen weniger Minuten vor Ort waren, kam für die beiden Personen im Sprinter jede Hilfe zu spät. Sie verbrannten im Fahrzeug. Der Lkw-Fahrer wurde mit lebensgefährlichen Verletzungen nach Würzburg geflogen.«

»Ist denn noch Vollsperrung?«

»Nein, die wurde vor einer Stunde aufgehoben. Der LKW muss allerdings noch mit Spezialgerät von der Fahrbahn geschafft werden. In beiden Richtungen rollt deshalb der Verkehr nur einspurig«, erklärte Henry.

»Dann trinke ich noch in aller Ruhe meinen Kaffee, und wir starten in einer halben Stunde«, sagte Friedrich in Richtung Marie-Lena.

»Wir nehmen die Landstraße nach Heilbronn und fahren gemütlich. Das heißt, Sie dürfen wie immer ans Steuer, liebe Kollegin.«

Alleine waren sie allerdings auf der L1036 schon in Richtung Verrenberg nicht. Im Gegenteil. Viele Autofahrer auf der A6 waren auf die Landstraße ausgewichen. Deshalb reihte sich auch hier der Verkehr Stoßstange an Stoßstange, und es ging nur im Schneckentempo voran.

Beide waren schweigsam während der Fahrt. Jeder machte sich seinen eigenen Kopf über den gestrigen Tag und dem mysteriösen Verschwinden von Olaf Struck. Beiden wollten die Besprechung auf dem Präsidium mit den Kollegen der Forensik und Polizeichef Manfred Deininger abwarten. Schließlich begann Marie-Lena doch eine Unterhaltung. »Haben Sie gestern den Artikel im Hohenloher Boten gelesen?«

»Nein, ich selbst hab doch gar keine Tageszeitung abonniert, und bis ich an das Blatt im Polizeirevier komme, hat es schon tagelang Kreise gezogen, wenn überhaupt noch eine Zeitung da ist.«

»Da war gleich auf der ersten Seite etwas über die Drogenthematik in Hohenlohe«, meinte Marie-Lena.

»Und? Wurde mal wieder lediglich das statistische Zahlenmaterial interpretiert?« Friedrich verzog spöttisch den Mund und schaute Marie-Lena von der Seite an. »So kennen wir das doch. Die Presse bekommt einmal im Jahr die Statistik aus Stuttgart, macht sich aber nicht die Mühe, uns hier vor Ort oder auch in Heilbronn zu fragen.«

»Da tun Sie der Redaktion aber Unrecht.«

»Okay«, beschwichtigte Friedrich. »Harry Dürn und Eileen Mischke von der Öhringer Redaktion sind zwei nicht nur kompetente und blitzgescheite Redakteure, sondern auch noch sympathisch. Was man ja nicht von allen Journalisten sagen kann. Ich meine damit, wir von der Polizei nicht.«

»Ja, das stimmt«, erwiderte Marie-Lena und stieg auf das Bremspedal, als der Linienbus vor ihr plötzlich abbremste und ohne rechts zu blinken in die Bushaltestelle kurz vor dem Ortseingang Bitzfeld einfuhr.

»Wenn die von den Verhandlungen im Amtsgericht berichten, hat das Hand und Fuß. Aber ich wollte Ihnen doch von dem Artikel erzählen.«

»Dann schießen Sie mal los, liebe Kollegin. Was meint denn die Zeitung? Gibt es etwa Drogen hier im idyllischen Hohenlohe? Doch sicher nicht, oder?«, meinte Friedrich süffisant.

»Na ja, in dem Artikel wurde tatsächlich nur die Statistik abgenudelt. Leider. Das Thema Komasaufen sei rückläufig, ein paar Heroinabhängige, und von unserer neuen Lieblingsdroge Crystal Meth keine Spur hier auf dem Lande«, sagte Marie-Lena.

»Da sollte die Presse ja mal gründlich aufgeklärt werden, meinen Sie nicht auch?«

»Tja, wenn der wüsste, was wir wissen.« Längst schon hatte dieses Gift auch das ländliche Hohenlohe erreicht. Nicht zuletzt, weil mit der A6 die Anbindung über Nürnberg nach Tschechien ideal und die Fahrt ein kurzer Trip war. Dort entlang der Grenze, auf den sogenannten ›Vietnamesen-Märkten‹, konnte jeder den Stoff, der in den Drogenküchen in Tschechien produziert wurde, schnell und billig haben. Die Kollegen in Bayern in den Grenzgebieten konnten schon lange ein Lied davon singen. Tag und Nacht waren dort Fahnder unterwegs, um die Fahrzeuge, von Tschechien kommend und mit deutschem Kennzeichen, unter die Lupe zu nehmen. Wenn ihnen wieder ein Schmugglerduo, -trio oder auch eine ganze Gruppe ins Netz ging, wurden diese noch vor Ort hinter Schloss und Riegel gebracht. Untersuchungshaft wegen Fluchtgefahr. Und egal, woher die Junkies kamen, die Verhandlung war später vor Ort in Bayern. Vor allem die Amtsgerichte in Amberg, Cham oder Weiden wurden von den Verfahren regelrecht überflutet. Größere Deals waren beim Landgericht Regensburg anhängig. So blieben diese Fälle hier vor Ort in der Öffentlichkeit und damit auch der Presse unbemerkt. »Da könnten doch Sie mal Harry Dürn oder Eileen Mischke einen Tipp geben, wenn Sie einen der beiden in nächster Zeit beim Amtsgericht treffen. Eine gründliche Recherche zu dem Thema wäre angebracht. Die sollen sich ruhig mal bei den Kollegen im Drogendezernat in Heilbronn umhören. Was die wissen, gehört in die Öffentlichkeit. Vor allem zum Schutz der Kinder hier. Was schon auf den Schulhöfen vertickt wird, ist ein Albtraum.« Friedrich hatte sich jetzt ziemlich in Rage geredet.

»Jetzt schauen Sie mal da hin. Ist das nicht eine wahre Pracht?« Marie-Lena jauchzte plötzlich auf, als sie von Schwabbach weiter auf der L1036 den leichten Anstieg in Richtung Eberstadt fuhren. Links und rechts säumten Weinberge die Straße, und obwohl noch früh am Morgen herrschte Hochbetrieb zwischen den Rebzeilen.

»Für die Traubenlese ist es ja wohl noch zu früh«, bemerkte Friedrich trocken und war sauer, weil sie ihm anscheinend wieder einmal nicht zugehört hatte.

»Chef, ich habe alles genau registriert, was Sie erzählt haben«, meinte Marie-Lena. Sie hatte sehr wohl die Missbilligung in seiner Stimme vernommen. Seit Anfang ihres Dienstes auf dem KKÖhr war das ein Thema zwischen ihnen. Der feine Herr von Bühl wollte immer ganze Aufmerksamkeit. Das ging ihr so was von auf den Keks! Zugegeben, sie war ja schon etwas sprunghaft in ihren Gedanken. Rotzfrech und sprunghaft wie ein junger Gaul, pflegte ihr Vater früher schon zu sagen. Und heute Micha Mugler. Da fiel ihr wieder ein, dass ja Freitag war und ihr Freund heute Abend aus Mannheim kam. Das gemeinsame Wochenende stand vor der Tür. Sollte sie sich nicht darüber freuen?

»Jetzt weiß ich immer noch nicht, von welcher Pracht Sie sprechen?«

»Ja hier das rege Treiben im Weinberg. Alles fleißige Wengerter.«

Das hatte Friedrich in seinen Jahren hier in Hohenlohe gelernt: Winzer bezeichnete man in Württemberg als Wengerter oder Weingärtner.

»Um diese Jahreszeit ist Hochbetrieb im Wengert. Jetzt nach der Rebblüte sind Laubarbeiten angesagt«, erklärte Marie-Lena.

»An Ihnen ist doch wohl nicht eine Winzerin verloren gegangen?«, frotzelte Friedrich.

»Was nicht ist, kann ja noch werden. Mein Schwiegervater in spe hat Weinberge drüben im Kochertal bei Forchtenberg. Und ein bisschen was bring ich auch von meinem Großvater mit. Opa und Oma bewirtschafteten lange noch Weinberge in Heuholz am Dachsteiger und lieferten die Trauben in die kleine genossenschaftliche Heuholzer Kellerei.«

Wehmütig dachte sie plötzlich an die schönen Kindheitstage im Weinberg. Oben auf dem Dachsteiger, wie die Weinberglage in Heuholz hieß, hatte man einen tollen Ausblick hinunter ins Steinbacher Tal. Und eben nicht nur während der Lesezeit, auch zu den Laubarbeiten war im Wengert viel los. Für die Kinder ein Spielgarten ohne Ende. Man konnte den Hang hinunterkugeln, über schmale Treppenstufen hüpfen oder oben am Waldrand Versteck spielen. Zur Mittagszeit packte die Großmutter auf der Bank am Weinberghäuschen ein mitgebrachtes zünftiges Vesper mit Blut- und Leberwurst, Trollingerkäse, Essiggurken und dunklem saftigem Holzofenbrot aus, und für die Kinder gab es als Nachtisch diese kleinen leckeren Haselnussschnitten.

»Auf jeden Fall war die Blüte heuer früh. Das lag an dem schönen Frühjahr und den fast schon sommerlichen Temperaturen im Mai. Rebblüte Anfang Juni haben wir nicht jedes Jahr. Sechs bis zehn Tage dauert die Hauptblüte, und die Wengerter hoffen da auf trockenes Wetter, weil eine feuchte Witterung Krankheiten begünstigt.«

»Wie aus dem Lehrbuch und fast ohne Punkt und Komma«, lachte Friedrich.

»Schdudiert isch halt schdudiert«, grinste Marie-Lena.

»Aber diesen Studiengang gab es nicht in Villingen-Schwenningen«, kommentierte Friedrich weiter schmunzelnd.

»Apropos. Wenn wir gleich auf dem Präsi sind, haben wir ja noch dicke Zeit bis zur Besprechung. Da mach ich schnell einen Hüpfer ins K1 rein. Da sitzt meine Studienkollegin Christin Albers und ist zuständig für Sexualdelikte. Keine leichte Kost für den Einstieg in den Job. Die Arme. Wir Mädels hatten in Villingen-Schwenningen mächtig Spaß zusammen.« Zwischenzeitlich waren sie mitten in Heilbronn und bogen auf der Allee kurz vor der Harmonie auf die Karlsstraße ab.

»Das glaub ich gerne. Und die Jungs mit euch Mädels wahrscheinlich auch.«

»No comment. Wir sehen uns nachher wieder beim Round-Table vom Chief«, sagte Marie-Lena, als sie auf dem Parkplatz des Polizeipräsidiums aus dem Auto stiegen.

*

»Das hat uns jetzt auch nicht schlauer gemacht.« Marie-Lena war sichtlich frustriert, als sie wieder von Heilbronn zurück nach Öhringen fuhren. Gute zwei Stunden lang hatten die Kollegen der Kriminaltechnik ihre Auswertungen auf den Tisch gelegt. Es war nichts dabei, was Dambach und von Bühl nicht schon klar gewesen wäre.

Auch die jetzt ausführliche DNA-Analyse besagte, dass die Blutspur auf dem Parkplatz der Sportschule in Waldenburg eindeutig von Olaf Struck stammte. Aufgrund der Blutmenge und der Spuren von Haaren schlossen die Forensiker auf eine schwere bis schwerste Hiebverletzung des Kopfes. Die groß angelegte Suchaktion der Hundertschaft in den Waldenburger Bergen brachte keine weiteren Erkenntnisse. Aufgrund des schweren Gewitters und der heftigen Regenfälle am Donnerstagabend war es aussichtslos, jetzt noch einmal eine Einheit loszuschicken. Hätte es dort zwischen Moos und Gras noch Spuren gegeben, wären diese jetzt vom Erdboden verschluckt. Schließlich schlossen die Kollegen der Rechtsmedizin auch aus, dass sich Olaf Struck mit so einer Verletzung noch selbst über eine größere Distanz weiter bewegen hätte können. Zusammenfassend meinte Polizeipräsident Manfred Deininger in die Runde: »Wir müssen davon ausgehen, dass die vermisste Person Olaf Struck auf dem Parkplatz der Waldenburger Sportschule niedergeschlagen und dann mit ziemlicher Sicherheit in einem Auto weiter transportiert wurde. Es könnte sich um einen geplanten Entführungsfall handeln.«

»Genau, das hätte ich unserem Präs auch schon gestern Abend sagen können.« Marie-Lena war leicht verärgert. »Und dazu sind wir jetzt nach Heilbronn gefahren?«

»Was Sie doch mit einem Plausch mit Kollegin Albers verbinden konnten, oder? Hat sie sich auch so gut eingelebt auf dem Dezernat wie Sie bei uns in Öhringen?«, meinte Friedrich etwas zu süffisant.

»Ihr Zwischenton ist mir mal wieder nicht entgangen. Ich weiß natürlich, was Sie meinen, nämlich, dass ich mit den Kollegen auf dem Revier ein – wie Sie immer sagen – allzu vertrauliches Du pflege, oder?«

»Völlig korrekt, liebe Kollegin. Was Sie in einer Woche geschafft haben, dazu hab ich hier Jahre gebraucht.«

»Sie sind ja auch ein reingeschmeckter Sauerländer und unsere Truppe auf dem Revier alles eingefleischte Hohenloher wie ich auch.«

»Ach, was Sie nicht sagen, da wäre ich jetzt alleine nicht draufgekommen.«

»Aber bevor wir uns jetzt weiter angiften, gibt es einen kleinen Mittagsimbiss hier im Weingut Willbrecht«, meinte Marie-Lena kurzerhand und steuerte auch schon einen Parkplatz im Innenhof des Weinguts mitten in Schwabbach an. Friedrich schaute sie leicht verwundert an.

»Hier«, zeigte Marie-Lena auf einen Besen, der über dem Tor hing. »Willbrechts haben heut den Besen offen.« Dunkel erinnerte sich Friedrich daran, dass er hier vor Jahren schon einmal war. Mit Alexandra. Seine verstorbene Frau war eine leidenschaftliche Besengängerin. »Ja, Friedrich«, pflegte sie zu sagen, »so isch des ebbe in Hohenlohe, doa hocke mer gern zsamme.« Ab und zu war er auch nach dem Tod von Alexandra in einer der vielen Besenwirtschaften hier. Aber eigentlich nur dann, wenn er mal Besuch aus dem Sauerland oder von den früheren Freunden und Kollegen aus Bochum bekam. Die waren immer ganz entzückt von diesen »geselligen Menschen« und wollten gar nicht mehr weg.

Bei Willbrechts herrschte jetzt um die Mittagszeit regelrecht Hochbetrieb. Es gab keine freien Plätze mehr. Regina Willbrecht und ihre Servicemannschaft hatten alle Hände voll zu tun.

»Guten Tag, ihr zwei, hallo, Marlenchen, was für eine Überraschung. Das ist aber schön, dass du mal wieder vorbeikommst«, wurden sie herzlich begrüßt. Regina Willbrecht jonglierte mit einer Hand gekonnt ein großes Tablett und deutete mit der anderen auf einen Tisch. »Heut geht es mal wieder eng zu, aber da drüben könnt ihr zwei euch noch dazudrücken. Das sind Wanderer, die haben schon gegessen und wollen gleich ins Himmelreich weiter. Ich komm gleich zu euch.«

Friedrich schaute sie verdutzt an, und Regina Willbrecht lachte laut auf. »Marlenchen, erklär du solang deiner Begleitung, was das Himmelreich ist.«

»Darauf besteh ich«, sagte Friedrich und schaute etwas dumm aus der Wäsche. »Erklären können Sie mir bei der Gelegenheit auch mal, wen Sie in Hohenlohe eigentlich nicht kennen.« Jetzt lachte Marie-Lena. »Die Liste wird bestimmt nicht lang. Aber setzen wir uns mal rüber an den Tisch.«

»Dürfen wir beide uns bei euch noch dazusetzen?«, fragte Marie-Lena freundlich in die weinfröhliche Runde.

»Sicher doch, Fräulein, am besten gleich neben mich«, erwiderte prompt ein grau melierter braun gebrannter Mann, schätzungsweise im Alter von Marie-Lenas Vater. Er zwinkerte Friedrich frech zu.

Alter Knabe du. Denkst wohl, ich hätte mir einen Jungbrunnen gekauft, dachte Friedrich und setzte sich gegenüber.

»Sie wollen also gleich ins Himmelreich«, grinste Marie-Lena quer über den Tisch. »Ein Traum bei diesem Wetter heute.«

»Kennen Sie sich hier aus, Fräulein?«, baggerte der Silberrücken neben Marie-Lena.

»Überall in Hohenlohe. Fragen Sie mich, was Sie wollen«, kokettierte Marie-Lena.

»Also«, holte sie tief Luft. »Das Himmelreich ist eine Weinberglage drüben in Siebeneich. Genannt auch das Tor Hohenlohe, weil gleich anschließend in Richtung Eberstadt das Heilbronner Land anfängt. Hier wachsen ausschließlich Topweine, die Sie sicher jetzt auch gerade vom Weingut Willbrecht verkostet haben. Das kommt daher, weil es eine Südhanglage ist, zudem geschützt im oberen nördlichen Bereich durch den Wald. Wenn Sie dort mal oben sind, haben Sie einen Blick über Siebeneich, Schwabbach, Bretzfeld bis ins Brettacher Tal. Und nach oben in die Waldenburger Berge, den Mainhardter Wald und runter zu den Löwensteiner bergen.«

»Wow! Wollen Sie nicht mitkommen?« Die Wandergruppe war ziemlich beeindruckt von Marie-Lenas Referat.

»Es erfrieren die Trauben nicht so oft, es hagelt weniger und es kühlt nachts nicht so stark ab«, tönte hinter ihnen die Stimme von Regina Willbrecht. »So steht es schließlich schon in unserer Ortschronik.«

»Was du ja wissen musst«, sagte Marie-Lena. Regina Willbrecht war schon seit Jahren ausgebildete Weinerlebnisführerin und hatte eine große Nachfrage an ihren geführten Touren ins Himmelreich. Neben den landschaftlichen Highlights der Lage vermittelte sie den Touristen natürlich auch Weinwissen. Inklusive Verkostung.

»Also, meine Herrschaften. Sie haben unser Wanderpaket gebucht. Das heißt, Sie werden jetzt in Richtung Siebeneich losmarschieren und das Himmelreich erklimmen. Das sind ein bisschen über 300 Meter. Lassen Sie sich Zeit, es ist ein wunderschöner Nachmittag und geradezu ideal zum gemütlichen Wandern. Oben am Weinberghäuschen werde ich Sie in Empfang nehmen. Inklusive kleiner Imbiss und einer erlesenen Auswahl unserer Weine aus dem Weingut.« Das Stichwort. Fast gleichzeitig standen die Frauen und Männer am Tisch auf, zurrten die Rucksäcke auf dem Rücken fest, verabschiedeten sich und waren aus der Tür.

»So«, seufzte Regina Willbrecht mit Blick auf Friedrich, »jetzt zu euch. Ich nehme mal an, Marlenchen, das hier ist dein Chef.«

»Genau, Regina. Wir waren auf der Durchfahrt von Heilbronn nach Öhringen, haben deinen offenen Besen gesehen und wollen eigentlich nur schnell was zum Mittagessen.«

»Schnell und Durchreise. Du hast dich nicht verändert«, antwortete die Besenwirtin, und Friedrich spitzte zusehends die Ohren. Zweimal Schlachtplatte, einen Riesling aus dem Willbrechter Himmelreich für Friedrich und eine naturtrübe Apfelsaftschorle für Marie-Lena, notierte Regina Willbrecht auf dem Notizblock.

»Das war ja nun so richtig schwere Kost am frühen Freitagnachmittag«, stöhnte Friedrich und schob den letzten Bissen Blutwurst mit Sauerkraut auf die Gabel. Er war nicht nur pappsatt. Er war außer Gefecht nach diesem typischen Hohenloher Besengericht: Blut- und Leberwurst, Salzfleisch und Sauerkraut. Genau zu diesem Zeitpunkt war ihm das auch ziemlich egal. Das Wochenende stand vor der Tür. Damit auch seine einsamen Stunden.

»Olaf Ben Struck?«

»Wie, was, wer?« Friedrich schreckte auf. »Ich würde vorschlagen, den lassen wir ruhen bis zur Dienstbesprechung auf dem Revier am Montagvormittag. Oder haben Sie eine andere Strategie, liebe Kollegin?«

»Nein, keine andere Idee. Aber er wird mir keine Ruhe lassen am Wochenende, das weiß ich schon jetzt. Ich musste heute Vormittag schon ständig an seine Frau und das Baby denken.«

5. HAUPTPLATTE

GROSSE PIÉCE / RELEVÉ

Samstag, 18. Juni 2016

»Du hast doch nicht etwa Durst, mein Lieber!«, schreckte ihn eine blecherne Stimme, die irgendwo aus dem Nirwana kam, auf. Doch, das hatte er. Unsäglichen Durst. Ein richtiger Überlebenskampf. Seine Zunge klebte am Gaumen fest, und ihm war höllenheiß. »Jetzt ist es dir ganz schön warm, Sternekoch.« Ein höhnisches Lachen dröhnte in Olaf Strucks Ohren. Trotz der geschlossenen Lider nahm er ein grelles Licht wahr. Im Zeitlupentempo versuchte er, die Augen zu öffnen. Um sie dann sofort wieder zu schließen. Es schien so, als ob Scheinwerfer direkt auf sein Gesicht gerichtet waren. Vielleicht deswegen diese unerträgliche Hitze. Aber war ihm nicht noch gerade kalt gewesen? Wieder versuchte er, sich zu erinnern. Alles schien weit weg zu sein … Wie in einem wabernden undurchdringbaren Nebel. Die Schmerzen, das Blut …

»Jetzt hast du aber lange geschlafen.«

Die kalte blecherne Stimme holte ihn wieder in die Wirklichkeit.

»Das ist kein Wunder. Damit dir nichts wehtut, haben wir dir eine schöne Dosis Sufentanil verpasst, als du ohnmächtig warst. Außerdem haben wir dich gewaschen und ein kleines bisschen verarztet. Du hattest leider ganz schön viel Blut an den Klamotten und am Kopf.« Olaf stöhnte auf.

»Dafür bist du uns aber dankbar, nicht wahr, mein Lieber?« Die Stimme kam eindeutig aus einer Sprechanlage, war aber so verzerrt, dass er nicht einordnen konnte, ob es eine männliche oder eine weibliche Stimme war. Er tastete vorsichtig mit der rechten Hand an seinen Kopf und spürte einen rauen Stoff. Ein Verband, dachte er. Wenn er

dagegen drückte, nahm er einen leichten Schmerz wahr. Plötzlich wurde das grelle Licht ausgeschaltet. Er nahm seinen ganzen Mut zusammen und öffnete wieder die Augen. Es war jetzt nahezu dunkel. Nur schemenhaft konnte er Umrisse erkennen. Der Raum war nicht sonderlich groß und fast quadratisch. Wände, Decke und Fußboden waren weiß gefliest. Es gab kein Mobiliar. So sah es früher zu seiner Schulzeit in der Gemeinschaftsdusche der Jungen im städtischen Schwimmbad aus, dachte er. Nach ein paar Minuten hatte er sich an das schwache Licht gewöhnt. Und sah jetzt, dass dieser Lichtstreifen aus einer kleinen Öffnung über einer schmalen Tür kam.

»Gefällt es dir in deinem neuen Zuhause?«, kam die zynische Frage aus einem unscheinbaren dunklen Kästchen an der Decke. »Vorhin war dir ja so kalt, du Ärmster. Wir mussten dich doch zuerst im Kühlraum zwischenlagern. Damit du es jetzt schön gemütlich hast, werden wir dir noch ein bisschen mehr einheizen. Aber nicht zu viel, du sollst uns ja nicht wegschmoren wie einer deiner saftigen Braten vom Weiderind.« Ein schallendes Gelächter kam aus dem kleinen Kasten, und Olaf Struck presste die Hände an die Ohren.

Er versuchte, sich wieder zu erinnern. Warum war er hier? Wie kam er hierher? Wer war dieser Sadist hinter der Stimme, die aus dem Kasten kam. Wieso nannte sie ihn Sternekoch?

Der Sadist schien seine Gedanken zu erraten. »Dein Kopf hat ganz schön was abgekriegt. Da kann es sein, dass einiges durcheinander gekommen ist in deiner Schaltzentrale. Vielleicht eine kleine Amnesie. Das wird wieder, mein Lieber. Bald kannst du dich sicher an alles erinnern. Aber vielleicht wollen wir das gar nicht.« Auf ein minutenlan-

ges nervenzerfetzendes Lachen folgte ein lauter Pfeifton, dann war es totenstill.

*

Das heftige Gewitter am Donnerstagabend hatte ein schönes und sonniges Wochenende eingeläutet. Im Lauf des Freitags waren auch die letzten Wolken des stürmischen Atlantiktiefs am Himmel verschwunden und hatten einem Hochdruckkeil Platz gemacht. Jetzt am Samstagmorgen war der Himmel nur noch strahlend blau, und Friedrich schon früh aus den Federn. Die Fenster standen weit offen, und er hörte dem vielstimmigen Konzert der Vögel zu. Er liebte den unberührten Morgen, vor allem am Wochenende, wenn fast keine Menschenseele unterwegs war. Kein Bus brummte wie an den Wochentagen, nur wenige Autogeräusche waren zu hören, nur ab und zu das Knattern eines Schleppers der noch wenigen Bauern im Dorf. Ja, es war schon eine Idylle hier.

Friedrich von Bühl lernte Alexandra Deininger 2001 in Bochum kennen. Sie war auf Kneipentour mit einer ganzen Horde von Frauen. Junggesellinnenabend. In einer Bar kamen er und die attraktive Blondine sich näher. Sie erzählte ihm, dass sie in der Personalabteilung des Opel-Konzerns arbeite. Im Laufe des Abends zogen die Freundinnen weiter, und Alexandra blieb mit ihm am Tresen sitzen. Dass sie nicht aus dem Ruhrpott kam, merkte er schon nach drei Sätzen. Sie komme aus Süddeutschland, aus einer kleinen ländlichen Region in Nord-Württemberg, hatte sie ihm auf seine Nachfrage erklärt, und er war verliebt in ihre blauen Augen versunken und hatte nur noch mit dem Kopf genickt.

Wenige Monate später waren sie verlobt, und 2002 wurde Hochzeit gefeiert. Ganz nach Alexandras Wunsch in ihrem heimatlichen hohenlohischen Dorf Hirschenweiler. Nach dem Kirchgang und der Trauung wurde auf dem elterlichen Hof von Alexandras Eltern ein rauschendes Fest mitten im Sommer unter freiem Himmel ausgerichtet. Am aufgebauten riesigen Grill drehte sich der Ochs am Spieß, und das Buffet mit leckeren Beilagen der Hirschenweiler Landfrauen ließ keine Wünsche offen. Der Wein floss in Strömen, und zu vorgerückter Stunde auch der selbstgebrannte Schnaps. Das war sein Einstand in Hohenlohe.

Schnell war klar, dass Alexandra, nun eine Freifrau von Bühl, weder in Bochum noch im sauerländischen Iserlohn ihren Ehealltag verbringen wollte. Nur wenige Monate nach der Hochzeit setzte sie Friedrich die Pistole auf die Brust: »Du wirst deine Versetzung beantragen müssen. Vater will uns ein großes Haus auf dem Hof bauen.«

»Und was ist mit deinem Job bei Opel hier in Bochum?«, hatte er noch gefragt. Sie winkte unwirsch ab. »Wir werden uns jetzt der Familienplanung widmen.«

Spätestens da merkte er, dass Alexandra dominante Züge hatte.

Es war schwer für ihn, bei seiner Dienststelle das Gesuch einzureichen. Weniger wegen der Bürokratie. Er machte seinen Job verdammt gerne. Auf dem Polizeipräsidium Bochum in der Direktion Kriminalität hatte er als junger Kriminalkommissar seine Laufbahn begonnen und war nach einer langen Zeit beim KK16, Drogendelikte, schließlich zum Kriminalhauptkommissar befördert worden und beim KK11, im Organisationsplan zuständig für Todesermittlung, Brand, Waffen und Vermisste, gelandet. Seine Kollegen spotteten damals, als sie erfuhren, dass er auf ein kleines Kommissariat in einer Provinz in Süddeutschland versetzt werden wollte. »Da kannst deine Knarre abgeben und 'ne ruhige Kugel schieben, Freddie. Da gibt es höchstens mal einen Eierdieb im Hühnerstall«, frotzelten sie.

Der Wechsel von Bochum, aber vor allem von seinem Erstwohnsitz Iserlohn in seinem geliebten Sauerland, war grauenhaft. Alexandra und er hatten sich zunächst eine kleine Wohnung in Öhringen gemietet. Seine frisch angetraute Ehefrau beschäftigte sich sofort und ausschließlich mit dem Hausbau auf dem elterlichen Hof und er mit seiner neuen Arbeitsstelle auf dem Revier in Öhringen. Sein Vorgänger, ein waschechter Hohenloher, der in den Ruhestand gegangen war, hatte große Fußspuren hinterlassen und Friedrich deshalb alle Hände voll zu tun, um sich im Revier einzuleben. Nur wenige Monate gingen ins Land, und das prächtige Haus, ganz nach Alexandras Plänen, konnte bezogen werden.

Vielleicht hat es ja da schon angefangen, dass ich mich hier im Haus eigentlich nie zu Hause gefühlt habe, sinnierte er, verscheuchte aber beim Blick in den weiten blauen Himmel sofort wieder diese düsteren Gedanken. Wider Erwarten hatte Polizeichef Deininger seinem Öhringer Gespann das Wochenende dienstfrei gegeben. Die gestern bei der Besprechung in Heilbronn eingerichtete Sonderkommission ›Stern‹ war stark genug, um die laufenden Ermittlungen im Fall Struck zu sichern. Dambach und er sollten sich im Hintergrund und über das Diensthandy zur Verfügung halten. Friedrich war klar, dass er nicht einfach so abschalten konnte. Der Fall Struck saß fest in seinem Kopf. Allerdings hatten Dambach und er in den letzten Wochen wenige dienstfreie Wochenenden. Bedingt durch die Landesgartenschau und die Besucherströme, gerade am

Wochenende, war einiges los gewesen in Öhringen. Einige Diebstähle, Autoaufbrüche, eine räuberische Erpressung und eine versuchte Vergewaltigung hielten das Kommissariat auf Trab. Friedrich atmete tief durch. Die frische Morgenluft belebte seinen Geist.

Heute wollte er mit seiner Göttin ausfahren.

»Hallo, Karl, ich bin es, Freddie«, antwortete Friedrich, als sich am anderen Ende der Leitung die bekannte Stimme mit »Autohaus Hübner, Karl Hübner« meldete. »Das hab ich mir natürlich gedacht, dass du so früh in der Werkstatt bist.«

»Guten Morgen, Freddie, altes Haus. Sag jetzt bloß nicht, dass du deine Schöne holst. Das habe ich mir nämlich heute Morgen beim Frühstück schon gedacht.«

»Genau, mein lieber Karl«, lachte Friedrich. »Du kennst mich einfach zu gut.«

Karl Hübner vom gleichnamigen Citroën-Autohaus war eine seiner ersten Anlaufstellen in Öhringen. Damals fuhr er noch einen Citroën Saxo. Der Kleinwagen des französischen Automobilherstellers hatte ihm im Ruhrpott schon gute Dienste geleistet. Aber er hatte zudem noch sein Schmuckstück mit nach Öhringen gebracht und Karl Hübner in die fachmännischen Hände gelegt. »Heiligs Blechle«, pfiff damals Karl Hübner anerkennend durch die Zähne, »das ist ja der Hammer.«

»Nein, meine Schöne«, hatte Friedrich darauf geantwortet, und deshalb war das Schmuckstück für Karl Hübner nur noch »die Schöne«.

Erstzulassung 1967, knapp 60.000 Kilometer auf dem Tacho und unfallfrei war das Citroën DS 21 Cabrio damals schon ein echter Blickfang. Der Oldtimer war in 1a Zustand: Der Innenraum wie auch das Verdeck, Glas und Dichtungen waren ohne Beschädigungen. Karosserie, Interieur und

Technik überholt und diverse Teile erneuert. Die Innenausstattung bestand aus schwarzem Vollleder, und der Lack war noch original im zeitgenössischen Farbton gelb und ohne einen Kratzer. Friedrich hatte Mitte der 90er Jahre das Fahrzeug aus dem Erbe seines Vaters bekommen und zunächst einen Spezialisten aufgesucht, der das Cabrio genau unter die Lupe nahm. Ausfahrten mit dem Citroën DS unternahm er nur wenige, sodass der Wagen heute mit knapp 80.000 Kilometern einen Wert von gut 90.000 Euro hatte.

Als Friedrich mit seinem weißen C1 im Öhringer Gewerbegebiet in die Hofeinfahrt des Autohauses Hübner fuhr, sah er schon seine Göttin auf dem Hof stehen. Karl Hübner war wie immer schnell und absolut zuverlässig und hatte das Fahrzeug aus einer Garage im Nebengebäude des Autohauses gefahren und auf dem Hof geparkt. Vorsichtig und mit gleichmäßigen Bewegungen wischte er mit einem Lappen über die Motorhaube. »So schaut sie wieder prächtig aus, deine Schöne. Kein Stäublein auf dem Lack«, lachte Karl Hübner, als Friedrich aus dem Auto stieg.

»Da musst du dich aber ganz schön umstellen, jetzt vom Kleinen auf die große Göttin«, meinte er und deutete auf den C1. »Den ich fast genauso liebe«, entgegnete Friedrich. Im letzten Jahr hatte er sich den neuen C1 Airscape als Leasing-Fahrzeug angeschafft und genoss bei schönem Wetter die Fahrten unter freiem Himmel.

»Im Ernst, Karl: Was brauche ich hier mehr auf meinen wenigen privaten Fahrten. Der ›Kleine‹ ist in der Stadt mein garantierter Parkplatz, der Spritverbrauch ist verschwindend gering, und jetzt mit dem offenen Dach fühle ich mich manchmal wie in meiner Göttin.«

»Die du immer nur fährst, wenn es dir richtig schlecht oder aber richtig gut geht«, antwortete Karl Hübner.

»Oder zu den Oldtimerausfahrten vom Schloss Langenburg«, lachte Friedrich und bewunderte Karl Hübner wieder einmal für seine gute Menschenkenntnis.

»Du siehst abgespannt aus, Freddie.« Karl Hübner sah ihm direkt in die Augen. »Hängt das vielleicht mit dem Verschwinden vom Jagdschloss-Sternekoch zusammen?«

»Was weißt du denn davon?« Friedrich war plötzlich wie elektrisiert.

»Na ja, Öhringen ist zwar nicht der Nabel der Welt, aber hier ist die Welt klein. Am Donnerstagabend war großes Lalülala mit Blaulicht von Öhringen nach Waldenburg hoch, und am Freitag hat mir ein Kunde erzählt, dass dieser Struck nicht zu seiner Sterneverleihung und dem Fernsehauftritt gekommen ist. Und dass man vermutet, er sei einem Verbrechen zum Opfer gefallen.« Karl Hübner schaute Friedrich jetzt fragend an. »Das ist doch deine Baustelle, oder?«

»Okay, Karl. Jetzt kennen wir uns ja wirklich schon lange. Da ist was dran, was du gerade gesagt hast. Und mir macht es einen ziemlich schweren Kopf. Auch wenn ich nun am Wochenende nicht im Dienst bin.«

»Also wird es eine Ausfahrt in der Rubrik schlechte Zeiten«, sagte Hübner und gab Friedrich den Schlüssel für das DS 21 Cabrio in die Hand.

»Pass auf dich auf, Junge. Wir sehen uns am Montag wieder, wenn du unsere Göttin wiederbringst.«

*

Montag. Das war das Stichwort. Am Montag war Dienstbesprechung mit den Kollegen der Soko ›Stern‹ angesagt und damit die weitere Planung zu den Ermittlungen im

Fall Struck. Friedrich fuhr von Öhringen nach Künzelsau. Irgendwie war er ganz schön ziellos. Was selten vorkam, wenn er seine Göttin über die Straßen bewegte. Weil die Ausfahrten mit der Liebhaberkarosse spärlich genug waren, plante Friedrich die Touren durchs Hohenloher Land immer sehr akribisch. Heute spukte ihm aber der verschwundene Sternekoch durch den Kopf.

Es gab wenige Fälle in seiner Laufbahn als Kommissar, die ihn von Anfang an so beschäftigt hatten. Nicht nur im Denken.

So wie der Fall Miriam, erinnerte sich Friedrich. Das zehnjährige Mädchen, das auf dem Schulweg verschwunden war. Einer seiner ersten Fälle hier in Hohenlohe.

Einem Landwirt fiel an einem Spätnachmittag im Juni 2003 das ordentlich abgestellte, unbeschädigte Mountainbike an einem Feldweg zwischen Söllbach und Neuenstein auf. Weil mitten auf dem Weg ein Schulranzen und eine Jacke lagen, alarmierte er die Polizei in Öhringen. Dort war fast gleichzeitig die Vermisstenanzeige der Eltern eingegangen. Die daraufhin groß angelegte Suchaktion brachte kein Ergebnis. Miriam, die immer pünktlich und zuverlässig war, blieb wie vom Erdboden verschluckt. Natürlich hatte man damals auch den familiären Hintergrund, die Schule und das Umfeld des Mädchens abgeklopft. Es gab allerdings keine Anhaltspunkte für eine Beziehungstat. Die Eltern, ein gut situiertes Zahnärztepaar aus Söllbach mit Praxis in Neuenstein, vermuteten zunächst eine Entführung ihrer Tochter. Aber auch Tage nach dem Verschwinden gab es keine Lösegeldforderung. Der Hohenloher Bote berichtete damals täglich über den Fall und warf der Polizei indirekt ein Versagen vor.

Auch noch nach Wochen schreckte Friedrich am Schreibtisch auf, wenn die Kollegen wieder einmal eine vermeintliche Zeugenaussage auf den Tisch legten. Jeder noch so klitzekleinen Spur gingen er und seine Kollegen nach. Und jedes Mal trug er dann dieses Bild des kleinen blonden Mädchens, das so fröhlich lachte, im Kopf mit nach Hause. Das Foto, das die Eltern zur Verfügung stellten, hing an zentralen öffentlichen Stellen in der ganzen Region. Monate später, im November 2003 ,stieß ein Jäger im Mainhardter Wald bei Ammertsweiler auf die Leiche des Kindes. Der Täter hatte den nackten Körper im Waldboden in einer Senke nur lose verscharrt, und durch die tagelangen starken Regenfälle im Herbst wurde der Leichnam freigespült. Die Obduktion ergab, dass Miriam mehrfach vergewaltigt und dann erdrosselt wurde.

Nur durch einen Zufall stieß man wenige Wochen später auf René Larrer, einen mehrfach vorbestraften Sexualtäter. Die Kollegen in Heilbronn hatten ihn wegen eines anderen Deliktes observiert, und bei der Festnahme gestand der 52-Jährige den Mord an dem Mädchen.

Das Protokoll war ein Schreckensszenario: Er sei in jenem Sommer mit seinem alten VW-Passat ziellos durch Hohenlohe gefahren. Aufgewühlt vom Gespräch mit seinem Therapeuten. Als er auf der Landstraße von Neuenstein nach Söllbach fahrend auf dem parallel verlaufenden Feldweg die wehenden blonden Haare des Mädchens sah, sei er auf der nächsten Zufahrt in den Feldweg abgebogen. Als er neben ihr anhielt, habe sie fröhlich gewunken und sei vom Fahrrad abgestiegen. Er sei ausgestiegen und habe sie sofort gewürgt und in das Auto gezerrt. Die Schultasche und die darüber gelegte Jacke ließ er neben dem Fahrrad liegen. Die Kleine hatte sich heftig gewehrt, gebissen und um sich geschlagen. Was ihn noch mehr erregte. Schließlich hatte er sie mit einem Teppichband gefesselt und war mit ihr in seine Wohnung nach Heilbronn gefahren.

Dort war das Mädchen über mehrere Tage in seiner Gewalt. Als sie schließlich tot war, entsorgte sie René Larrer im Mainhardter Wald.

Friedrich musste sich plötzlich schütteln. Es war das Gefühl, als ob es ihm eiskalt den Rücken hinunterlief. Er musste damals den verzweifelten Eltern die Nachricht überbringen, und nie in seinem Leben würde er den Schmerz in ihren Augen vergessen können. Es war, als ob ihnen der Boden unter den Füßen weggezogen würde. Bis zu diesem Zeitpunkt hatten sie fest daran geglaubt, ihre Tochter lebend wiederzusehen.

Beim Gedanken an das mysteriöse Verschwinden von Olaf Struck beschlich ihn genau dasselbe Gefühl wie damals. Vor allem die Blutspur auf dem Parkplatz der Sportschule in Waldenburg ließ ihn nicht los. Struck hatte einen großen Blutverlust erlitten. Ohne ärztliche Hilfe hatte er wohl nur eine geringe Chance zu überleben.

Komm Junge, heute ist Samstag und kein Dienst, und schließlich fährst du deine Schöne übers Land, schalt er sich in Gedanken und versuchte den Blick auf die Landschaft zu richten.

Was ihm gelang.

Traumhaft, jubelte es plötzlich in Friedrich, als er von Künzelsau über Belsenberg und Stachenhausen die schmale kurvenreiche Straße runter an die Jagst nach Hohebach fuhr. Sein Blick wanderte auf die andere Seite zu den Jagsttalhängen: Jetzt im Juni standen die Wiesen in sattem Grün, durchwebt von der bunten Mischung an blühenden Wiesenkräutern. Dazwischen die geschützten Steinriegellandschaften und immer wieder weidende Ziegen und Schafe, die diese jahrhundertealte Kulturlandschaft vor der Verbuschung schützten. Hier zog es ihn auch oft zum Wandern her. Die Wiesen entlang der Jagst waren ein einziges Biotop. Vor Jahren ging man daran, die Ufer der Jagst zu renaturieren, und kaufte dafür Landwirten die Gewässerrandstreifen ab. So konnten dort wieder Sumpfdotterblumen oder Schwertlilien wachsen, seltene Blesshühner wieder planschen und Biber ihre Burgen bauen. *Eigentlich*, dachte Friedrich, *eigentlich wäre heute auch ein ideales Wanderwetter gewesen.* Vielleicht am nächsten Wochenende würde er sich wieder einmal eine schöne Tour auf einem der Pfade der Stille, das waren ausgewiesene Wandertouren rund um die Jagsttalgemeinden Dörzbach, Krautheim, Mulfingen und Schöntal, vornehmen.

Mulfingen, ein gutes Stichwort, kam Friedrich der Geistesblitz. Wohl mehr aus der Magengegend. An der Alten Mühle, einem wunderschönen Landgasthof direkt an einem Jagstwehr gelegen, wollte er einen kleinen Mittagsimbiss einnehmen.

Als er im Schritttempo über die beeindruckende ›Königsbrücke‹ bei Hohebach fuhr, rief ihm ein Wanderer fröhlich vom angrenzenden Weg zu: »Ist denn schon wieder Langenburger Oldtimerausfahrt?« Friedrich musste schmunzeln. Das war eine beliebte und häufige Frage, wenn er mit seinem auffälligen Cabrio übers Hohenloher Land fuhr. »Nein«, erwiderte er mit einem freundlichen Winken. »Ich bin solo unterwegs, die Ausfahrt der Langenburger Historic war schon am letzten Aprilwochenende.« Seit Jahren gab es diese Oldtimerausfahrten des Automuseums auf Schloss Langenburg.

Genau. Jetzt hatte er seinen Plan. Friedrich pfiff fröhlich ein Lied. Nach dem Mittagessen in der Alten Mühle wollte er weiter nach Langenburg. Eine kurze Stippvisite im Automuseum und dann im Schlosscafé in der Nachmittagssonne bei einer Latte macchiato und einer herrlich frischen Käsesahnetorte seine Ausfahrt beschließen. Jetzt hatte er also doch noch seinen Plan gefunden.

Und wer weiß, was der Tag dieser zunächst ungeplanten Ausfahrt noch bringen wird, dachte Friedrich. Er war nun schlagartig, wie von Zauberhand, bester Laune.

Im Restaurant Alte Mühle ergatterte er noch einen letzten Platz auf der Terrasse des elegant-romantischen Gourmet- und Hoteldomizils. Ein Künzelsauer Unternehmer hatte das ursprüngliche Mühlengebäude vor Jahren erworben und liebevoll zu einem ganz eigenen und wunderschönen Landgasthof umgebaut. Das Landschaftsidyll direkt an der Jagst und eine Küche auf hohem Niveau sorgten schnell für den sehr guten Ruf in den einschlägigen Gourmetführern.

Gekräutertes Filetsteak vom Hohenloher Weiderind mit Balsamicojus, mediterranem Gemüse und Ziegenkäsecannelloni. Friedrich lief das Wasser im Mund zusammen, als er die Speisekarte studierte. Hatte er sich noch vor einer Stunde, während der Fahrt, in Gedanken vorgenommen, nur einen kleinen Salat zu sich zu nehmen, war alleine das gedruckte Wort *Filetsteak* jetzt das Gegenargument. Gut, er war ja auch ein bekennender ›Fleischesser‹. Und von diesem ganzen Hype jetzt um die neue Religion Veganismus hielt er nicht allzu viel. Zweimal im Jahr, zur siebenwöchigen Fastenzeit vor Ostern und einer etwas kürzeren Fastenzeit im Advent, verzichtete Friedrich als gläubiger Christ gänzlich auf Fleisch und Alkohol. Aber außerhalb dieser Zeiten könnte er sich das nicht vorstellen. Bei seinem Fleischkonsum legte Friedrich allerdings größten Wert auf Herkunft und Haltung der Tiere. Was natürlich hier in Hohenlohe kein Problem war. Hier konnte noch der Metzger Auskunft über die Herkunft der Schweinelende oder des Freilandhähnchens geben. Artgerechte Tierhaltung mit Fleisch in Bio-Qualität war im Hohenloher Land nicht nur die Ausnahme. Und für Friedrich war es auch selbstverständlich, so war er schließlich auch erzogen worden, so ein Stück Fleisch auf dem Teller wertzuschätzen.

»Ich grüße Sie, Herr von Bühl. Wir haben uns ja schon länger nicht mehr gesehen.« Andrea Maier, die Restaurantleiterin, kam an seinen Tisch und freute sich sichtlich.

»Ja, das stimmt«, bekannte Friedrich. »Das letzte Mal war vor Ostern. Da war ich hier mit Freunden aus dem Ruhrpott.«

»Genau, da dran erinnere ich mich«, nickte die adrette Mittfünfzigerin. »Das waren sehr sympathische Gäste. Nach Ihrer geselligen Feier am Abend waren Ihre Freunde am nächsten Morgen topfit und haben mit unseren Landfrauen zusammen hier am Ort fleißig Holzofenbrot gebacken.«

Friedrich musste laut lachen. »Von diesem touristischen Event sprechen sie immer noch. Das kannten die in Bochum ja gar nicht.«

»Jedenfalls, Sie wissen: Immer wieder gerne haben wir Ihre Freunde, egal ob aus Bochum oder dem Sauerland, hier in unserem Hotel zu Gast.« Andrea Maier strahlte. »Und Sie wollten eigentlich nur einen kleinen Imbiss auf der Durchfahrt, aber haben sich nun für ein saftiges Stück Fleisch entschieden.«

Friedrich strahlte zurück. »Sie kennen mich ja ganz gut.«

»Unsere besonders gern gesehenen Gäste kennen wir immer gut«, antwortete die Restaurantleiterin charmant.

War das nun ein Flirtversuch?, dachte Friedrich und sah Andrea Maier tief in die Augen.

Nein, doch nicht. Ihr Blick war lange nicht so intensiv. *So weit bin ich schon, dass ich freundlichen und zuvorkommenden Servicefachkräften plumpe Anmache unterstelle,* schalt sich Friedrich selbst. Vielleicht sollte ich es doch mal mit Online-Dating versuchen, bevor ich in meiner Vereinsamung weiter auf so dumme Gedanken komme.

»Was unsere beiden Küchenchefs heute wärmstens empfehlen können, wären die Kalbskutteln vom Hohenloher Milchkalb in feiner Rieslingsoße, und dazu gibt es Bratkartoffeln«, riss ihn die Restaurantleiterin aus seinen Gedanken.

»Fein, das ist jetzt genau das Richtige. Das Filetsteak nehme ich dann lieber wieder beim nächsten Abendbesuch. Bitte aber nur eine halbe Portion von den Bratkartoffeln und lieber noch einen Teller Blattsalat dazu. Und was würden Sie für einen Wein empfehlen?«

»Wie wäre es mit einem schönen trockenen und dazu noch leichten Silvaner aus einer Steillage im Kochertal?«

Friedrich zögerte nicht lange. »Passt! Aber bitte nur ein Achtel, quasi als Gaumenschmeichler zum Essen.«

Friedrich lehnte sich entspannt zurück und genoss den Blick auf die gemächlich vorbeifließende Jagst.

Ja, es ist doch eigentlich auch als Single ganz schön!

Nach den vorzüglichen Kalbskutteln in einem deliziösen Sößchen und den krossen Bratkartoffeln, von denen er am liebsten doch die ganze Portion gegessen hätte, und das alles in Begleitung des Kochertal-Silvaners mit der feinen, frischen Säure, war Friedrich so satt, dass er, dösend in der warmen Junisonne, fast nach einem Mittagsschläfchen zumute war. Aber er wollte ja noch übers Hohenloher Land touren und entschied sich deshalb für einen doppelten Espresso und einen kleinen Rundgang auf der kleinen Jagstinsel des Landgasthofes.

Als er wieder auf den Parkplatz zurückkam, sah er eine kleine Gruppe von Gästen, die seine Göttin in Augenschein nahm. Er spürte förmlich die Blicke im Rücken, als er sich bewusst lässig ins schwarze Leder seiner Schönen sinken ließ. Das waren die Momente, wo es ihm klar vor Augen war: Das Bühl'sche Erbe, das ihm nach dem Tod seines Vaters, Baron Christian von Bühl, vor gut 20 Jahren zu viel erschienen war, war jetzt für ihn ein Segen. Damals hatte er mit dem Schicksal allerdings schwer gehadert.

Christian von Bühl war ein kerngesunder und stattlicher Mann gewesen mit seinen 66 Lenzen. Und wie Friedrich: äußerst belesen, kunstinteressiert und ein Naturliebhaber. Er hatte sich gerade als Gesellschafter aus seinem gut aufgestellten mittelständischen Unternehmen, das er in den Nachkriegsjahren in Iserlohn aufgebaut hatte, etwas zurückgezogen und genoss nun seine Freiheit. Auf einer seiner Wanderungen auf der Sauerland-Waldroute erlag er einem Herzinfarkt. Der plötzliche Tod seines Vaters, nur zwei Jahre nach dem frühen Tod seiner Mutter, Baronin Friedericke von Bühl, die nach einem langen Krebsleiden in einem Hospiz verstorben war, brachte den jungen Kriminalhauptkommissar Friedrich von Bühl fast aus der Spur. Nur die Leidenschaft für seinen Beruf und der Dienst beim KK1 in Bochum ließen ihn nicht an diesem Verlust verzweifeln. Friedrich, einziger Sohn und alleiniger Erbe des Familienbesitzes, wurde bei der Testamentseröffnung klar, dass er sich mit diesem finanziellen Polster irgendwann frühzeitig zur Ruhe setzen konnte. Damals mochte er freilich noch nicht daran denken. Nun schon. Und immer öfters.

Er fuhr jetzt von Buchenbach in Richtung Bächlingen. Als er auf die Straße nach Langenburg einbog, erfreute er sich wie immer an der imposanten Kulisse des Renaissanceschlosses, das auf der vorderen Spitze des Bergsporns hoch über der Jagst thronte. Das Städtchen Langenburg mit seinem historischen Stadtkern schloss sich daneben an. Friedrich bog nach links in die Schlossanlage ab und parkte das Cabrio direkt vor dem Eingang des Automobilmuseums.

›Wegen Umbauarbeiten bis 1. Juli geschlossen‹, prangte in schwarzen Lettern auf dem Schild neben der Tür. *Schade*, dachte Friedrich und versuchte, durch die breite Fensterfront einen Blick in den ehemaligen Marstall der Schlossanlage, in welchem heute das Automuseum untergebracht war, zu erhaschen. Gerne hätte er den neuesten Zugang bewundert. Die Presse hatte es vor einigen Tagen groß angekündigt: ein Borgward Isabella Coupé aus dem Jahr 1958 mit einem Wert in etwa seiner Göttin. Der Fürst zu Hohenlohe-Langenburg, Erster Vorsitzender des Museumsvereins, war natürlich stolz über dieses außerordentliche Schmuckstück. Schließlich feierte die einst erfolgreiche Automobilmarke, die 1961 Insolvenz anmelden musste und von der Bildfläche verschwand, im Jahr 2015 ein großes Comeback. Und Borgward Oldtimer stiegen damit rasant im Wert.

Dann nicht, ärgerte sich Friedrich und schaute auf die Anzeige seines Smartphones. 15.23 Uhr. Für seinen Nachmittag-Latte macchiato war es noch zu früh. Er beschloss deshalb, einen kleinen Spaziergang rund um das Schloss bis zum angrenzenden Waldkletterpark zu machen.

Die Fürstenfamilie zu Hohenlohe-Langenburg hatte ihren Wohnsitz weitgehend den vielen Besuchern zugänglich gemacht. Vor allem die *Langenburger Gartentage* waren seit 2004 ein Publikumsmagnet. Über 30.000 Menschen lockte der Event immer einmal jährlich am ersten Septemberwochenende nach Langenburg. Im Renaissanceinnenhof und dem Barockgarten des fürstlichen Domizils, seit dem 13. Jahrhundert Wohnsitz der Fürstenfamilie Hohenlohe-Langenburg, gaben sich dann 160 Aussteller ein Stelldichein. Mit all dem im Gepäck, was Gärten schöner macht: seltene Duftrosen und Wildtulpenzwiebeln oder auch Designerliegen und Schwimmkugeln für den Gartenteich. Ein Rundweg der Entspannung mit Klanggarten, Duftkräutern und Teezelten sorgte für die Entspannung der Besucher. Mittendrin: Fürst Philipp und Fürstin Saskia. Das war schließlich das Konzept der Fürstenfamilie: Adel zum Anfassen. Bis zum Jahr 2004 lebte Fürst Philipp in London, arbeitete dort ganz bürgerlich als Bankkaufmann. Als sein Vater starb, kehrte er nach Langenburg zurück.

Im Waldkletterpark war die Hölle los. *Klar, Samstag ist Familientag angesagt,* dachte sich Friedrich und wurde mit einem Schlag wehmütig, als er das bunte Treiben in den Baumwipfeln sah. Dann lieber jetzt im Schlosscafé unter der Rosenpergola den Blick übers Jagsttal schweifen lassen.

Es hatte damals nicht sein sollen mit Alexandras Familienplanung. Nach dem Einzug ins neue Haus, dem wochenlangen unermüdlichen Schmücken und Dekorieren war Alexandra ungehalten und wütend.

»Für was habe ich das Ganze aufgebaut, wenn wir jetzt keine Kinder bekommen.«

Ihre vorwurfsvolle, regelrecht keifende Stimme klang ihm bis heute noch in den Ohren.

Friedrich fühlte sich schuldig damals. Vielleicht weil er mit Fleisch und Blut mehr auf dem Revier in Öhringen zu Hause war als in Alexandras durchgestyltem Haus in Hirschenweiler. Da blieb Nähe in ihrer Beziehung auf der Strecke.

Hör auf mit diesen Gedanken. Er rieb sich beidseitig mit den Fingerkuppen an den Schläfen und blinzelte in die Nachmittagssonne. Er hätte gern Kinder gehabt. Aber nicht um jeden Preis. Alexandra hatte angefangen, sich mit dem Thema künstliche Befruchtung zu beschäftigen. Davor waren allerdings einige Untersuchungen notwendig. Unangenehme Untersuchungen. Dabei stellte es sich heraus, dass er wohl der Part war, der keine Kinder zeugen konnte. Was Alexandra noch wütender machte. Nein, das war keine schöne Zeit damals in ihren erst jungen Ehejahren.

*

»Leider haben wir heute keine Käsesahne.«

Friedrich musste wohl etwas verdutzt aus der Wäsche geschaut haben. Die Bedienung im Schlosscafé konnte sich ein Lachen nicht verkneifen, als sie auf seine Bestellung antwortete.

»Nehmen Sie als Alternative unsere leckere Erdbeer-Mascarpone-Torte mit Erdbeeren hier ganz frisch gepflückt aus der Region.«

»Erdbeertorte genau. Das ist ein unwiderstehliches Angebot, das ich nicht ablehnen kann.« Beim Gedanken an die roten Früchte, die, wenn sie hier aus der Region kamen, aromatisch und sehr süß waren, lief ihm das Wasser im Mund zusammen. Wie oft schon war er während der Erdbeersaison von Öhringen nach Hirschenweiler gefahren und hatte sich am Erdbeerstand an der Straße zwei 500-Gramm-Schalen gekauft. Und wie oft überlebte mindestens eine Schale diese – gerade mal – Siebenkilometerstrecke nicht.

Ja, dachte er plötzlich und irgendwie selig. *Das ist heute so was wie mein Tag. Ein blauer, offener Himmel am Morgen, aber kein Plan. Dann fügt sich alles zu einem absolut runden Tag.*

Entspannt lehnte er sich zurück und schloss die Augen. Der Duft der üppig blühenden Rosen rund um die Terrasse des Schlosscafés stieg ihm in die Nase. Hier ließ es sich wahrlich aushalten. Ein grenzenloser Blick über das Jagsttal, eine ganz eigene Beschaulichkeit und Ruhe. Einer seiner Lieblingsplätze hier in Hohenlohe.

Das ist wirkliches Glück.

Plötzlich nahm er einen feinen Duft wahr, den er eine Ewigkeit nicht mehr in der Nase hatte und der ihn mit einem Schlag völlig aufwühlte. *Vanille West Indies,* das war es. Dieses Parfum war ihm schlagartig vertraut und doch so weit weg. Dieser warm-sinnliche Vanilleton, cremiges Karamell und die zarte Komponente exotischer Orchideen – die Frau, mit der er diesen Duft verband, war seit vielen Jahren aus seinem Leben verschwunden. Da spielten ihm seine Sinne wohl einen Streich.

»Freddie?«

Nein, das konnte nicht sein. Das war wohl die Anspannung, die der Fall Struck mit sich brachte. *Das Gehirn spielt verrückt, und du hast irgendwelche Halluzinationen*, blinzelte Friedrich in die späte Nachmittagssonne.

»Friedrich Freiherr von Bühl. Unverkennbar. Auch nach so vielen langen Jahren.«

Jetzt riss er wie hypnotisiert die Augen auf.

Vor ihm stand Muriel Kiefer.

Die Muriel Kiefer.

Genauso schön, wie er sie in Erinnerung hatte. Ihr schulterlanges kupferrot-blondes Haar glänzte in der Sonne. Ihre großen grün-braunen Augen funkelten und sprangen ihm förmlich ins Gesicht, und es war nicht nur das elegante feminine, aber dennoch unaufdringliche Outfit, mit welchem sie die Blicke der Cafébesucher auf sich zog. Es war ihr inneres Leuchten. Eine Ausstrahlung so wie damals. *Mein Gott*, versuchte sich Friedrich zu erinnern. *Wie lange ist das nun schon her?*

»Muriel. Muriel Kiefer.« Friedrichs Mund war nun so trocken, dass er kaum sprechen konnte.

»Was machst du hier?«

»Genau dasselbe könnte ich dich jetzt auch fragen.« Für eine Ewigkeit schaute sie ihm in die Augen.

»Bist du alleine hier?«, wanderte ihr Blick fragend über den Tisch zum Stuhl gegenüber von ihm.

Friedrich sprang auf und rückte den leeren Stuhl zurecht. »Wenn du dich zu mir setzt, dann nicht mehr«, grinste er.

»Ganz gentlemanlike, also immer noch der alte Friedrich.«

»Gelernt ist gelernt.« Friedrich hatte sich wieder auf seinen Platz gesetzt und musterte sein Gegenüber nun ganz genau. Ihr schmales Gesicht mit dem markanten Kinn und dem Grübchen in der Mitte hatte zweifellos ein paar Falten. Die ihr allerdings sehr gut standen, stellte Friedrich fest. Ihre Augen sprühten tausend Funken, und zu gerne hätte er ihr Gesicht jetzt in die Hände genommen und sie geküsst.

»Einmal Erdbeer-Mascarpone-Torte und die Latte macchiato für den Herrn.« Die Bedienung schob den Teller mit einem riesigen Stück Torte über den Tisch und stellte das Glas mit der italienischen Kaffeespezialität daneben.

»Und die Dame? Was darf es für Sie sein?« Muriel lachte herzlich. »Jedenfalls nichts, was so üppig ist wie das hier«, zeigte sie auf die mindestens zehn Zentimeter hohe Torte.

»Wobei Sie sich das ganz bestimmt leisten könnten«, erwiderte die Bedienung und musterte Muriel dabei ein wenig neidisch von Kopf bis Fuß.

»Da hat sie allerdings recht«, sagte Friedrich anerkennend. »Du hast dich überhaupt nicht verändert.«

»Du auch nicht.« Wie auf Kommando prusteten beide vor Lachen.

Da musste auch die Servicekraft schmunzeln: »Ich bringe Ihnen einfach eine zweite Kuchengabel, und dann können Sie immer noch entscheiden.«

»Vielleicht brauchen wir die gar nicht«, sagte Friedrich, als die Bedienung weg war, und schob Muriel den Teller mit der traumhaften Torte zu. »Weißt du noch damals, in diesem kleinen Straßencafé in Bochum, als wir uns das erste Mal so wie jetzt gegenüber saßen?«

»Wie hätte ich das vergessen können. Jede einzelne Sekunde ist abgespeichert auf der Festplatte«, sagte sie und tippte sich an die Stirn.

»Du, die aufstrebende Redakteurin bei der WAZ, und ich, der Kriminaler … das ist ja nun schon Jahre her.«

»Jahrzehnte«, korrigierte Muriel trocken. »Und jetzt sitzen wir hier, und es kommt mir vor, als sei es gestern gewesen, dass wir uns das letzte Mal gesehen haben.«

»Was hat dich hierher verschlagen?« Wieder mussten beide lachen, als sie sich die Frage gleichzeitig stellten.

»Ladies first, also erzähl du.«

»Okay, Herr Kommissar. Die aufstrebende Redakteurin bei der WAZ hat irgendwann familiär bedingt Bochum und der Tageszeitung den Rücken gekehrt. Ich arbeite nun schon seit vielen Jahren als freischaffende Reisejournalistin und schreibe vor allem über kulinarische Themen und Wellness. Und wenn ich nicht unterwegs bin, lebe ich in Meran. Seit Freitag bin ich hier und teste für ein großes Reisemagazin das neue Wellnesshotel Marvin und werde Montag früh wieder abreisen. Noch Fragen, Herr Kommissar?«

Friedrich hatte sie die ganze Zeit über verträumt angeschaut. *Diese Mimik, dieser Ausdruck, diese Lebendigkeit,* dachte er. Sie hatte sich keine Spur verändert.

»So schnell konnte ich das gar nicht zu Protokoll nehmen …«

»… und außerdem hast du mich gerade völlig entrückt angeschaut.« Muriel zwinkerte ihm zu. »Mein lieber Kommissar, waren Sie überhaupt bei der Sache?«

Friedrich pickte mit der Kuchengabel eine pralle rote Erdbeere von der Torte und schob sie Muriel zwischen die Lippen. »Saftig, süß und garantiert kalorienfrei«, grinste er, als Muriel die Erdbeere in den Mund nahm und genüsslich verspeiste.

»Da bleibt uns aber nicht mehr viel Zeit.«

»Wie, was meinst du mit Zeit?«

»Na, bis du Montag hier wieder deine Koffer packst, sind es noch gut 36 Stunden.« Friedrich schaute auf die Zeitanzeige auf dem Smartphone.

»36 Stunden?« Muriel schaute ihn fragend an.

»Wir haben späten Samstagnachmittag, und bis Montagmorgen sind es nach meiner Rechnung 36 Stunden. Die sollten wir doch nutzen, oder?« Friedrich beugte sich über den Tisch und strich ihr mit dem Finger einen kleinen Rest Fruchtfleisch von den Lippen.

»Heißt das, Sie wollen mich die nächsten Stunden festhalten, Herr Kommissar?« Muriels Stimme bebte leicht.

»Aber unbedingt. Und ich weiß auch schon, wie.«

*

Montag, 20. Juni 2016

Shit happens, Marie-Lena fluchte leise. Der schrille penetrante Pfeifton des Weckers hatte sie unsanft aus dem Schlaf gerissen, und ihr Blick fiel auf das Anzeigefeld. 07.00 Uhr. Ihr Kopf dröhnte, und ihre Beine waren schwer wie Blei, als sie sich umdrehte und sich abmühte, irgendwie aus dem Bett zu kommen. Sie versuchte, ihren Zustand einigermaßen zu analysieren. Hundeelend. Genauso fühlte sie sich. Erbärmlich elend. *Das kommt davon, wenn man zu tief ins Glas schaut*, dachte sie. Plötzlich schossen ihr die Tränen in die Augen. *Trinkt, diskutiert und dann noch streitet.* Sie schaute auf die leere Bettseite mit dem unberührten Kopfkissen und schluchzte. Es hätte so ein schönes Wochenende werden können.

Micha Mugler war schon früh am Freitagabend aus Mannheim zurückgekommen und hatte in der Wohnung auf Marie-Lena gewartet. Er war bester Laune und vor allem unternehmenslustig gewesen. Sie dagegen ausgelaugt und müde und mit ihren Gedanken beim Fall Olaf Struck. Kaum der richtige Einstieg in ein harmonisches zweisames Wochenende. Noch im Verlauf des Abends bekamen sie sich in die Wolle, und Micha hatte kurzerhand beschlossen, zu seinen Eltern nach Forchtenberg zu fahren, um dort in der Weinstube etwas zu essen. Als er spät in der Nacht zurückkam, war sie längst schon im Bett. Weil der Samstag Bilderbuchwetter versprach, wollten sie nach ihrer obligatorischen Wochenmarktrunde und einem Cappuccino im Straßencafé am Schloss mit dem Mountainbike eine schöne Tour machen. *Wollten*, schnaubte Marie-Lena und zog die Schniefnase hoch. Jetzt siegte wieder der Ärger, als sie an die Szene im Straßencafé dachte. Gerade als sie bezahlen wollten, schlenderte Stefan Reisser, ein alter Freund von Micha aus der Schulzeit, vorbei. Sofort hatten die beiden sich so in ein Gespräch verwickelt, dass sie wie das berühmte fünfte Rad am Wagen daneben saß. Gut zwei Stunden lang. Dann war sie aufgestanden und einfach nach Hause gegangen. Als Micha später nachkam, warf er ihr dummes, kindisches Verhalten vor. Ein Wort gab das andere, bis jeder sich in eine andere Ecke der Wohnung zurückgezogen hatte. Der Samstag war damit gelaufen. Und der Sonntag dann schließlich auch.

Marie-Lena öffnete das Dachfenster und schaute über die Dächer der Altstadt. Schon früh am Montagmorgen herrschte geschäftiges Treiben in der Fußgängerzone. Ein Kleinlastwagen der Bäckerei Dorfler fuhr gerade vor der Filiale vor, während die Bäckereiverkäuferinnen die Außentische sauber wischten. Das kleine Blumengeschäft Michele räumte die vielen Kräuterpflanzen, die Rosenbäumchen und prächtigen Pflanzstauden auf alte Gartentische, Stühle und andere dekorative Ablagen, die vor dem Laden wirkungsvoll platziert waren. Marie-Lena liebte diesen Anblick, wenn sich dieses kleine Stück der Poststraße direkt vor ihrer Tür vom Frühjahr bis spät in den Herbst in einen prächtigen Mini-Garten verwandelte.

Selbst den städtischen Naturstein-Brunnen der Fußgängerzone bezogen die beiden Inhaberinnen in ihre Blumendekorationen mit ein und streuten jeden Tag frische Rosenblüten in den Wasserlauf. Und jetzt im Landesgartenschaujahr waren die Auslagen und Dekorationen im Blumengeschäft noch kreativer geworden. Touristen, die vom Hofgarten kommend, der ein Teil des Landesgartenschaugeländes war, durch die Öhringer Innenstadt schlenderten, blieben immer wieder stehen, um die Blumenkunst zu bewundern. Ja, es war die vollkommen richtige Entscheidung, nach dem Studium in Villingen-Schwenningen nicht, wie von ihren Eltern angeboten, wieder zurück in die kleine Souterrainwohnung im elterlichen Haus zu ziehen. Nachdem klar war, dass sie nach dem Studium dem Kriminalkommissariat Öhringen zugeordnet würde, schauten sie und Micha sich nach einer Wohnung in Öhringen um. Micha war im Masterstudiengang der Staatlichen Hochschule für Musik und Darstellende Kunst in Mannheim, und, wenn alles glattlief, hatte er in gut einem Jahr seinen Master of Music in der Tasche. Bis dahin hatte er seine Studentenbude und war in der Regel an jedem zweiten Wochenende bei ihr in Öhringen oder aber in Forchtenberg bei seinen Eltern. Deshalb hatte sie die kleine Galeriewohnung in der Kirchbrunnengasse zunächst alleine gemietet. Und es bislang nicht bereut. Zum Revier rüber in der Karlsvorstadt war es ein Katzensprung. Die Wohnqualität hier direkt in der Fußgängerzone der Innenstadt war einfach traumhaft. Es gab keinen Straßenlärm, und in die Wohnung im Dachgeschoss des sanierten Fachwerkgebäudes drangen auch wenig Alltagsgeräusche aus der Fußgängerzone. Nachts war es so ruhig, dass sie bei weit geöffneten Dachfenstern schlafen konnte. Und morgens wurde sie vom Vogelgezwitscher aus dem nahe gelegenen Hofgarten geweckt. Oder von den gurrenden Tauben, die auf der Dachrinne saßen. Meistens von beidem.

Marie-Lena atmete tief ein, und langsam verschwand der Brummschädel. Der tiefe Ton der Glocke der Stiftskirche nur wenige Meter weg schlug einmal. Viertel nach sieben. Jetzt musste sie sich aber sputen. Eine kurze Laufrunde im Hofgarten an der Ohrn entlang bis nach Cappel und wieder zurück war ihre tägliche Pflicht. Als Anwohnerin konnte sie auch während des Landesgartenschaujahres im jetzt eingezäunten Gelände ihre Runden drehen. *Das wird den Trübsinn wegblasen*, dachte sie, während sie ihre Laufschuhe schnürte. Sie lief die Poststraße entlang, dann den Zwinger runter, und auf der Allmand passierte sie das Gartenschaugelände mit ihrer Dauerkarte. So kurz vor halb acht war hier noch die Ruhe vor dem Sturm. Marie-Lena bog vor dem Tiergehege nach links ab in Richtung Cappelaue und lief dann direkt an der Ohrn entlang. Am Hofgut Cappel drehte sie eine Schleife und joggte auf der anderen Seite des Gewässers zurück nach Öhringen. Inzwischen war es kurz vor acht Uhr, und auf den Straßen herrschte die morgendliche Rushhour. Daheim angekommen streifte sie schnell Schuhe und Klamotten ab und ging unter die Dusche. Spätestens jetzt nach dem Lauf und unter dem warmen Wasserstrahl hatte sie ihren Seelenfrieden wieder.

Am Sonntag war klar, dass es wieder mal gar nicht um irgendwelche Beziehungsbanalitäten ging. Mit dem Mountainbike waren Micha und sie am späten Sonntagmorgen doch noch zu einer Tour ins Kochertal gestartet. Ohne Plan und vor allem ohne ein Wort miteinander zu reden. Dafür trat jeder heftig in die Pedale, sodass es fast ein Wettrennen war. Im Biergarten vom Bikerbahnhof in

Weißbach machten sie Halbzeit bei einem alkoholfreien sauren Radler und einem Wurstsalat. Ohne Konversation. Am späten Nachmittag in der Wohnung in Öhringen angekommen, eskalierte die Situation. Micha packte seine Sachen. Wann er wiederkomme, wisse er noch nicht. Dann brachen plötzlich alle Dämme, und der ganze aufgestaute Beziehungsfrust platzte aus beiden heraus. Als Micha schließlich die zweite Flasche Wein auf den Tisch stellte und Marie-Lena, die Alkohol nicht gewohnt war, ziemlich schnell ihre Sinne nicht mehr zusammenhatte, war das Thema auf dem Tisch. Micha warf ihr karrieregeiles Denken vor und Egozentrik gepaart mit Unweiblichkeit. Da lag der Hase im Pfeffer. Das alte Lied. Micha wollte gerne jetzt schon Kinder haben, aber Marie-Lena konnte sich das überhaupt nicht vorstellen. Elternzeitmodelle, Planbarkeit von Familie und Job waren für sie keine Themen, mit denen sie sich jetzt beschäftigen wollte. Dazu war ihr das Studium auf der Polizeihochschule zu wichtig gewesen. Sie liebte ihren Job, und den wollte sie gerne noch ein paar Jahre lang mit vollem Einsatz machen. Ohne Kind. Irgendwann war sie benebelt vom Wein ins Bett gegangen. Und Micha ohne ein Abschiedswort auf den Bahnhof, um seinen ICE von Heilbronn nach Mannheim zu bekommen.

Nach der Dusche trocknete sie sich mit dem Handtuch ab und spülte sich am Waschbecken mit den Händen eiskaltes Wasser ins Gesicht. Das Handy, das sie auf dem Fenstersims abgelegt hatte, brummte. Eine WhatsApp-Nachricht. *Baby, nach langer schlafloser Nacht in Mannheim hab ich einen irren Brummschädel und eine scheiß Sehnsucht nach dir.* Marie-Lena hüpfte plötzlich das Herz, und selig schloss sie die Augen. *Irgendwie werden wir das alles schon gebacken kriegen.*

*

»Guten Morgen, liebste Frau Dambach. Frisch und fröhlich wie immer.« Der Kollege an der Bereitschaft zwinkerte Marie-Lena zu, als sie die Pforte passierte.

»*Frau Dambach, Frau Dambach* – kannst du das nicht einfach lassen, Marius?«

»He, Marie-Lena, war doch nur mein Wort zum Montag, nichts für ungut also.«

»Okay, schon vergessen. Bin leider etwas zu spät. Ist denn mein Freiherr schon im Dienstzimmer? Und die Kollegen aus Heilbronn? Sind die schon da?« Marie-Lena sprühte förmlich vor Tatendrang.

Marius Mögerle grinste breit.

»Nee, weder die Kollegen der Soko sind schon da, noch der Chef. Du glaubst es kaum. Der Bühl glänzt heute Morgen durch Abwesenheit. In meinen ganzen Jahren hier an der Revierpforte hab ich das noch nie erlebt. Unser Kriminalhauptkommissar von Bühl ist sonst immer der Einzige, der noch vor Beginn der Dienstzeit stempelt.«

»Na, mein lieber Marius, der Fall Struck hat uns ja ziemlich zugesetzt die vergangenen Tage. Vielleicht braucht da einfach auch unser Sauerland-Friedrich Schonzeit.«

»Sauerland-Friedrich ist gut. Gefällt mir! Aber lass ihn das bloß nicht hören. Da triggert der wieder weg und schwelgt in seinen Erinnerungen.«

Marie-Lena schüttelte sich vor Lachen.

»Das stell ich mir jetzt gerade vor. Unser Freiherr Friedrich, wenn er in Erinnerungen schwelgt. Da ist er ja noch entrückter. Ach Marius, an dir ist ein Comedian verloren gegangen, der Witz war jedenfalls gut.« Fröhlich pfiff sie das Lied, das sie eben noch unter der Dusche gehört hatte und das ihr seitdem schwer in den Ohren lag, und lief beschwingt über den Flur zu den beiden Diensträumen des KKÖhr. Hier hing noch der Dampf und die Schwüle der vergangenen Woche im Raum, und so ging sie als Erstes zu den großen Flügelfenstern und stieß sie auf, um kräftig durchzulüften. Sofort stieg ihr der Duft des Pfeifenstrauches, auch Sommerjasmin genannt, betörend in die Nase. Hier an der südlichen Außenwand des Polizeireviers hatte der Strauch, eigentlich im Süden beheimatet, eine stattliche Größe von vier Metern erreicht und stand nun Ende Juni in voller Blüte. *Das Leben ist schön,* jauchzte Marie-Lena innerlich, sog noch mal kräftig den wohlriechenden Jasminduft ein und schaute sich nun verträumt zum wiederholten Male die WhatsApp von Micha auf dem Display ihres Smartphones an.

»Ja, was ist denn das, großer Meister«, sagte sie laut zu sich selbst, als ihr Blick auf die Zeitangabe fiel. 8.35 Uhr. Das gab es ja noch nie in den vergangenen Monaten, seit sie hier war. In der Regel war der Chef schon weit vor acht Uhr im Dienstzimmer und schaute sie meist schon gespielt streng und sehr erwartungsvoll an, wenn sie ihre punktgenaue Acht-Uhr-Landung im Büro machte. Ab und an passierte es, dass sie beide zeitgleich um kurz vor acht das Revier betraten. Aber noch nie hatte sie es erlebt, hier morgens nach Dienstbeginn alleine zu sitzen. Marie-Lena lief auf den Flur und rief: »Marius, hast du inzwischen etwas gehört von unserem Blaublütigen? Hat der feine Herr vielleicht angerufen, dass er krank ist?«

»Wenn er das jetzt gehört hätte, wäre dein Tag heute

gelaufen. Und nein, bei mir ist keine Krank- oder Abmeldung eingegangen. Wäre auch das erste Mal. Unser Sauerländer war noch nie krank.«

»Das macht ihn ja fast schon zu einem Hohenloher«, entgegnete Marie-Lena lachend.

»Aber im Ernst. Langsam mache ich mir Sorgen. Wir haben um halb neun unsere Dienstbesprechung mit den Heilbronner Kollegen von der Soko anberaumt. Quasi die To-do-Liste im Vermisstenfall Struck«, murmelte Marie-Lena nunmehr leise und zog sich wieder in ihr Dienstzimmer zurück. Auf dem Schreibtisch lag die private Handynummer von Karl Friedrich von Bühl. *Ob ich ihn anrufen soll?* Kaum gedacht hörte sie über dem Flur die unverkennbare Stimme ihres Chefs.

»Einen schönen guten Morgen, lieber Kollege Marius. Was ist denn los? Sie schauen wie der Frosch, den keine Prinzessin küssen möchte.«

»Ähm, ahm, tja«, stotterte Marius Mögerle verlegen und schaute dabei wohl ziemlich verdutzt aus der Wäsche. So hatte er Karl Friedrich von Bühl die ganzen Jahre noch nie erlebt. Der Kriminalhauptkommissar schien einem Jungbrunnen entsprungen zu sein, als er leichtfüßig und mit einem jungenhaften Grinsen förmlich zur Tür hereinschwebte.

»Sagen Sie jetzt besser nichts, mein Guter. Ich habe nämlich blendende Laune.«

»Ähm, genau das seh ich und bin etwas irritiert.«

»Sie wollen mir nun nicht etwa sagen, dass ich Sauerländer sonst den Sauertöpfischen mache, oder?«

Marius Mögerle grinste breit. »Nun ja, so direkt würde ich das ja nie sagen, aber …« Er konnte den Satz nicht mehr beenden. Friedrich von Bühl nahm schnurstracks Kurs auf sein Büro.

»Und Sie, liebe Kollegin Dambach, schauen aus wie das Häslein vor dem Fuchs. Guten Morgen!«

Marie-Lena riss die Augen auf und sortierte blitzschnell, was sie da sah. *Der Mann war beim Schönheitschirurgen,* durchzuckte es sie. *Unmöglich, doch nicht übers Wochenende,* schalt sie sich und atmete tief durch. Die klare Morgenluft, die nun die Räume durchströmte, klärte auch den Kopf. Sie schaute ihren Chef in seiner ganzen Größe von Kopf bis Fuß eindringlich an. Er wirkte nicht nur gut zehn Jahre jünger – mehr noch – er strahlte eine fast unverschämte Attraktivität aus.

»Da will ich auch hin!« Marie-Lena hatte sich wieder gefangen und schaute Friedrich direkt in die Augen.

»Wo wollen Sie auch hin?«

»Na, auf diese Schönheitsfarm!« Marie-Lena rollte mit den Augen und hob den Daumen hoch.

»Gefällt mir, würde ich da sofort posten, bei Ihrem aktuellen Selfie.«

Jetzt musste Friedrich lauthals lachen. »Das mit der Schönheitsfarm war gut. Und so richtig falsch liegen Sie damit auch nicht.« Er schloss kurz die Augen, und die Erinnerung an das Wochenende mit Muriel durchflutete ihn wie die ersten Sonnenstrahlen an einem strahlenden Sommermorgen.

6. KAPITEL

WARMES ZWISCHENGERICHT – ENTRÉE CHAUDE

Samstag, 18. Juni 2016

Blut. Die Geburt war eine blutige Angelegenheit. Olaf Ben Struck versuchte, seine Gedanken zu sortieren. Welche Geburt? Aus seinem Mund floss Blut, und reflexartig wischte er sich mit der Hand über den Mund. Warum nur war dieser Nebel im Kopf? Es war, wie wenn er einen Schalter drückte und kein Licht aufleuchtete. Caroline. Doch, jetzt erinnerte er sich wieder. Caroline hatte furchtbare Schmerzen. Sie schrie vor Schmerzen. Er hatte ihre Hand gehalten. Caro. Jetzt war sie wieder weg. Er hatte auch Schmerzen. Nein, nicht diese Art von Schmerz, als er als Sechsjähriger auf dem alten riesigen Fahrrad seiner Großmutter zitternd und unbeholfen den schmalen Weg vom Elternhaus zur Straße fuhr und nach wenigen Metern auf das harte Pflaster knallte und sich beide Schienbeine blutig stieß. Damals war er ein Kämpfer. Seine Mutter hatte ihn liebevoll in den Arm genommen, ihn getröstet und ermutigt. Jetzt, hier, war es ihm kalt und heiß gleichzeitig.

*

Montag, 20. Juni 2016

»Also, liebe Kollegin. Was haben wir auf dem Schirm?« Friedrich war blitzschnell und konzentriert bei der Sache, als ihm Marie-Lena Dambach die Fakten auf den Tisch legte. Es wurde eine ›kleine‹ Dienstbesprechung. Die Kollegen der Soko ›Stern‹, die aus Heilbronn dazukommen sollten, steckten an diesem Montagmorgen im Stau und verspäteten sich.

Und so legte Marie-Lena los: Olaf Ben Struck. Vermisst gemeldet seit Donnerstag, 16. Juni 2016. Sein Fahrzeug wurde aufgefunden und sichergestellt noch am selben Tag auf dem Parkplatz der Sportschule in Waldenburg. Unter einem anderen Fahrzeug wurde eine größere Menge Blut gefunden und daraufhin die Kollegen der Spurensicherung angefordert. Die groß angelegte Suchaktion mit der Hundertschaft und der Hundestaffel in den Waldenburger Bergen blieb ohne Erfolg und musste abgebrochen werden wegen des drohenden Gewitters. Die Dienstbesprechung auf dem Polizeipräsidium in Heilbronn am Freitagvormittag, 17. Juni 2016 bestätigte die Blutspuren. Laut DNA-Analyse der Rechtsmediziner stammte das Blut von Olaf Ben Struck. Die nicht unerhebliche Menge ließ Rückschlüsse zu auf die Verletzung. Eine schwere Hieb- oder aber Stichverletzung konnte diesen großen Blutverlust hervorgerufen haben. Ohne eine fachliche medizinische Versorgung ein lebensbedrohlicher Zustand für den Vermissten Olaf Ben Struck.

»Caroline Struck ist noch im Öhringer Krankenhaus.« Marie-Lena atmete tief durch und schaute Friedrich an. »Hab vorhin mit der Krankenhausverwaltung telefoniert. Ihr und dem Baby geht es gut. Aber sie selbst wollte die nächsten Tage dort bleiben. Es gab am Wochenende Probleme mit dem Stillen des Kleinen. Und Caroline Struck hatte auch heftige Blutungen. Der Chefarzt bestätigte dies und sprach von einer Belastungsstörung.«

»Belastungsstörung. Toll, diese medizinischen Begriffe. Es ist doch wohl klar, dass die Frau physisch wie psychisch völlig durcheinander ist. Die Geburt des ersten Kindes, die hormonelle Umstellung, der verschwundene Mann … Ich würde das ganz einfach unter Albtraum abheften.«

»Ganz sicher, da geb ich Ihnen recht, auch wenn Sie ein Mann sind«, sagte Marie-Lena.

»Danke«, erwiderte Friedrich trocken.

»Gut. Gehen wir jetzt mal davon aus, dass wir das Motiv für das Verschwinden von Struck im privaten wie auch in seinem geschäftlichen Umfeld suchen müssen. Wo, liebe Kollegin, wäre Ihr Ansatz?« Marie-Lena fuhr sich mit den Fingern durch die braunen Locken und stützte dann nachdenklich ihren Kopf mit der Hand ab. »Ich denke, wir sollten zuallererst diese mysteriösen Anrufe, von denen Arnulf Mertens gesprochen hat, unter die Lupe nehmen. Ich lasse mir die Liste geben, wer vom Hotelpersonal in den vergangenen Wochen am Empfang gearbeitet und Anrufe entgegengenommen hat.«

»Genauso sehe ich das auch. Parallel dazu sollten wir herausfinden, welchem Koch hier in der Region es wohl ein Dorn im Auge gewesen sein könnte, dass Struck seinen zweiten Kulinarik-Stern bekommen hat.«

»Meinen Sie wirklich, dass Köche deswegen die Messer gegeneinander wetzen?« Marie-Lena schaute Friedrich mit großen Augen an.

»So ein Stern ist ja nicht ein Schmuckstück fürs Revers des Kochs.«

»Aber ich dachte, der Struck hätte einen Stern am Donnerstag überreicht bekommen?« Jetzt musste Friedrich lauthals lachen. »Sie meinen wohl etwas wie so einen blechernen Sheriffstern aus einem Western?«

»Ja mein Gott, ich bewege mich eben nicht in diesen Kreisen, so wie Sie.« Marie-Lenas Miene verfinsterte sich, und genervt biss sie sich auf die Unterlippe. »Vielleicht klären Sie mich da mal auf, was es mit diesen Kulinarik-Auszeichnungen auf sich hat.«

»Das kann ich Ihnen auch nur im laienhaften Schnelldurchlauf erzählen, also ohne Garantie. Ich bin ja kein Fachmann. Wenn Sie uns beiden eine Tasse Kaffee holen könnten, dann leg ich auch gleich los.«

»Aye aye Sir, stets zu Ihren Diensten.« Marie-Lena legte eine todernste Miene auf, sprang vom Stuhl auf, rückte den Oberkörper kerzengerade, schlug – militärisch akkurat – die Hacken zusammen, tippte sich mit den Fingerspitzen der rechten Hand gegen die Stirn, machte auf dem Absatz kehrt und stürmte zur Tür hinaus.

»Freches, nein rotzfreches Gör«, murmelte Friedrich und massierte sich mit den Fingerkuppen den Nacken. Der Alltag hatte ihn eingeholt. Die letzten Tage mit Muriel waren wunderschön gewesen. Verliebt wie Teenager, hatten sie die beiden Nächte zum Tag gemacht. Jetzt plötzlich, von einer Sekunde auf die andere, spürte er die enorme Anspannung. Der Fall Struck war nur kurz aus seinem Gedächtnis verschwunden. Um wieder mit Paukenschlag zurückzukommen.

»Doppelter Espresso mit einer Prise Zucker und viel Milch für Sie und einen ganz gewöhnlichen Cappuccino für mich.« Marie-Lena jonglierte die zwei Pappbecher in den Händen auf Schulterhöhe und grinste wieder ziemlich frech.

»Also ich höre«, sagte sie und schob Friedrich den Becher über den Schreibtisch.

»Also gut, liebe Kollegin. Aber wie ich schon gesagt habe: alles ohne Gewähr.«

»Bei Ihrem Erfahrungsschatz im Schlemmerland wird das schon Hand und Fuß haben, was Sie erzählen. Also nur zu«, sagte Marie-Lena und nippte vorsichtig am heißen Cappuccino.

»Es gibt ziemlich viele Auszeichnungen für Gourmet-Küchen«, legte Friedrich los und war auch schon in seinem Element. »Die Michelin-Sterne, Punkte beim Gault Millau, Diamanten beim Varta-Führer, Kochlöffel im Schlemmeratlas oder die Punkte beim Magazin ›Der Feinschmecker‹. Diese Kulinarik-Reiseführer schicken ihre Tester, selbstverständlich anonym, in die Restaurants. Die Auszeichnung bekommt auch immer die Küche und eigentlich nicht der Küchenchef selbst. Was heißt, wenn beispielsweise ein Sternekoch das Restaurant wechselt, nimmt er nicht automatisch seinen Stern mit.«

»Also doch Stern«, hakte Marie-Lena nach.

»Ja, aber eben nicht so eine Art Plakette, die man sich anheften kann. Den Michelin-Reiseführer gibt es seit über 100 Jahren, und er war einer der ersten Gourmetführer.«

»Ich kenn nur den Reifenhersteller Michelin«, sagte da Marie-Lena, und Friedrich musste lachen.

»Auch wenn Autoreifen und kulinarische Genüsse nicht unbedingt was gemein haben, liegen Sie tatsächlich richtig. So um 1900 hat die damalige Touristikabteilung des französischen Reifenherstellers einen Werkstattführer für die damals noch wenigen Autofahrer herausgebracht. 20 Jahre später gab es dann dazu auch Restaurantempfehlungen. Und nach den Kriegsjahren, irgendwann in den 60er Jahren, gab es die erste deutsche Ausgabe vom Guide Michelin. Und bis jetzt, so finde ich, ist dieser Führer, eigentlich nur ein kleines rotes Büchlein, schon so etwas wie der Papst der Gourmet-Auszeichnungen.«

»Noch mal meine Frage: Wegen diesem ganzen Tamtam könnten tatsächlich Köche Messer gegeneinander wetzen?« Marie-Lena schüttelte ungläubig den Kopf.

»Ja und nein. Diese Frage lässt sich wahrscheinlich heute gar nicht so leicht beantworten. Und da dürfen Sie auch nicht mich fragen, sondern einen dieser wirklichen Experten.«

»Also Chef, so wie das jetzt gerade bei mir rüberkam, sind doch Sie ein absoluter Fachmann.« Marie-Lena schaute ihn aufmerksam und ziemlich beeindruckt an.

»Nein, das bin ich gar nicht«, schnauzte Friedrich unwirsch zurück. »Ich habe Ihnen lediglich einen ziemlich laienhaften Einblick in diese Szene gegeben. Und damit zu Ihrer Frage zurück mit den Messern untereinander: Dieses ganze Gedöns ist zwar kein offizieller, behördlich besiegelter Qualitätsstandard für eine Küche, aber eine Auszeichnung mit einem und jetzt eben zwei Sternen hat eine enorme Relevanz, einen ungemeinen Einfluss innerhalb der Branche. Wirtschaftlich gesehen bedeutet das für ein Hotel beziehungsweise für ein Restaurant wie der *Residenz am Jagdschloss* einen extrem hohen Prestigegewinn. Da wetzen schon mal Konkurrenten die Messer.«

»Okay, so viel weiß ich ja schon, ohne die Feinschmeckerin rauszuhängen: Wir hier in Hohenlohe haben ziemlich viele Punkte, Sterne und Auszeichnungen, was die Gastronomie anbelangt. Steht ja auch jedes Jahr groß in der Zeitung. Und was meinen Sie, wo sollen wir beim Struck ansetzen? Könnte der wirklich einen Neider hier haben, der ihm auch noch nach dem Leben trachtet?«

»Noch mal: ja und nein. Natürlich könnte er hier im Umfeld einen persönlichen Konkurrenten und Feind haben. Aber genauso natürlich kann es auch der Background sein. Das Restaurant- oder Hotelmanagement, welches ständig nur die Zahlen und Bilanzen vor Augen hat.« Jetzt verdrehte Friedrich die Augen. »Kochkunst ist da nichts Kreatives mehr, sondern einfach nur die schwarze Zahl unterm Strich.«

»Der Hohenloher würde jetzt sagen, s' muss sich eifach rechnä«, nickte Marie-Lena verstehend mit dem Kopf.

»Genau: Schaffen und rechnen, das sind zwei Lieblingsbegriffe hier im Hohenlohischen. So kenne ich das auch.« Friedrich verdrehte dabei die Augen. »Von nix kommt nix und so weiter und so fort … und der beste Spruch, den ich hier gehört habe, war: Lirum larum Löffelstiel, wer nix hat, der braucht net viel.«

Marie-Lena konnte sich vor Lachen fast nicht mehr auf dem Stuhl halten. »Wo haben Sie das denn her?«

»Weiß ich nicht mehr und ist auch schon lange her, dass ich das aufgeschnappt hab. Jedenfalls war das ein Hohenloher Spruch hier aus meinen Anfangstagen, der sich doch ziemlich eingeprägt hat.«

»Da fällt mir doch sofort mein Großvater ein. Der hat immer zu mir gesagt: Maadle, lass de Geldbeutel zu. S' Geld mag's dunkel.«

»Klasse, haben Sie dazu noch mehr auf Lager?« Friedrich war nicht unbedingt amüsiert über den Satz.

Marie-Lena zuckte deshalb auch kurz zusammen, als sie den spöttischen Blick ihres Vorgesetzten sah, und räusperte sich. »Okay, okay, dann werd ich mal die gezeichneten – ähm – ausgezeichneten – Köche hier im weiten Hohenloher Land unter die Lupe nehmen. Und vor allem diejenigen, die heuer auch als Sterneanwärter gehandelt wurden.«

»Eigentlich keiner«, entgegnete ihr Friedrich trocken. »Ich kenne die gesamte Garde hier im Hohenloher Land. Die haben teilweise ihren wohlverdienten einen Stern, und mehr wollen die auch gar nicht. Im Gegenteil: Es gibt hier noch einige Köche auf Zwei-Sterne-Niveau, die ihr Licht viel lieber unter den Scheffel stellen wollen und den Testern immer ihre Küchentür verschließen.«

»Häh, *wie* verschließen? Lassen die die dann nicht mehr rein?«

»Ganz so dürfen Sie sich das natürlich nicht vorstellen. Es gibt da so etwas wie eine Richtschnur. Was da aus der Küche kommt, ist freilich ganz oben angesiedelt. Aber es spielen auch die Einrichtung oder aber die Öffnungszeiten des Restaurants eine Rolle. In Blaufelden beispielsweise im *Weißen Hirsch* kocht immer noch ein Sternekoch, obwohl er seinen Stern abgeben musste, weil das Restaurant nur noch am Wochenende öffnet.«

Marie-Lena stöhnte leicht auf: »Puh, ganz schön verzwickte Kochkiste, oder?«

»Ja, und mit diesen ganzen Kochshows im Fernsehen kommen die Sterneköche ja bis ins Wohnzimmer, und man denkt, es wimmelt nur so von gekrönten Kochhäuptern. Das war in den 70er Jahren, als Günther Brockmann in der *Residenz am Jagdschloss* angefangen hat, noch völlig anders. Er war übrigens einer der ersten Zwei-Sterneköche in Deutschland überhaupt und hat viel dazu beigetragen, dass sich eine sogenannte Spitzengastronomie entwickelt hat. Aber das ist das Stichwort: Sie gehen zu Günther Brockmann, er ist übrigens auch ein Charmeur der alten Schule und freut sich ganz sicher, wenn er so jungen Damenbesuch bekommt, und lassen sich einen Einblick in die Gourmetküchen geben. Brockmann ist auch mit seinen 70 Jahren immer noch viel unterwegs und kennt sich also auch in der aktuellen Szene aus.«

Friedrich nahm seinen letzten Schluck Espresso aus dem Pappbecher, knüllte ihn zusammen und warf ihn in den Papierkorb.

»Dann fahren wir jetzt ins Jagdschloss. Ich werde noch mal mit Mertens sprechen, und Sie kümmern sich um diese mysteriösen Anrufe und hören sich noch ein bisschen im Hotel um.«

»Gut, Chef, vorher ruf ich aber noch bei diesem Günther Brockmann an. Wenn der da ist, werde ich ihn gleich heute Nachmittag aufsuchen.«

»Machen Sie das, ich fahr schon mal mit meiner Göttin zum Citroën-Hübner, und Sie holen mich dann dort ab, okay?« Friedrich wartete die Antwort von Marie-Lena gar nicht mehr ab, sondern schnappte sich sein Sakko und war auch schon fröhlich pfeifend zur Tür hinaus.

*

»Guten Morgen, Kollege, das ist aber ganz außergewöhnlich, dass Sie Ihren Liebling mit auf den Dienstparkplatz bringen.« Friedrich grinste breit und begrüßte die beiden uniformierten Kollegen der Streife, die gerade aus dem Dienstfahrzeug stiegen und seine Göttin bestaunten.

»Stimmt, aber wir zwei haben ein sehr aufregendes Wochenende hinter uns, und die Schöne hier geht jetzt auch gleich wieder in die Schlafbox für die nächsten Tage«, sagte Friedrich, strich liebevoll über das geschlossene Verdeck, öffnete die Tür des Cabrios und ließ sich ins weiche Leder fallen.

Die beiden Polizisten schauten ihn fast schon ehrfurchtsvoll an. »Wer hat, der hat«, meinte der jüngere der beiden und schaute dabei seinen älteren Kollegen an. »Da kannst du auch nur davon träumen, oder?«

»Na ja, unser sauerländisches Blaublut hat sich die Karre auch nicht vom Beamtengehalt geleistet. War ja wohl ein

Erbstück«, raunte der ältere Kollege und zuckte gleichgültig mit den Schultern.

Friedrich hatte das gar nicht mehr gehört. Er suchte seine Lieblings-CD im Handschuhfach und ließ dabei das Verdeck runter. Da brummte plötzlich das Handy. Friedrich schaute auf das Display.

Eine WhatsApp von Muriel: *Carissimo, mein Liebster. Sitze gleich im Flieger von Stuttgart nach Bozen. Bin schrecklich müde von diesen zwei Nächten ohne Schlaf (aber mit viel Endorphinen). Schlimm: Bin völlig aus der Bahn geworfen. Was hast du mit mir gemacht? Mir ist heiß und kalt gleichzeitig. Und jeder Satz, den meine Festplatte im Kopf gerade noch so hinbekommt, endet mit Freddie … Werd – nein, muss mich die nächsten Tage zu Hause in Meran erst mal sortieren. What a feeling. Und he, du Blaublüter, vermisse meinen roten Seidenschal, hat den vielleicht noch deine Göttin auf ihren Ledersitzen? Miss you. Muriel.*

Er drehte sich um und schaute auf den schmalen Rücksitz, und sofort stieg ihm *Vanille West Indies* in die Nase. Der rote Seidenschal lag im Fußraum des Fahrzeugs, und Friedrich hob ihn auf und drückte ihn fest an seine Nase. Er schloss die Augen. Jetzt war der Duft fast so intensiv wie vorgestern, als er seinen Kopf zwischen ihre wohlig warmen und üppigen Brüste legte …

Muriel. *Ich vermisse dich auch.*

Friedrich stand vor der roten Ampel an der Kreuzung Karlsvorstadt und hatte *Gotthard – made in Switzerland* – auf ziemlich heftige Lautstärke gedreht. Steve Lee's Rockröhre war bis auf den Gehweg zu hören, und eine ältere Dame, die an der Fußgängerampel warten musste, schüttelte deshalb verärgert den Kopf. Für Friedrich war diese

Unsitte des vollen Sounds bei geöffnetem Verdeck in der Stadt sonst auch ein Graus. Er drehte eigentlich auch nur im freien Gelände auf, und wenn überhaupt, schreckte er dann wohl irgendein Getier in Wald und Flur auf. Aber jetzt war ihm einfach danach. Muriel. Ja, *what a feeling.* Wie konnte man nur mit Mitte 50 so verliebt sein wie ein Teenager? Friedrich grinste und grüßte die alte Frau, die jetzt bei Grün mit ihrem Einkaufstrolly und immer noch kopfschüttelnd vor ihm über die Straße ging. *One life, one soul,* die Stimme von Steve Lee ging ihm jetzt durch Mark und Bein. Er war schon lange Fan dieser Hardrockband aus der Schweiz. Die Jungs gründeten sich in den 90er Jahren und waren der Geheimtipp unter den Rockfans, spielten oft als Vorband bei den Scorpions. Im Sommer 2010 hatte sich Friedrich eine Karte für ein Livekonzert von Gotthard in Stuttgart besorgt. Natürlich bei Heiko Schumann, dem Music-Store-Mann, der seinen Ticket-Verkauf in der Hohenlohischen Buchhandlung Ferdinand hatte. Music-Store und Heiko Schumann: Für die Öhringer war das überhaupt *der* Name. Heiko Schumann war der Inbegriff des Ticketschalters hier vor Ort. Ob Karten für eine Theateraufführung in der Kultura hier in Öhringen oder aber ein Mega-Rock-Konzert in der SAP-Arena in Sinsheim: Heiko Schumann hatte immer ein offenes Ohr für seine Kunden und bemühte sich, auch ganz außergewöhnliche Platzreservierungen irgendwie zu organisieren.

Friedrich fuhr jetzt auf der Hunnenstraße weiter zur Uhlandstraße. Die Band Gotthard mit Sänger Steve Lee hatte er 2010 nicht mehr gesehen. Steve Lee verunglückte im Oktober 2010 bei einem Motorradausflug in den Vereinigten Staaten tödlich.

Friedrich schüttelte sich. Wie schon so oft waren seine Gedanken an einen frühen Tod gegenwärtig.

Alexandra war plötzlich gegenwärtig.

»Du bist aber spät dran, ich hatte heut früh schon mit dir gerechnet«, begrüßte ihn Karl Hübner vor der Citroënwerkstatt.

»Ich war heute Morgen so spät dran, dass ich zuerst aufs Revier gefahren bin.«

»Du und Verspätung, das geht ja gar nicht. Du bist doch ein Beispiel an Pünktlichkeit.« Jetzt fiel auch Karl Hübner auf, dass Friedrich so ganz anders wirkte als noch am Samstag.

»Du strahlst ja heute so. Hat dir die Ausfahrt mit unserer Schönen so großen Spaß gemacht?« Karl Hübner ging um das Cabrio herum und schaute den Oldtimer wie immer ganz verliebt an.

»Es war noch eine andere Schöne dabei«, grinste Friedrich und drückte Karl Hübner dabei den Autoschlüssel in die Hand. In diesem Moment kam auch schon Marie-Lena auf den Werkstatthof gefahren.

»Erzähl ich dir mal bei Gelegenheit. Du fährst bestimmt unsere Göttin wieder in die Garage. Ich hol dann heute Nachmittag den C1. Wir gehen jetzt auf Tour.«

»Gibt es denn was Neues vom verschwundenen Koch?«, rief Karl Hübner ihm noch nach, aber Friedrich war schon im Auto seiner Kollegin und hörte ihn nicht mehr.

Der scheint ziemlich von den Socken, der Sauerländer. Aber der Strahlemann kommt ganz bestimmt nicht vom Vermisstenfall, dachte Karl Hübner und schüttelte verwundert den Kopf.

»Haben Sie noch mit Brockmann telefoniert?«

Marie-Lena grinste breit. »Ja, ich habe ihn erreicht, und

er war schon am Telefon genau so, wie Sie es beschrieben haben, sehr charmant!«

»Tja, die old boys, die wissen halt noch, wie man mit Frauen umgeht. Betonung liegt auf Mann«, grinste jetzt auch Friedrich.

Marie-Lena fuhr von der Uhlandstraße jetzt auf der Hunnenstraße in Richtung Karlsvorstadt. Hier herrschte um diese späte Vormittagszeit Hochbetrieb. Trauben von Menschen schoben sich den Gehweg entlang. Hier war der Übergang vom Landesgartenschaugelände Hofgarten zur Ausstellungsfläche Cappelrain.

»Da steppt ja mal wieder der Bär«, sagte Marie-Lena und schüttelte den Kopf. »Da wird mir ja im nächsten Jahr richtig was fehlen, hier in Öhringen.«

»Na, na, liebe Kollegin. War das etwa spöttisch gemeint?« Friedrich amüsierte sich köstlich über den Gesichtsausdruck, den Marie-Lena an den Tag legte.

»Bitte rechts abfahren in den Pfaffenmühlweg«, ordnete er an, als sie auf Höhe des Parkhauses Alte Turnhalle waren.

»Häh, warum das denn? Wir wollen doch ins Jagdschloss nach Heiligenwald, und das heißt geradeaus über die Kreuzung Karlsvorstadt.«

»Wir machen einen klitzekleinen Abstecher über Cappel«, sagte Friedrich, als Marie-Lena der Anordnung sofort Folge leistete und am Parkhaus nach rechts abbog.

»Was wollen Sie denn in Cappel? Dort ist dieselbe Meute unterwegs wie hier. Da krieg ich ja Schweißausbrüche.«

»Ich brauch was von Aldi. Sie können ja so lange im Auto sitzen bleiben, Radio hören und nach Luft schnappen.«

»Hahaha, wie witzig. Und dass ausgerechnet Sie in einen Discounter gehen, kann ich ja gar nicht glauben. Das muss doch Ihrem Feinschmeckersinn widerstreben.«

»So kann man sich täuschen, meine liebe Kollegin. Aber im Ernst, heute ist Montag, und Aldi hat das Thema ›Wandern‹ im Angebot. Heißt, Klamotten, Stöcke, Rucksack und alles, was man so braucht …

Marie-Lena musste auf Höhe des Rendel-Hallenbades vor dem Zebrastreifen bremsen, weil eine kleine Gruppe von Schülern über die Straße wollte. Die Kinder schnatterten miteinander und winkten fröhlich, als sie die Straße überquerten.

»Okay, Wanderausrüstung. Bestimmt wollen Sie im Sommerurlaub den Jakobsweg gehen?« Die Frage war mehr scherzhaft gemeint, aber Friedrich antwortete sofort: »Nicht ganz. Ich habe gestern spontan beschlossen, dieses Jahr über die Alpen zu laufen.«

»Sie meinen von Oberstdorf nach Meran?«

»Genau. Meran.« Allein das Wort Meran klang wie ein ganzes Sinfonieorchester in seinen Ohren. *Ob Muriel jetzt wohl schon in Meran angekommen ist*? Friedrich schloss kurz die Augen und versuchte, sich ihr Gesicht in Erinnerung zu rufen.

»Jetzt schauen Sie sich das an!« Marie-Lena war in heller Aufregung. Sie hatten gerade den Kreisel Limesring passiert und fuhren weiter auf der Haller Straße in Richtung Cappel. Nach dem weiteren Kreisel an der Römerallee war der Blick frei auf die Fußgängerbrücke, welche auf Höhe des Hofguts Cappel eigens für die Landesgartenschau installiert worden war.

»Die bricht gleich zusammen.« Marie-Lena konnte nur den Kopf schütteln, als sie die vielen Menschen sah.

Friedrich bewunderte, wie immer, wenn er diese Strecke fuhr, das jetzt so fein herausgeputzte Hofgut Cappel. Vor der Landesgartenschau lag das fast 300 Jahre alte Hofgut Cappel mit seinen Ställen, Scheunen, Gärten und einem barocken Park lange Zeit brach. Quasi im Dornröschenschlaf. Die Eigentümerfamilie, welche weit weg in einem anderen Bundesland wohnte, hatte kein Interesse an dem Anwesen. Erst als die Planungen für die Große Landesgartenschau Öhringen 2016 Gestalt annahmen und die Besitzer des Hofguts kontaktiert und schließlich involviert wurden, kam Leben in die bis dahin rein private Immobilie. Die Planer beschlossen, den östlichen Eingang zum Öhringer Gartenschaugelände über das Hofgut Cappel einzurichten. Was schließlich auch Sinn machte, denn die S-Bahn aus Richtung Heilbronn endete genau hier westlich des Hofgutes. Dazu gab es einen großen Parkplatz. Ob und für wen das schließlich eine Win-win-Situation würde, konnte man im Vorfeld der Landesgartenschau nicht klären. Vielleicht ging ja die Rechnung erst nach der Gartenschau auf. Vor allem für die Eigentümerfamilie. Das zu großen Teilen mit Laga-Geldern herausgeputzte Juwel würde schließlich nicht nur einen Sommer lang glänzen. Und auch die alten Rosenterrassen vor dem Gutshaus, die komplett erneuert und bepflanzt wurden, würden dem Anwesen noch lange erhalten bleiben.

»Schon schön, dieses Hofgut Cappel«, sagte Marie-Lena, als könnte sie Friedrichs Gedanken lesen. »Waren Sie denn schon mal während der Landesgartenschau auf dem Hofgut-Gelände hier?«

»Nein, Sie?«

»Ich war mit meinem Freund und Studienkollegen von ihm aus Mannheim erst vor drei Wochen hier. Und da war es irgendwie noch nicht so voll. Ich finde, das ist wirklich alles sehr schön geworden. Dieser Barockgarten mit den Rosenterrassen ist ein absoluter Traum. Vorne am Hofgut-Eingang gibt es einen Natur- und Gartenmarkt und auf der anderen Seite zum Aldi hin einen Handwerkermarkt. Da kann man Korbflechtern, Bürstenbindern oder Rechenmachern über die Schulter schauen.«

»Dann können Sie gleich mal so parken, dass Sie rüber linsen können zu den Handwerkern«, meinte Friedrich schmunzelnd, als Marie-Lena zum Parkplatz des Discounters einbog.

»Ich spute mich und bin gleich zurück. Brauchen Sie noch etwas von Aldi?«

»Nein danke.« Marie-Lena lehnte sich entspannt auf dem Fahrersitz zurück und beobachtete die Szenerie auf dem Landesgartenschaugelände. In der roten Scheune des Cappelschen Hofguts war während der Landesgartenschau eine Gastronomie untergebracht. Hier herrschte jetzt um die Mittagszeit Hochbetrieb. Für Öhringen war die Landesgartenschau sicher ein Gewinn. Das Areal vom Hofgarten über Cappelrain und Cappelaue bis zum Hofgut Cappel wurde zum gartenarchitektonischen Kleinod mitten in der Stadt und würde natürlich auch nach der Landesgartenschau noch ein grüner Rückzugsort für die Öhringer sein. Die vielen Spielflächen und Freizeitmöglichkeiten stellten genauso eine Bereicherung dar. Herausgeputzt hatte sich vor allem der Hofgarten. Marie-Lena konnte sich noch gut an ihre Schulzeiten am Gymnasium Hohenlohe in der Weygangstraße erinnern, als sie nach dem Unterricht oder in einer Freistunde einfach quasi über die Straße runter in den Hofgarten gingen und dort auf einer der Bänke oder aber im Gras fläzten. Dabei wurde auch so manches Sixpack Bier *vernichtet*, wie sie damals zu sagen pflegten. *Mein Gott damals. So alt bin ich doch noch gar nicht.* Marie-Lena streckte sich, drehte ihren Kopf und schaute über die Schulter zum Eingang des Discounters. *Noch kein von Bühl in Sicht. Na dann ist er noch mit seinen Wanderhosen beschäftigt.* Sie lehnte sich wieder im Sitz zurück und schloss die Augen. Über zehn Jahre war das nun schon her, dass sie hier am Öhringer Gymnasium Hohenlohe oder kurz ÖGH ihr Abi baute. Und die Zusammenkünfte im Hofgarten gehörten einfach dazu. Zum Mekka fürs Jungvolk wurde der Hofgarten in jedem Jahr während des Hohenloher Weindorfes, immer am ersten Wochenende im Juli. Zu ihren Jugendtagen bedeutete das Rambazamba. Während auf dem Marktplatz und im Schlosshof die Weinzähne flanierten und Zehntele für Zehntele rassigen Riesling, süffigen Schiller, saftigen Trollinger oder vollen Lemberger probierten und studierten, machte die Jugend mit harten Getränken den Hofgarten unsicher. Hunderte junger Leute feierten dort bis in die Morgenstunden. Verwüstung inklusive. Die Veranstalter des Hohenloher Weindorfes konnten wohl den alljährlichen Scherbenhaufen nicht mehr sehen und setzten sich gemeinsam mit Polizei und Jugendbeauftragten an den runden Tisch. Heraus kam ein Konzept für ein eigenes Weindorf für die Jugend.

2009 war Premiere für dieses ›Junge Weindorf‹ im Hofgarten, und die Verantwortlichen waren begeistert. Wein wurde nur moderat ausgeschenkt, das Verbot von mitgebrachten Spirituosen von Sicherheitspersonal und Einsatzkräften der Polizei kontrolliert, und über 3.000 junge Partygänger waren zufrieden. Dieses Konzept bewährte sich bis heute. Hohenloher Weindorf, das war ein Aushängeschild für die alte Residenzstadt. Im Landesgartenschaujahr waren es über zwei Jahrzehnte, dass dieser Event ausgerufen wurde. Tausende Besucher kamen aus dem ganzen Umkreis, vor allem auch aus der Region Heilbronn. Der Stadtbahnanschluss war dabei ein ausschlaggebender Faktor. Über 200 Weine und Sekte von Genossenschaften und Weingütern lockten ins Hohenlohische. Mit der Landesgartenschau 2016 war der Run auf Öhringen natürlich ungebrochen. Und Öhringen selbst wie auch die Region Hohenlohe würden wohl auch in Zukunft von einem enormen Imagegewinn profitieren, schließlich zeigten andere Kommunen in der Vergangenheit schon, dass Attraktivität und Popularität mit einer Landesgartenschau stiegen und auch im Nachgang noch Touristen anzogen.

»So, da bin ich wieder. Was machen Ihre Handwerker? Flechten die auch schön ihre Körbe?« Marie-Lena hatte sich ziemlich erschrocken, als Friedrich schwungvoll die Autotür öffnete.

»Na ja, so genau hab ich gar nicht hingeschaut. Hab mehr über alte Tage im Hofgarten und über die Landesgartenschau im Allgemeinen sinniert. Und, haben Sie Ihr Wanderpaket schnüren können?«

»Bis zum Schnüren ist es ja noch etwas Zeit. Aber zwei Zip-Hosen habe ich gerade noch ergattert. Da war schon ziemlich aussortiert.«

Marie-Lena drehte den Zündschlüssel und startete den Motor. »Ich habe mich im letzten Jahr ausreichend mit Outdoor-Klamotten eingedeckt. Micha und ich sind ja auch oft wandernd unterwegs. Was mir aber gerade einfällt: Nächste Woche hat gleich nebenan der Lidl das ganze Wanderprogramm im Angebot.«

»Wie immer«, sagte Friedrich und schüttelte den Kopf.

»Die beiden Discounter stehen sich da in nichts nach. Was der eine hat, hat der andere eine Woche früher oder später. Eigentlich kaufe ich eher selten beim Discounter ein. Kleidung so gut wie gar nicht. Aber wenn ich über die Berge bin und in Meran angekommen, will ich mich des ganzen Wanderballasts entledigen. Und das geht natürlich nicht mit Outdoor-Ausrüstung in hoher Qualität«, meinte Friedrich fast schon entschuldigend.

»Häh, wie entledigen? Sie wollen in Meran doch nicht etwa alles wegwerfen?« Marie-Lena schaute wohl ziemlich entgeistert. Jedenfalls blieb Friedrich bei diesem Gesichtsausdruck seiner Kollegin nichts anderes übrig, als lauthals zu lachen.

»Ich weiß schon, das gibt es hier nicht, dass man irgendetwas wegwirft.«

»Stimmt«, antwortete Marie-Lena. »Das war schon meiner Oma ein Graus. Kind, hat sie immer gesagt, Kind, man darf nix verkomme lasse ond nix wegwerfe.« Jetzt musste Marie-Lena auch lachen. »Aber im Ernst, warum wollen Sie Ihr Wander-Equipment entsorgen?« Marie-Lena hatte inzwischen den Wagen aus der Parklücke manövriert und fuhr an die Haller Straße, um nach rechts abzubiegen.

»Bitte nach links und nach Cappel rein.« Zur Bekräftigung deutete Friedrich mit dem linken Arm in die Richtung. Marie-Lena legte fragend die Stirn in Falten.

»Lassen Sie uns über Eckartsweiler fahren. Dann müssen wir nicht mehr durch die Stadt jetzt bei diesem Trubel zur Mittagszeit.«

»Stimmt«, erwiderte Marie-Lena und bog nach links in die Haller Straße ab. Als sie durch Eckartsweiler fuhren, wiederholte sie ihre Frage. Friedrich war mit seinen Gedanken längst schon unterwegs … über die Alpen.

»Meine Planung sieht vor, ein paar Tage in Meran die geschundenen Füße hochzulegen und dann mit dem Flieger von Bozen in Richtung Sevilla zu starten. Von dort aus geht es mit dem Mietwagen an die Costa de la Luz.« Beim Gedanken an Andalusien schloss Friedrich glückselig die Augen.

»Was aber jetzt immer noch keine Erklärung dafür ist, warum Sie das ganze Zeug wegschmeißen wollen.«

»Liebe Kollegin, das liegt doch wohl klar auf der Hand. Den Koffer mit dem Sommeroutfit werde ich vor der Alpenüberquerung hier aufgeben und nach Meran schicken. Da passt dann ganz sicher keine Zip-Hose, das Thermounterhemd oder die Regenjacke mit hinein. Aber zu Ihrer und Ihrer Großmutter Beruhigung: Die Sachen werde ich natürlich nicht in die Tonne stecken, sondern als Spende in einer gemeinnützigen Einrichtung vor Ort abgeben.«

»Dinge einfach nur wegwerfen, das hätte ich Ihnen als blaublütigem Edelmann auch niemals zugetraut.«

Friedrich verdrehte die Augen. »Jaja, ich weiß schon. Die Hohenloher und ihr ambivalentes Verhältnis zum Adel … aber lassen wir das Thema. Fahren Sie lieber jetzt hier in Weinsbach nach rechts und dann in der Kurve wieder nach links.«

»Aber da kommen wir ja direkt in die Pampa.«

»Ländereien heißt das hier. Aber fahren Sie einfach den Feldweg lang. Wir dürfen das. Schließlich müssen wir hier, da und dort nach dem Rechten sehen.«

»Also Chef, irgendwie sind Sie ein bisschen quer seit Ihrem Wellness-Wochenende.« Marie-Lena bog in den landwirtschaftlichen Weg ab.

»Schauen Sie mal besser, dass Sie geradeaus fahren«, konterte Friedrich, als Marie-Lena ihren Blick über die satten Wiesen schweifen ließ und deshalb leicht nach rechts und damit gefährlich an die abschüssige Böschung kam.

»Wenn Sie jetzt rechts fahren, kommen wir direkt auf die Straße nach Heiligenwald.«

»Stichwort«, entgegnete Marie-Lena. »Wenn ich Sie vorhin richtig verstanden habe, werden Sie sich mit Hoteldirektor Mertens unterhalten, während ich am Empfang die Telefonlisten der letzten Wochen checke und dann einen kleinen Rundgang durch Küche und Hotel mache.«

»Genau, liebste und einzige Kollegin.« Friedrich setzte ein charmantes Lächeln auf. »Schnuppern Sie in der Küche ruhig mal in die Töpfe. Das lohnt sich im Jagdschloss allemal.«

»Was macht eigentlich den Struck aus? Also ich meine, was ist das Besondere an seiner Küche?« Plötzlich fiel Marie-Lena ein, dass es ja Mittagszeit war und sie heute noch überhaupt nichts gegessen hatte. Das Frühstück nach dem Lauf am Morgen hatte sie ausfallen lassen, der Groll auf Micha war ihr auf den Magen geschlagen. Und nach der Dusche und Michas liebevoller Nachricht per WhatsApp war sie so glückselig gewesen, dass sie es einfach vergessen hatte. Jetzt war Bärenhunger im Anmarsch. »Meinen Sie, wir beide könnten im noblen Restaurant auch eine Kleinigkeit speisen? Wenn ich schon in die Töpfe schnuppere. Ich hab heute noch gar nichts zu mir genommen. Außer einem Liter Wasser nach dem Laufen und dem Cappuccino bei der Besprechung«, schob Marie-Lena entschuldigend die Erklärung nach.

»Aber gerne doch, liebe Kollegin. Das ist eine sehr gute Idee. Wenn wir noch einen Tisch bekommen. Am Abend geht das nur mit Reservierung. Jetzt zu Mittag haben wir vielleicht Glück, und ganz großes Glück, wenn es ein

Platz auf der wunderschönen Terrasse wäre.« Auf einmal knurrte auch Friedrich der Magen.

»Aber Sie wollten noch wissen, was das Besondere an Strucks Küche ist?« Marie-Lena nickte eifrig.

»Olaf Struck wurde schon in ganz jungen Jahren mit einem Stern ausgezeichnet. Er hat einen unverkennbar klassisch geprägten französischen Stil. Wohl eine klare Handschrift seiner Lehrjahre unter anderem bei Heinz Winkler und Harald Wohlfahrt. Schon in der Gourmetküche des noblen ›Bergwelt‹ in Gstaad hat er sich vor Jahren einen Stern erkocht. Hier im Jagdschloss ist er natürlich seinem Stil treu geblieben. Hat allerdings auch Akzente gesetzt, indem er viel auf die regionalen Produkte hier in Hohenlohe zurückgreift.«

»Und Sie wissen bestimmt genau, welche das sind«, konstatierte Marie-Lena und schaute ihren Chef bewundernd an. Friedrich lachte etwas verlegen.

»Nun ja, wenn man wie ich gerne und oft kulinarisch unterwegs ist, will man eben auch im Restaurant über den Tellerrand hinaus schauen und wissen, welche Produkte die Küche verwendet und woher diese kommen. Vielleicht ist es auch mein kriminalistisches Blut in den Adern. Aber zurück zu Struck. Er hat ziemlich schnell die vielen kleinen, aber sehr feinen Selbstvermarkter hier entdeckt. Da kommen dann die Wachteleier beispielsweise aus Orendelsall, das Forellenfilet aus einer Fischzucht in Eckartsweiler, der Landgockel natürlich aus Mäusdorf und das Hohenloher Holzofenbrot aus der Demeterbäckerei, von einem Hofgut bei Niedernhall.«

»Forellenfilet, Landgockel, Holzofenbrot. Wie soll ich bitteschön mit diesem Grummeln im Bauch noch ermitteln.« Inzwischen waren sie im Heiligenwald angekommen, und Marie-Lena bog auf den Parkplatz zum Hotel ein.

»Mein Vorschlag wäre, dass Sie trotzdem zunächst an der Rezeption die Angestellten bezüglich der anonymen Anrufe befragen und sich wie besprochen um die Liste kümmern, wer wann in den vergangenen Wochen an der Rezeption gearbeitet hat. Ich werde in der Zwischenzeit mit Mertens reden, und vielleicht können wir dann unser Gespräch zu dritt auf der Terrasse bei einem Business-Lunch fortsetzen. Auf Einladung des Hauses.« Friedrich zwinkerte Marie-Lena fröhlich zu. »Lassen Sie das mal den Papi machen.«

»Aye aye, Papi«, antwortete Marie-Lena nicht weniger fröhlich.

An der Rezeption vom Jagdschloss wurden sie freundlich empfangen. »Herzlich willkommen im Jagdschloss Heiligenwald. Was kann ich für Sie tun?« Friedrich und Marie-Lena antworteten fast gleichzeitig: »Wir kommen vom Kriminalkommissariat Öhringen und ermitteln im Fall von Olaf Struck.«

»Wir sind bei Herrn Mertens angemeldet. Wenn Sie ihm kurz Bescheid geben könnten?« Friedrich schaute sich in der stilvoll eleganten Lobby des Hotels um. Jetzt um die Mittagszeit war kein Gast zu sehen. Es war mucksmäuschenstill. Die Hotelgäste waren wohl beim Essen im Restaurant oder im benachbarten Spa. Wer dort seinen Tag verbrachte, konnte im dazu gehörigen Bistro etwas essen. Eine kleine, aber ebenso feine Küche. Friedrich war mindestens einmal im Monat im luxuriösen Spa des Jagdschlosses. Mit rechtzeitiger Reservierung konnte man dort auch als Tagesgast Wellness machen. Für Friedrich waren diese monatlichen Auszeit-Tage wie ein Kurzurlaub in seinem geliebten Sauerland. Deshalb nannte er seinen Ausflug ins Jagdschloss-Spa auch Sauerland-Tag.

»Aber gerne doch.« Melissa Yarata lächelte freundlich und nahm gleichzeitig den Telefonhörer in die Hand. »Hier Melissa Yarata, hallo, Herr Mertens. Hier sind zwei Polizeibeamte an der Rezeption und sagen, Sie wüssten Bescheid.« Melissa Yarata nickte mit dem Kopf und legte dann den Hörer wieder zurück. »Herr Mertens wird Sie gleich abholen.«

Keine zwei Minuten später stand auch schon Arnulf Mertens vor ihnen.

»Herr von Bühl, Frau Dambach, wie schön, Sie zu sehen«, begrüßte sie der Hoteldirektor überschwänglich, zuckte dann aber sichtlich zusammen und sein Blick verfinsterte sich.

»Natürlich ist es nicht schön, Sie jetzt hier im Fall unseres verschwundenen Olaf Struck zu sehen. Wir sind alle quasi im Ausnahmezustand. Nicht nur, dass in der Küche alles tipptopp weitergehen muss. Wir alle hier machen uns natürlich große Sorgen um Olaf. Er war, Entschuldigung, er ist ein beliebter und sehr sympathischer Kollege.« Arnulf Mertens sah jetzt geradezu unglücklich aus. »Aber kommen Sie doch mit in mein Büro. Ich hoffe doch sehr, es gibt etwas Neues?« Mertens hatte sich schon umgedreht und war in Richtung Flur gegangen, als Friedrich sagte: »Ich komme mit, Herr Mertens. Meine Kollegin möchte sich allerdings noch kurz mit Frau Yarata unterhalten. Es geht um diese anonymen Drohanrufe.«

»Natürlich, Herr von Bühl. Frau Yarata ist ja unsere Chefrezeptionistin, und ich weiß auch, dass sie einige dieser mysteriösen Anrufe entgegengenommen hat.« Arnulf Mertens hatte sich jetzt wieder den beiden zugewandt, wirkte aber nach wie vor zerstreut und fahrig. »Wenn die junge Kommissarin ihre Ermittlungen beendet hat, würde ich vorschlagen, dass wir drei anschließend auf unserer Terrasse ein Mittagessen einnehmen. Ich werde uns gleich einen Tisch reservieren lassen. Wäre das in Ordnung für Sie?«

»Sie können Gedanken lesen, nicht wahr?«, antwortete Friedrich und zwinkerte Marie-Lena zu, ohne dass es Mertens sehen konnte.

Sehr schön, dachte Marie-Lena und drehte sich zu der Rezeptionistin um. »Wenn es jetzt so ruhig ist, könnten wir uns vielleicht auch dort rüber setzen, und Sie erzählen mir von den Anrufen?« Die Frage war wohl mehr eine Aufforderung. Melissa Yarata kam sofort hinter der Empfangstheke vor und deutete mit der Hand auf die Sitzecke der Lobby.

»Gerne, Frau Kommissarin. Ich habe ja das Mobiltelefon zur Hand. Möchten Sie denn etwas trinken? Wasser vielleicht oder einen Kaffee?« Marie-Lena verneinte dankend und setzte sich in einen dieser großen Plüschsessel, bei denen einem nichts anderes übrig blieb, als sich zurückzulehnen.

»Sie haben also einen oder auch mehrere dieser Anrufe entgegengenommen?«

»Ja, es waren auf jeden Fall mehrere«, bestätigte Melissa Yarata. »Das ging schon los, als im November letzten Jahres klar war, dass Olaf endlich den zweiten Stern bekommen würde.«

»Warum sagen Sie denn endlich?«, hakte Marie-Lena nach.

»Nun ja, der Olaf war so etwas wie ein Hoffnungsträger. Den ersten Michelin-Stern bekam er so ziemlich am Anfang, als er zu uns kam. Und jedes Jahr dachten wir alle, jetzt kommt auch der zweite Stern.«

»Stand er denn auch unter Druck?«, wollte Marie-Lena wissen.

»Schwierig zu sagen. Nein, ich denke nicht.« Melissa Yarata schüttelte wie zur Bestätigung leicht den Kopf. »Vielleicht war da schon so etwas wie eine Erwartungshaltung seitens der Hotelleitung, aber dass man ihn deshalb unter Druck gesetzt hätte ... nein ganz sicher nicht.«

»Gut, dann erzählen Sie doch mal von den Anrufen.«

»Wie schon gesagt, der erste Anruf war irgendwann Anfang Dezember. Eine dunkle Männerstimme in gebrochenem Deutsch. Was natürlich auch getürkt sein konnte«, Melissa Yarata lachte laut auf. »Getürkt, ganz schön blöd, wenn ausgerechnet ich das sage. Ich bin schließlich Türkin. Aber weiter: Der Typ hat zuerst nach Olaf gefragt, und als ich ihm sagte, dass unser Küchenchef noch nicht im Hause sei, hat er mir erklärt, dass dieser vielleicht bald gar nicht mehr kommen würde. Da wurde ich sofort stutzig und habe nachgefragt.«

Marie-Lena hatte ihr aufmerksam zugehört. »Und was hat er daraufhin gesagt?«

»Aufgelegt. Er hat einfach aufgelegt.«

»Wissen Sie, wann der nächste Anruf war?«

»Im Januar war ich zwei Wochen im Urlaub. Meine Kollegin, die mich vertreten hat, erzählte allerdings nichts von mysteriösen Anrufen. Ich hatte dann den Typ erst im Februar wieder in der Leitung. Dieselbe Stimme wieder in gebrochenem Deutsch. Diesmal wurde er allerdings konkreter. Er wusste genau, dass Olaf Struck seine Auszeichnung während der Landesgartenschau bekommen sollte. Jedenfalls sagte er, ob wir uns ganz sicher seien, dass unser

Koch wirklich auch ausgezeichnet werden würde an diesem Tag.«

»War das denn damals schon offiziell mit diesem Termin auf der SWF-Bühne?«, hakte Marie-Lena nach.

»Na ja, so halboffiziell.«

»Was heißt das konkret?«

»Die LAGA-Organisatoren und das SWF hatten den Termin wohl mit Herrn Mertens abgestimmt, und soviel ich weiß, war das auch in der Gastro-Szene bekannt.« Das Telefon läutete, und Melissa Yarata meldete sich mit: »Hotel und Restaurant Residenz am Jagdschloss, Sie sprechen mit Melissa Yarata, was kann ich für Sie tun?«

Marie-Lena nutzte die Zeit und notierte sich in ihrem kleinen Notizbuch ein paar Stichworte. Da machte sich wieder das Knurren im Magen bemerkbar. Sie schaute auf das Display ihres Smartphones. Es war kurz vor 13 Uhr. Melissa Yarata hatte inzwischen das Gespräch am Telefon beendet und wandte sich wieder der Kommissarin zu.

»Diese Anrufe gab es noch bis in den April. Dann allerdings hörten sie schlagartig auf. Wir haben das nicht weiter ernst genommen.«

»Und Olaf Struck wusste nichts von diesen Anrufen?«, wollte Marie-Lena wissen.

»Wir haben in der Teambesprechung beschlossen, ihm zunächst nichts davon zu sagen. Wir sind ja davon ausgegangen, dass es ein Neider aus der Szene ist, und wollten ihn nicht nervös machen. Er hatte sich doch im November unglaublich über den zweiten Stern gefreut, und zu diesem Zeitpunkt stand ja auch schon fest, dass er Vater werden würde.« Melissa Yarata schaute mit ihren dunklen Augen Marie-Lena plötzlich treuherzig an.

»Unruhe gab es dann ab Januar schon genug.« Marie-Lena war trotz flauem Magen und schleichender Mittagsmüdigkeit schlagartig ganz Ohr. Die Hotelangestellte seufzte tief und stieß dann die Luft pfeifend durch die Lippen. »Eigentlich ist das eine interne Angelegenheit und womöglich auch nur eine böse Gerüchteküche.« Melissa Yarata verdrehte die Augen und seufzte wieder.

»Also jetzt hören Sie mir mal gut zu. Wir haben seit letztem Donnerstag einen verschwundenen Olaf Struck und eine Spur, die darauf schließen lässt, dass Ihrem Koch etwas zugestoßen ist. Deshalb sind wir hier. Wir ermitteln in jede Richtung. Auch wenn es sich um ein Gerücht handeln könnte. Also legen Sie los. Was meinen Sie mit Unruhe seit Januar?«

»Entschuldigen Sie bitte, natürlich haben Sie recht. Ich kann mir aber nicht vorstellen, dass das etwas mit dem Verschwinden von Olaf zu tun haben könnte.«

»Warum können Sie sich was nicht vorstellen?«, hakte Marie-Lena nach.

»Also gut. Jacqueline Schneider«, sagte Melissa Yarata und schaute sich plötzlich wie ertappt um.

»Jacqueline Schneider?« Marie-Lena zog fragend die Augenbrauen nach oben.

»Seit Januar unsere neue Sommelière hier im Jagdschloss.«

»Und was hat das bitte mit Olaf Struck zu tun?«

»Nun ja«, druckste die Rezeptionistin. »Schneider und Struck kannten sich wohl aus früheren Zeiten. Und das wahrscheinlich nicht nur flüchtig. Jedenfalls hat die Schneider den Olaf ganz schön angebaggert und …«

»Was und? Jetzt reden Sie doch mal Klartext.« Marie-Lena spürte die Ungeduld in sich hochsteigen, und mit diesem bohrenden Hungergefühl im Bauch wurde sie ganz schön pampig.

»Schneider war ziemlich eifersüchtig auf unsere schwangere Caroline und ihr gegenüber auch sehr feindselig. Offen war das hier im Haus natürlich nicht sichtbar. Aber es wurde gemunkelt, dass es hinter den Kulissen deswegen zum heftigen Streit zwischen Olaf und Jacqueline kam. Erst vor wenigen Wochen.« Wie auf Knopfdruck schrillten bei Marie-Lena die kriminologischen Alarmglocken.

»Und wo finde ich Jacqueline Schneider jetzt? Ist sie heute im Hotel?«

»Madame ist im Krankenstand. Schon seit letzter Woche. Eine depressive Phase. Deshalb ist sie auch nicht erreichbar für die nächsten Wochen.« Melissa Yarata machte keinen Hehl aus ihrer Abneigung gegen die Sommelière und unterstrich jeden einzelnen Satz mit einem spöttisch abfälligen Blick.

Marie-Lena durchzuckte es. Wie von der Tarantel gestochen setzte sie sich kerzengerade in dem Sessel auf. »Das könnte eine heiße Spur sein«, murmelte sie mehr zu sich selbst als zu ihrem Gegenüber.

7. KAPITEL

KALTES ZWISCHENGERICHT – ENTRÉE FROIDE

Samstag, 18. Juni 2016

»Du sollst dich doch nicht so anstrengen, mein Liebster.« Olaf schreckte auf und versuchte, seinen Kopf dahin zu drehen, woher die Stimme kam. Ein Höllenschmerz durchzuckte ihn. »Hast du wieder Schmerzen, Liebster? Unser Doktorchen hier wird dir nachher wieder eine schöne Dosis Sufentanil ins Blut jagen. Dann wirst du auch selig schlafen dürfen. Aber vorher musst du uns noch ein paar Fragen beantworten.«

Fragen. Liebster. Doktorchen. Olaf versuchte, mit den Händen seinen Kopf zu ertasten. Aber jede Bewegung war wie ein Feuersturm in seinen Gliedern.

Muskelentspannung. Selbsthypnose. Autogenes Training. Mensch, Junge, du hast doch mal gelernt, deinen Körper auszublenden, schoss es ihm durch den Kopf. Er atmete konzentriert ein und versuchte, den Sauerstoff tief in seiner Lunge zu halten. Eins, zwei, drei: Es klappte. Auf drei stieß er die Luft wieder aus. Langgezogen. Vier, fünf, sechs, sieben … Die unsagbaren Schmerzen wurden mit jedem bewussten Atemzug weniger.

»Das machst du ja prima. Du solltest dich mal sehen, wie du so daliegst. Wir sind fast schon neidisch auf deine Übungen.« Olaf schossen die Tränen in die Augen und liefen heiß über sein Gesicht. Es war einen Versuch wert gewesen. Aber sein geschundener Körper ließ sich nicht einfach durch Muskelentspannung und Selbsthypnose überlisten. Plötzlich stieg Wut in ihm hoch: »Was willst du von mir? Was wollt ihr von mir? Wo bin ich überhaupt?« Er schrie diese Sätze, wusste aber gleichzeitig, dass er keinen Ton herausbrachte.

»Kannst du uns deinen Namen sagen?«, schepperte es irgendwo von der Decke.

Namen sagen. Caro, Caroline. Jetzt drehte sich alles wieder. Wie damals, als er das erste Mal in diesem riesengroßen Kettenkarussell saß. Ein kleiner Bub auf der Kirmes. Vier oder fünf Jahre alt. Der Sitz war viel zu groß. Aber sein Großvater lachte. Und lachte noch viel mehr, als er, der kleine Olaf, weinte und mit den Beinen strampelte. Zeig, dass du ein Mann bist, stell dich nicht so an. Die Worte waberten wie zäher Kaugummi durch seinen Kopf. Er versuchte, stark zu sein. Damals. Heute. Das Karussell drehte sich immer schneller. Seine kleinen Beinchen flogen durch die Luft. Weit durch die Luft. Und krampfhaft versuchte er, sich festzuhalten. Die Hände krallten sich fest an diesem kalten Seil und rutschten ab, weil sie so nass waren. Die Angst klebte an ihm wie er auf diesem Sitz in diesem riesigen, weit fliegenden Karussell. Unten, weit – weit unten sah er die grellen bunten Lichter und die vielen Menschen. Grimassen, lachend, verzerrt. Mittendrin sein Großvater. Mit seinen großen schiefen Zähnen. Mit seinem hämischen Lachen. Sei ein Kerl. Halte durch. Kleiner Olaf.

»Sternekoch, Liebster. Was ist jetzt. Kannst du uns deinen Namen sagen?«

Natürlich kann ich das, du Kröte aus dem Nirwana. Aber ich werde es nicht. Olaf schüttelte den Kopf. Nein, den Gefallen werde ich euch nicht tun.

»Müde«, stammelte er. »Schmerzen. Wo bin ich?«

Das gleißende Licht, das die Stimme aus dem Off begleitete, wurde plötzlich ausgeschaltet. Ich werde mich am besten tot stellen. Olaf versuchte, seine Atemzüge auf ein Minimum zu drosseln. Zwei, drei vier, fünf, … murmelte er leise.

»Du kannst zählen, so viel du willst, ich gebe dir hier den Takt an, mein Lieber.« Die zynische Stimme, die er

aus dem Apparat von der Decke schon kannte, war jetzt ganz nah und zischend heiß an seinem Ohr. »Sag mir deinen Namen, Liebster. Erinnere dich.«

»Karussell, bunte Lichter und ich fliege«, stammelte Olaf und versuchte gleichzeitig, Umrisse in der Dunkelheit wahrzunehmen. Das Gesicht, das sich über ihn beugte, war abstoßend. Waren es die abscheulichen Konturen, diese abscheuliche Fratze, die er erkennen konnte, oder war es dieser faulig modrige Geruch, der ihm in die Nase stieg?

Olaf musste würgen. Er würgte, und diese bittere, den Hals reizende Flüssigkeit stieg ihm vom Magen in die Speiseröhre weiter in den Mund. Er konnte nicht anders und öffnete die Lippen. Ein Schwall grün-gelber Flüssigkeit ergoss sich über seine Brust und die rechte Schulter, auf die er sich reflexartig gedreht hatte.

Die Fratze und die Stimme schienen sich zurückzuziehen.

»Wie heißt du?«

Nein, die Stimme war immer noch da.

Olaf. Ich heiße Olaf. Aber das werde ich dir nicht sagen. Lieber ruhig atmen. Eins, zwei, drei … und halten. Und ausatmen. Vier, fünf sechs, sieben …

»Komm her, Doktor«, sagte die Stimme barsch. »Schick ihn wieder ins Traumland, dann schau nach seinen Verletzungen und mach die Verbände neu.«

»So einfach geht das nicht, Chefin.«

»Was heißt das: So einfach geht das nicht?«

»Ich werde ihm eine Nährstoffinfusion legen müssen. Der Kerl wird sonst keine zwei Tage länger überleben.«

*

Mittwoch, 8. Juni 2016. Eine Woche früher

Der Wecker schrillte. Laut und unaufhaltsam. Ricarda Brenner versuchte, ihren Kopf auf dem weichen Daunenkissen von rechts nach links zu betten und den nervtötenden Ton zu überhören. Der Tag gestern war anstrengend gewesen. Bis spät in die Nacht hatte sie gegrübelt. Alles, wirklich alles war bisher glattgelaufen. Vater wäre stolz auf sie gewesen. Ja, gewesen.

Die Kopfschmerzen. Ricarda Brenner griff nach dem Glas Wasser auf dem Nachttisch und der Tablettenschachtel mit der Aufschrift Tramadol, die daneben lag. Okay, nur noch eine. Für heute Morgen. Tramadol zähle zu den Opioiden, sei zwar nicht so stark in der Wirkung wie Morphin, aber sie solle dieses Schmerzmittel dennoch nur bei ganz schlimmen Schmerzen nehmen. Bei Kopfschmerzen sei Tramadol allerdings weniger geeignet. *Blablabla blubber und abgehakt unter der Rubrik ›Was unser Doktor noch wusste‹*. Ricarda legte die kleine unscheinbare Tablette auf die Zunge und nahm einen kräftigen Schluck aus dem Wasserglas. Sie wusste, dass die Wirkung ziemlich schnell einsetzte und dann fast den ganzen Tag anhielt. Zwar stand auf dem Beipackzettel, dass Tramadol selbst Kopfschmerzen auslösen könnte, aber bei ihr war das nicht der Fall. Im Gegenteil: Dieser nicht auszuhaltende Druck im Kopf, diese bohrenden, stechenden, hämmernden Schmerzen waren nach einer Tablette Tramadol wie weggeblasen. Und wenn sie sich ganz ausschalten wollte, nahm sie die Tropfen. Die wirkten noch schneller und noch besser als die Pillen. Hin und wieder experimentierte sie in letzter Zeit auch mit härteren Sachen. Fentanyl oder Levomethadon. Ihr Tierarzt hatte immer alles griffbereit im Köfferchen.

Und das Doktorchen fraß ihr aus der Hand, sodass sie ihm nur einen kleinen Ball in den Garten werfen musste, um alles zu bekommen, was sie wollte.

Sie sei ein Biest. Ein kleines verlogenes Miststück, hatte Rüdiger Brenner, damals, als er so in Rage war, wie sie ihn noch nie erlebt hatte, ihr an den Kopf geworfen. Ewigkeiten war das her. Aber jetzt, wenn sie daran dachte, war es wie gestern.

Sie war ein kleines Mädchen gewesen. Der Nachbarjunge, mindestens drei Köpfe größer als sie, hatte sie, die kleine Ricarda, nach der Schule nach Hause begleitet. Es war nicht das erste Mal. Sven, so hieß der Junge, konnte auf diesem rund 15-minütigen Fußweg lustige Geschichten erzählen, und Ricarda musste deswegen oft stehen bleiben, um sich den Bauch zu halten vor Lachen. Aber irgendwann eines Tages war ihre schlechte Laune so groß, dass sie nur noch die vielen Pickel im Gesicht von Sven bemerkte. *Wie ekelhaft*, dachte sie. Aber er war der Sohn des Bürgermeisters. Und auch wenn es ein kleines Dorf war: Der Bürgermeister und seine Familie waren so etwas wie heilig gesprochen bei den Dorfbewohnern. Vielleicht weckte genau das diesen Schlachtruf in Ricarda. *Das wollen wir doch mal sehen.* Die Pickel vor Augen, gepaart mit ihrer schlechten Laune und dem kribbelnden Gefühl im Bauch, kam Ricarda eines Tages nach dem gemeinsamen Heimweg mit Sven nach Hause, warf den Ranzen in die Ecke, zerriss sich die Strumpfhose und zerkratzte sich die Arme. Am Küchentisch sitzend wartete sie auf ihren Vater. Rüdiger Brenner war entsetzt gewesen, als er seine kleine Tochter völlig aufgelöst und zerschunden in der häuslichen Küche antraf. Der Sven sei das gewesen, erzählte ihm Ricarda. Gepackt habe er sie plötzlich auf dem Nachhauseweg. An beiden Armen. Dabei habe er versucht, ihr die Strumpfhose herunterzuziehen. Untermalt von verzweifeltem Schluchzen glaubte Rüdiger Brenner seinem Töchterlein in diesem Moment alles. Wutschnaubend und mit einem »Das wird er büßen« war er aus dem Haus gestürmt. Voller Genugtuung, nein mit vollster Befriedigung war sie an diesem Abend ins Bett gegangen. Die Dinge würden ihren Lauf nehmen und das Pickelgesicht verschwinden. So war es dann auch. Der pickelige Sven kam von einem Tag auf den anderen weit weg in ein Internat. Und der Bürgermeister trat von seinem Amt zurück. Aus gesundheitlichen Gründen, so die offizielle Begründung. Jahre später, Ricarda hatte die Sache längst vergessen, kam Sven, inzwischen ein erwachsener Mann ohne Pickel, aber mit Promotion und einer Professur zurück ins Dorf. Das ganze Dorf kam am Abend im Gasthaus zusammen und scharte sich um den wichtigen Mann aus der weiten Welt. Auch Ricardas Vater Rüdiger Brenner. Er kehrte damals erst früh am Morgen heim.

Es sollte kein guter Tag werden für Ricarda. Sie war inzwischen 17 Jahre alt und hatte mit Hängen und Würgen die 12. Klasse am Gymnasium erreicht. Im nächsten Jahr stand das Abitur ins Haus. Rüdiger Brenner investierte viel Geld in die Nachhilfestunden seines Töchterleins. »Du wirst dein Hinterteil zusammenklemmen und mir weiß Gott keine Schande machen«, pflegte er fast täglich zu predigen. Was Ricarda äußerst cool und gelassen nahm. Schließlich konnte sie ihren Vater immer um den Finger wickeln. An diesem Morgen aber, als er wutentbrannt von der Begegnung mit Sven und aus der Kneipe kam, war das nicht der Fall.

Gespielt fröhlich war sie trällernd durch die Küche gehüpft, wohl aus den Augenwinkeln wahrnehmend, dass ihr Vater kein Sonntagsgesicht trug. Er habe mit Sven Köhler, *Professor Dr.* Sven Köhler, betonte er Wort für Wort, ein sehr intensives Gespräch geführt. Das habe einiges an Fragen aufgeworfen. Fragen, die sie, seine liebste Tochter Ricarda, nun ganz schnell beantworten solle.

Ricarda hatte sich natürlich zunächst dumm gestellt und ihren Vater mit großen unschuldigen Augen angeschaut. Der hatte sie dann mit Svens Version der damaligen Geschichte konfrontiert. Schließlich hatte sie sich so sehr in Widersprüche verwickelt, dass es kein Entrinnen mehr gab und sie ihrem Vater die Wahrheit erzählte. Seine Wut steigerte sich ins Unermessliche. Sie habe den Ruf einer ganzen Familie ruiniert damals. Aus Scham und Gram habe der Bürgermeister seinen Sohn in ein Internat geschickt und war von seinem Amt zurückgetreten, und nur wenige Monate später habe er sich das Leben genommen. Ihretwegen, schleuderte ihr Vater ihr entgegen. Sein Zorn ging so weit, dass er einen Küchenstuhl nahm und ihn vor ihren Augen auf den Fliesen zertrümmerte. Verlogenes Miststück und Biest waren noch die harmloseren Worte, die er ihr an jenem Morgen an den Kopf warf. Von diesem Zeitpunkt an fiel es ihr nicht mehr ganz so leicht, ihren Vater mit der einen und anderen Lügengeschichte einzulullen. Vielmehr schien es, als ob er ständig auf der Hut war. Und von diesem Zeitpunkt an begannen die Kopfschmerzen. Das Misstrauen ihres Vaters legte sich erst, als sie das Abitur in der Tasche hatte und bekannt gab, dass sie nun Wirtschaftswissenschaften studieren wolle. Während ihres Studiums in Nürnberg kam sie regelmäßig nach Hause. Vor allem dann, wenn Ebbe im Portemonnaie herrschte. Das war nicht selten der Fall. Um die väterliche Finanzspritze musste sie nie lange betteln. Ricarda legte einfach eine gute Klausur auf den Tisch, und Rüdiger Brenner stellte den Scheck aus. Meistens. Ab und an gab es allerdings auch Stress deswegen. Dann musste sie all ihren Liebreiz auffahren, um den väterlichen Geldfluss wieder anzuregen. Eine gute Methode war es auch, ihren Vater zunächst in ein Streitgespräch zu verwickeln, um dann in Tränen auszubrechen und anschließend, wenn er deswegen ein schlechtes Gewissen hatte, abzukassieren. Als sie schließlich ihren Master of Science mit einem Durchschnitt von 1,2 absolvierte, war ihr Rüdiger Brenners stolz geschwellte Brust sicher. Das wäre dann auch ihr Ticket in die USA gewesen. Zwei Auslandssemester an der Harvard University in Cambridge, Massachusetts, hatten ihre Liebe zu dem weiten Land jenseits des großen Teichs geweckt. Entsprechende Kontakte in Boston hatte sie während dieser Zeit schon geknüpft, und ein zunächst befristeter Arbeitsplatz bei Gillette, einer Tochterfirma von Procter & Gamble und eines der größten Unternehmen in Boston, war ihr auch so gut wie sicher. Dann kam allerdings alles ganz anders. Ihr Vater hatte ihr für ihren bravourösen Master einen luxuriösen Tauchurlaub auf den Malediven spendiert. Genau dort ereilte sie auch die Hiobsbotschaft. Anne Brenner, die unverheiratete Schwester ihres Vaters, hatte sie auf dem Handy angerufen. Bei ihrem Vater sei bei einer Routineuntersuchung Darmkrebs festgestellt worden. Er läge im Krankenhaus, und die Prognose sei sehr schlecht. Man müsse davon ausgehen, dass Rüdiger Brenner nicht mehr lange leben würde. Auf dem Rückflug von Malé nach Frankfurt wurde Ricarda klar, dass sich ihr Plan, nach Boston zu gehen, in Luft auflöste. Zu Hause in Kupferzell angekommen, eilte sie sofort ins Diakonische Krankenhaus nach Schwäbisch Hall.

Sie erkannte ihren Vater kaum wieder, als sie ihn auf der Palliativstation des Diak antraf. Diese einst stattliche, große imposante Erscheinung, die ihren Vater ausmachte, und das, was sie noch fest als Bild in sich trug, war nur noch ein Schatten seiner selbst. Abgemagert, nein ausgezehrt fand Ricarda ihren Vater schwer atmend in den Kissen liegend. Als er ihre Stimme hörte, schlug er seine Augen auf und schaute sie Hilfe suchend an. Es schien, als habe er geradezu auf sie gewartet. Das Gespräch mit dem Chefarzt bestätigte Ricardas Eindruck. Ihr Vater hatte nur noch wenig Zeit. Der zunächst diagnostizierte Darmkrebs war weit fortgeschritten und hatte zudem gestreut und andere Organe befallen. Zwei, im Höchstfall sechs bis acht Monate, so lautete die Prognose. Man könne ihm nur noch einen möglichst schmerzfreien letzten Lebensabschnitt ermöglichen. Ricarda war nach diesem Gespräch mit dem zuständigen Arzt am Boden zerstört. Alle Pläne, vor allem *ihre* Zukunftspläne, waren von einem Tag auf den anderen weg. Weit weg. In den folgenden Wochen versuchte sie sich, so gut es überhaupt ging, in das väterliche Imperium einzuarbeiten. Das war ein komplett anderes Kapitel als ihr Wirtschaftswissenschaftsstudium. Aber schließlich funktionierte ihr ›learning by doing‹, und binnen weniger Wochen hatte sie das väterliche Unternehmen durchschaut. Schlachthof, Großmetzgerei und schließlich der erst jüngste Zweig des Unternehmens, der ›BCS‹ oder ›Brenner-Catering-Service‹.

*

Die Tabletten zeigten Wirkung: Ricardas Kopfschmerzen waren wie weggeflogen. Was gut war. Schließlich musste sie einen kühlen und vor allem klaren Kopf bewahren. Das Telefongespräch gestern mit Olaf Struck hatte ihr zugesetzt. Mehr als zugesetzt. Es sollte ein großes Ding werden nächste Woche. Der Koch sollte während einer Livesendung des SWF auf dem Öhringer Marktplatz mit seinem zweiten Kulinarik-Stern ausgezeichnet werden. Mit geladenen Gästen und wohl vielen Zuschauern. Schließlich war die Landesgartenschau im angrenzenden Hofgarten jetzt im Juni stark frequentiert. Vor drei Wochen hatte BCS den Auftrag für das Catering während der Veranstaltung bekommen. Geplant war Fingerfood vom Feinsten. In Abstimmung mit Olaf Struck hatten Ricarda und das Brenner-Catering-Team eine exzellente Auswahl getroffen: kleine Kartoffelpuffer mit Blutwurst vom Fränkisch-Hohenlohischen Landschwein, Frikadellen mit Thunfischsoße und großen Kapernbeeren, Lachsrolle mit Spinat und Frischkäse, Mangospieße mit Garnelen, Crostini mit Kürbiscreme und geräuchertem Schinken vom Fränkisch-Hohenlohischen Landschwein, exotisch-fruchtiger Glasnudelsalat. Dies war die Liste, die sie gestern vor dem Telefonat mit Struck auf dem Schreibtisch hatte. Sie wollte im Gespräch mit Struck den Plan nochmals durchgehen und eventuelle Korrekturen festlegen und vor allem den zeitlichen Ablauf besprechen. Struck war allerdings gar nicht an der Cateringliste interessiert. Das, was er während des Telefongesprächs zur Sprache brachte, verschlug Ricarda den Atem.

*

»Das werden wir jetzt mal lieber nicht auf dem Revier kundtun. Und sollte Sie jemand fragen, woher das kugelrunde Bäuchlein kommt, sagen Sie einfach, Sie seien in froher Erwartung.« Friedrich musterte seine junge Kollegin und grinste, als sie sich sanft über ihre Körpermitte strich. Marie-Lena und Friedrich gingen zum Parkplatz und stiegen ins Auto.

»Da geb ich Ihnen doch glatt recht. Gehen wir mal davon aus, dass es wie jeden Mittag Fleischkäsweck oder Frikadelle vom Metzger nebenan gab, dann erzählen wir mal lieber nicht, was wir uns in den letzten zwei Stunden einverleibt haben.« Marie-Lena lachte schallend, weil sie die Gesichter der Kollegen beim Verzehr der täglichen Fleischkäsesemmel bildlich vor Augen hatte. »Und wie sollen wir unseren gut dreistündigen Aufenthalt im Nobelhotel begründen?«

Friedrich schaute sie an und verdrehte die Augen: »Ermittlungsarbeit, meine Liebe, intensive Ermittlungsarbeit.«

»Was ja auch stimmt. Ob wir unseren Job mit einer kleinen Mahlzeit verbinden, bleibt schließlich uns überlassen, oder?«

»Kleine Mahlzeit, liebe Kollegin, ist wohl etwas untertrieben.« Friedrich schaute wieder auf das gerundete Bäuchlein von Marie-Lena.

»Ich meinte doch nur, dass wir das intern auf dem Revier und bei den Kollegen der Soko so kommunizieren.«

»Jetzt haben Sie sich ja mal ganz fein ausgedrückt. Kommunizieren, soso …«

»Es war einfach nur Spitzenklasse, und ich werde mindestens drei Tage davon zehren.« Marie-Lena schloss kurz die Augen und atmete tief durch. »Jetzt bin ich ganz schön platt und müde. Wir könnten ja noch ein kurzes Nickerchen machen hier im Auto auf dem Parkplatz. Hier ist es so schön schattig.«

»Oder wir machen einen schnellen knackigen Rundgang durch den Heiligenwald. Sie sind doch eine Sportskanone.« Friedrich schaute sie fragend an.

»Großer Meister, ich habe mein Laufsoll heute Morgen schon absolviert. Wie steht's mit Ihnen? Sie können jetzt gerne alleine durch Wald und Flur traben, während ich meine Augen so lange schließe.«

»Dann machen wir einen Kompromiss und setzen uns dort drüben unter der alten Eiche auf die Bank. Da ist es schön schattig, und wir können uns über das Gespräch mit Mertens austauschen. Wer weiß, ob wir nachher auf dem Revier die Zeit und vor allem die nötige Ruhe dafür haben.«

»Gute Idee«, strahlte da Marie-Lena schon und sprang geradezu leichtfüßig aus dem Auto. Es war jetzt kurz vor 16 Uhr und auch unter der schönen schattigen Eiche sommerlich heiß.

»Wie gut, dass wir keine Uniform tragen müssen«, meinte Marie-Lena und rollte die kurzen Ärmel ihres T-Shirts über die Schultern, sodass die beiden Arme freizügig dem leicht kühlenden Wind ausgesetzt waren. Währenddessen streifte sie ihre Schuhe von den Füßen, zog die Socken aus und krempelte die Jeans bis zu den Knien nach oben.

»Das schaut ja mal ganz chic aus, geradezu elegant«, meinte Friedrich spöttisch mit Blick auf das lässig umgestylte Outfit seiner jungen Kollegin. »Soll ich auch mal krempeln?«

»Nee, lieber nicht, Chef, Sie sind schließlich öfters drüben Gast. Da heißt es doch wohl für Sie gerade als Blaublut Contenance wahren. Schließlich ist die Parkanlage hoteleigenes Gelände.«

»War das wieder eine Ihrer kleinen Provokationen?«

»Okay, okay, Chef«, gab sich Marie-Lena sichtlich zerknirscht, »ich weiß ja, dass ich vom Stamme der rotzfrechen Gören bin – hat übrigens mein Opa immer zu mir gesagt –, aber Ihnen zuliebe gehe ich auf Schmusekurs.«

»Was Sie jetzt aber nicht im wahren Sinne des Wortes meinen, oder?«

Marie-Lena spürte, dass sie puterrot wurde bei dieser Frage ihres Chefs. Sofort ruderte sie deshalb zurück und erklärte betont locker: »Damit meinte ich pflegeleichte junge Kommissarkollegin.«

»Wie hat Ihnen eigentlich das Kalbsbries geschmeckt?« Friedrich tat so, als habe er die Antwort seiner Kollegin gar nicht gehört.

»Der absolute Hammer.« Marie-Lena leckte sich wie zur Bekräftigung die Lippen. »Gebratenes Kalbsbries mit Muskatblütenschaum und Spargel-Kräuter-Salat, das wird mir in ewiger Erinnerung bleiben.«

»Tja es gibt noch etwas anderes als Sauerbraten mit Spätzle oder Hohenloher Blooz, gell?« Jetzt provozierte Friedrich.

»Ich habe mich vorhin gar nicht getraut zu fragen: Was ist eigentlich Kalbsbries? Es sah jedenfalls so aus wie ein Teil vom Hirn eines Rindes?« Marie-Lena sah Friedrich fragend an.

»Fast richtig«, kommentierte Friedrich. »Es sieht zwar aus wie Hirn, aber Kalbsbries ist die Thymusdrüse des kleinen Rindes, also des Kalbes. Das Organ zur Immunabwehr bildet sich zurück, sobald das Kalb größer wird. Deshalb Kalbsbries und nicht Rinderbries. Unter Feinschmeckern gilt Kalbsbries als absolute Delikatesse. Die Zubereitung ist genauso absolute Meistersache. Diese Innerei ist gut 300 Gramm schwer beziehungsweise leicht und braucht ein besonderes Händchen. Erst muss das Teil gut gewässert werden. Dann heiß überbrüht. Dabei, heißt danach, werden Haut und Knorpel entfernt. Dann muss das Teil wieder abkühlen, am besten zwischen zwei Küchenbrettern, damit es sich nicht zusammenzieht. So jedenfalls kenne ich das.«

»Das haben Sie nicht etwa schon selbst gekocht?« Marie-Lena staunte Bauklötze.

»Na ja, nicht wirklich. Hab das einmal ausprobiert nach Rezept. Aber es ging irgendwie schief.« Friedrich zuckte mit den Schultern. »Jedenfalls hat es nicht geschmeckt, vor allem nicht so geschmeckt wie gerade eben.«

»Hammer«, wiederholte Marie-Lena wie auf Knopfdruck.

»Das war einfach auch eine traumhafte Komposition. Das Karotten-Zwiebel-Kompott mit dieser feinen Ingwerschärfe und der Muskatblütenschaum im Riesling, fein abgeschmeckt mit Kubebenpfeffer zusammen mit dem Spargel-Kräuter-Salat und der Vinaigrette – ein Gedicht.« Jetzt strich sich Friedrich sichtlich zufrieden über den Bauch.

»Das Forellenfilet mit Meerrettichkruste und geschmortem Kopfsalat als erster Gang war ja schon die Wucht.«

»Stimmt«, sagte Friedrich. »Aus Ihnen könnte ja noch eine Feinschmeckerin werden.«

»Gut möglich«, entgegnete Marie-Lena. »Aber im Ernst: So eine geräucherte Forelle hab ich im Leben noch nie gegessen. Dieser intensive, aber doch unaufdringliche

Geschmack und das feine Filet, das auf der Zunge zergeht – hola, hola … das kommt bestimmt aus Frankreich?«

»Nein«, lachte Friedrich. »Falsch. Das Jagdschloss bezieht viele Produkte hier aus der Region von kleinen bäuerlichen Höfen und Selbstvermarktern. Das habe ich Ihnen doch vorhin schon erklärt. So auch das Forellenfilet. Das kommt aus dieser kleinen Fischzucht in Eckartsweiler.«

»In Forchtenberg, Michas Heimatstädtchen, gibt es einmal im Jahr das Fischerfest. Das richtet der dortige Fischerverein aus. Da gibt es dann auch geräucherte Forelle. Aber bei Weitem nicht in dieser Qualität.«

»Also dann wissen Sie ja, wo Sie zukünftig Ihre Forellen kaufen, oder?« Friedrich nickte Marie-Lena zu und streckte seine Beine breit und lang von sich.

»Und wie schmeckte Ihnen der dritte Gang, das Hauptgericht?«

»Dreierlei vom Spanferkel mit Möhrentörtchen und Rotweinschalotten?« Marie-Lena zelebrierte fast jedes Wort, das sie aussprach.

»Das macht einen guten Kriminaler beziehungsweise eine gute Kriminalerin aus: Da ist selbst eine Speisekarte sofort abgespeichert. Hut ab, Kollegin.«

Marie-Lena sammelte einen kleinen Marienkäfer von ihrem nackten Schienbein, setzte ihn auf die Fingerspitze und sah zu, wie er davonflog. »Dass Schwein so verdammt gut schmecken kann, das hätte mein Großvater noch erleben müssen.«

»Wieso Ihr Großvater? Mochte er denn Schweinefleisch nicht?«

Marie-Lena prustete vor Lachen. »Dem blieb nichts anderes übrig früher. Bei uns, vielmehr bei meinen Großeltern auf dem Hof, wurde meist zweimal im Jahr ein Schwein geschlachtet. Das war dann auch so etwas wie ein Dorffest. Zumindest in der Nachbarschaft kam man zusammen und half sich gegenseitig.«

»Sie kennen tatsächlich noch eine Hausschlachtung?« Friedrich war erstaunt.

»Na ja, bei uns hinten im Steinbacher Tal tickten die Uhren eben ein bisschen langsamer. Aber dass auf dem Hof meiner Großeltern ein Schwein geschlachtet wurde, das ist tatsächlich fast schon eine Ewigkeit her. Ich kann mich nur noch ziemlich dunkel daran erinnern, als ich ein kleines Mädchen war und Opa und Oma dieses Riesenschwein aus dem Stall holten. Wir, ich und meine Schwester, hatten eine Scheißangst vor dem Vieh und hockten ganz oben auf der Steintreppe des alten Hauses. Da war dann der Metzger und hat der Sau mit einem Apparat den Schuss verpasst, und sie fiel augenblicklich um.«

»Bolzenschussgerät«, meinte Friedrich trocken. »Bolzenschussgerät, so heißt der Apparat, den Sie meinen.«

»Kann gut sein, aber auch egal. Jedenfalls haben Opa und der Metzger dann dem Schwein den Hals durchgesäbelt.«

»Die Halsschlagader geöffnet, heißt das.«

»Also gut: die Halsschlagader geöffnet«, äffte Marie-Lena ihren Chef nach. »Jedenfalls war das damals eine ganz schöne Prozedur. Oma hat in der Waschküche unten im Keller den großen Kessel auf Touren gebracht. Heißt, angeheizt. Heißes Wasser, pflegte sie zu sagen, heißes Wasser ist das A und O bei der Hausschlachtung.«

»Und damit hatte Ihre Oma völlig recht«, konstatierte Friedrich trocken. »Abbrühen, Kochen des Fleisches und das Garen der Würste erforderte hohe Temperaturen.«

»Woher wissen Sie denn das?« Marie-Lena schaute Friedrich fragend an.

»Nun ja, aus dem schönen Sauerland oder aus Bochum kannte ich das nicht, zugegeben. Aber als ich hier meine Wurzeln geschlagen habe, musste ich auf dem elterlichen Hof meiner verstorbenen Frau die eine und andere Hausschlachtung noch miterleben.«

»Sie Armer, das klingt ja ganz so, als ob Sie die Borsten abschrubben mussten.« Wieder musste Marie-Lena lauthals lachen, als vor ihrem geistigen Auge ein Schweineborsten schrubbender Friedrich von Bühl auftauchte.

»Nein, da konnte ich mich Gott sei Dank erfolgreich davor drücken. Das war Sache meines Schwiegervaters. Ich *durfte* dafür das Blut rühren.« Friedrich verzog angeekelt das Gesicht bei dem Gedanken an das warme aufgefangene Blut aus der Halsschlagader des Schweins, das stetig gerührt werden musste, bis es abkühlte. Das gab dann die Blutwurst, eine der Spezialitäten bei der Hausschlachtung. Nachdem der Schweinekörper in der großen Wanne gebrüht, und dadurch von Borsten und Haaren gesäubert wurde, hängte man das Schwein an einem Haken auf. Dann war die eigentliche Metzgerarbeit angesagt: Man musste die Innereien herausnehmen und das Schlachttier mit gezielten Beilhieben spalten. Danach kam der amtlich bestellte Fleischbeschauer zum Einsatz. Mit dessen Stempel war ein bedenkenloser Verzehr garantiert. Schließlich folgten das Zerteilen, Wursten und Wurstkochen sowie das Speckschneiden.

»Wissen Sie, wo Sie heute noch so eine Hausschlachtung sehen können?« Marie-Lena riss Friedrich aus seinen Gedanken an frühere Tage auf dem Hof seiner Schwiegereltern.

»Nein, und ich weiß auch gar nicht, ob ich das überhaupt wissen will.« Friedrich schüttelte sich kurz, um die Erinnerung an das warme Blut aus dem Kopf zu bekommen. Ungerührt fuhr Marie-Lena fort: »Im Freilandmuseum in Wackertshofen gibt es immer im November ein Schlachtfest. Das ist so ein bisschen ein Geheimtipp. Da wird dann tatsächlich jeder Schritt einer Hausschlachtung aus früheren Zeiten gezeigt. Nur nicht die Tötung selbst. Das Tier wird hinter verschlossener Tür abgemurkst, und dann erst bekommen es die Besucher zu Gesicht. Von einem Bekannten, der dort arbeitet, weiß ich allerdings, dass es Tierschützer gibt, die das Schlachtfest unterbinden wollen.«

»Das passt wunderbar zu unserer heutigen Zeit. Die Wurst kommt ja auch schön abgepackt aus dem Supermarktregal.« Friedrich zuckte leicht resigniert die Schultern. »Wenn man das aus dieser Perspektive betrachtet, sollte tatsächlich jedes Kind mal sehen, wo das Fleisch herkommt und wie die Wurst gemacht wird. Damit wären wieder eine Nähe und vor allem die notwendige Wertschätzung zum Tier hergestellt.«

»Stimmt«, gab ihm Marie-Lena energisch recht. »Wenn man diese Massentierhaltung und dieses industrielle Töten heute sieht, kann man eigentlich nur noch Vegetarier oder gleich Veganer werden.«

»Veganismus, die neue Religion«, meinte Friedrich trocken.

»Wohl nicht so ganz nach Ihrem Geschmack?«

»Nein! Oder hätten Sie auf dieses leckere Spanferkelchen gerade eben verzichten wollen?«

»Genau da waren wir stehen geblieben: beim Dreierlei vom Spanferkel mit Möhrentörtchen und Rotweinschalotten«, wiederholte sich Marie-Lena.

»Das Spanferkel oder auch Milchferkel genannt, war mit Sicherheit Fleisch vom Fränkisch-Hohenlohischen Landschwein. Das schmeckt man sofort. Und ich weiß, dass Olaf Struck sein Fleisch von Brenners Schlachthof in Kupferzell bezieht.«

»Gibt es eigentlich irgendetwas auf dem kulinarischen Tablett, das Sie nicht wissen?«

»Provokation die zweite«, entgegnete Friedrich und grinste dabei. »Bis heute weiß ich tatsächlich nicht, wie ein Soufflé gelingt. Hab ich immer wieder zu Hause probiert, aber was dann aus dem Ofen kam, war entweder schon flach wie eine Flunder oder fiel gleich in sich zusammen.«

»Aha, deshalb haben Sie als Dessert das Birnen-Soufflé auf Safran-Birnen-Kompott und Schokoladenmousse gewählt?«

»Ein Gedicht«, bemerkte Friedrich. »Und wie hat Ihnen das Orangen-Granité mit Grand-Marnier-Sabayon und Mandelkrokant geschmeckt?« Ohne Marie-Lenas Antwort jedoch abzuwarten, setzte er nach: »Aber wenn wir so weitermachen, sitzen wir heute Abend noch da und haben ein Kochbuch getextet.«

»Wäre gar keine schlechte Idee, bei der Inspiration heute Mittag, dazu noch ein wenig gewürzt mit unseren Ermittlungen, könnte es dann ein ›Kriminelles Kochbuch für Polizisten‹ werden.« Friedrich entgegnete nichts, schaute sie aber fragend an. Marie-Lena verstand diesen Blick sofort und berichtete ihrem Chef von ihren Eindrücken aus dem Gespräch mit Melissa Yarata.

»Der anonyme Anrufer ist also nicht zu vernachlässigen«, meinte Friedrich. »Das könnte durchaus eine heiße Spur sein. Wie besprochen, werden Sie sich von Günther Brockmann ein bisschen die Szene hier erklären lassen. Wenn einer weiß, ob Struck Neider haben könnte, dann er. Da fällt mir ein: Wollten Sie nicht noch heute Nachmittag zu ihm?«

»Wir haben für morgen früh einen Termin vereinbart«, antwortete Marie-Lena.

»Haben Sie ihm nicht erklärt, dass die Zeit drängt und wir davon ausgehen müssen, dass Struck entführt wurde und womöglich in akuter Lebensgefahr schwebt?« Friedrich war sichtlich verärgert.

»Natürlich habe ich gesagt, dass wir im Fall Struck auf Hochtouren arbeiten«, blaffte Marie-Lena. »Aber Brockmann war schon auf dem Sprung heute Vormittag, irgendein Kochevent in Bad Mergentheim, zu welchem er als Gastkoch geladen war.«

»Also gut«, gab sich Friedrich besänftigt. »Die andere Spur ist wohl auch nicht zu vernachlässigen.«

»Genau. Da haben bei mir sofort die Alarmglocken geschrillt. Diese abgetauchte Sommelière Jacqueline Schneider. Da kommen so einige Ungereimtheiten zusammen. Struck verschwindet, und die Schneider meldet sich krank wegen einer angeblichen Depression, ist allerdings nicht zu Hause.«

»Haben Sie das etwa schon nachgeprüft?«, wollte Friedrich wissen.

Marie-Lena schüttelte den Kopf. »Natürlich nicht in der kurzen Zeit jetzt. Aber Mertens hat beim Mittagstisch genau das bestätigt, was die Empfangsdame schon erzählte: Man hat seit Tagen versucht, Schneider anzurufen, und ihr auch zig Mails geschickt. Ohne Erfolg. Es gibt nur eine Krankmeldung, die besagt, dass sie bis auf unbestimmte Zeit arbeitsunfähig sei. Nennen Sie es weiblicher Spürsinn oder aber meine Erweiterung Täterprofile im Studium: Irgendwie riecht das förmlich nach Beziehungstat.«

8. KAPITEL

SORBET – SORBET

Es wurde noch spät an diesem Montagnachmittag. Spät bis weit in den Abend hinein. Friedrich war mit seiner Kollegin Dambach gegen 17 Uhr zurück auf dem Revier in Öhringen. Während die beiden Kommissare bei ihrem Eintreffen wohl einen durchaus entspannten Eindruck machten, brummte es auf dem Revier wie im Bienenstock. Man habe mehrfach versucht, sie anzufunken. Ohne Erfolg. Der vorwurfsvolle Ton des Revierleiters hallte noch in Friedrichs Ohren nach. So ziemlich alle Zeichen standen auf Sturm. Was ihm während seiner ganzen Dienstzeit nie passiert war, genau das war heute passiert. Die diensthabenden Kommissare waren nicht erreichbar gewesen. Er hatte sein Diensthandy nicht in der Tasche gehabt, und Dambach genauso. In gewohnter Weise hatten sie beide ihre Smartphones beim Einsteigen in das Auto auf die Konsole gelegt. Als sie sich dann auf dem Hotelparkplatz spontan entschlossen, die Autositze mit der netten schattigen Parkbank im Heiligenwald zu tauschen, hatte wohl keiner von beiden daran gedacht, das Handy wieder einzustecken. Und ausgerechnet heute und in dieser einen Stunde, in der sie nicht erreichbar waren, war in Öhringen der Teufel los gewesen. Auf dem Parkplatz der Kultura neben dem Landesgartenschaugelände im angrenzenden Hofgarten hatte man gegen 15 Uhr in der Nähe eines Papierkorbs einen abgestellten herrenlosen Koffer gesichtet, der höchst verdächtig war. Bombenalarm. Der Revierleiter in Öhringen alarmierte unverzüglich das Präsidium in Heilbronn. Dort hatte Polizeipräsident Manfred Deiniger sofort die Delaborierer des Landeskriminalamtes in Stuttgart angefordert, die mit dem Hubschrauber aus der Landeshauptstadt eingeflogen wurden und so binnen kurzer Zeit vor Ort in Öhringen waren. Die Einsatzkräfte in Öhringen und die angeforderte Unterstützung aus Heilbronn und Künzelsau ließen den kompletten Hofgarten unverzüglich räumen und umstellten weiträumig das Gelände. Zusätzlich wurde eine Hundertschaft angefordert. DRK und die Öhringer Feuerwehr waren vor Ort. Kurz: das ganze Programm. Schon um 16.30 Uhr hatten die Fachkräfte des LKA aber Entwarnung gegeben. Sie hatten den Koffer geröntgt mit dem Ergebnis, dass er leer war und somit keine Gefahr darstellte. Das zunächst verdächtige Objekt wurde daraufhin beschlagnahmt und zu weiteren Untersuchungen ins Labor geschickt. Die Hundertschaft konnte wieder abrücken. Das DRK und die Öhringer Feuerwehr auch. Das Gartenschaugelände wurde wieder freigegeben. Die zusätzlich abkommandierten Kollegen der Öhringer und Künzelsauer Schutzpolizei und des Heilbronner Präsidiums belagerten allerdings noch die Diensträume des Öhringer Revierpostens bis spät in den Abend. Beim benachbarten Metzger Breuer wurden kurzerhand Dutzende Fleischkäsbrötchen geordert, und der Kaffeeautomat lief heiß. Er und Dambach hatten das Ganze mit schlechtem Gewissen verfolgt. Auch weil der Fall Struck deshalb in den Hintergrund gerückt war. Als die Kollegen aus Heilbronn kurz vor 20 Uhr abrückten und es auf dem Revier zu dieser Stunde wie gewohnt ruhig wurde, winkte Friedrich Marie-Lena zu sich und gab ihr zu verstehen, dass sie ebenfalls Feierabend machen könne. Er selbst war daraufhin noch ins ›Ö‹, ins große Öhringer Einkaufszentrum, in der Austraße gefahren und hatte im Rewe-Markt überlegt, was er sich später daheim noch in die Pfanne oder auf den Grill hauen könnte. Hunger war freilich nicht der Grund gewesen. Was er sich heute Mittag im Jagdschloss einverleibt hatte, war Reserve für die nächsten zwei Tage. Aber wie immer, wenn er nach dem Dienst heimkam, graute ihm vor einer kalten Küche. Er musste dann einfach etwas kochen oder auf dem Grill auf der Terrasse brutzeln.

*

Ein T-Bone-Steak. Ja, das war genau das Richtige. Einfach nur das pure Fleisch. Scharf angebraten auf dem Grill. Und dazu ein Stück seiner selbstgemachten Zitronenpfeffer-Kräuterbutter, die er jetzt zur Grillsaison immer griffbereit im Kühlschrank hatte. Rewe hatte natürlich ein T-Bone-Steak im Fleischregal. 500 Gramm schwer war das Teil. Friedrich musste deswegen schlucken. Das würde er nie und nimmer schaffen. So alleine. Aber er konnte schließlich nicht widerstehen und ließ sich das Dry-aged-Beef einpacken. Seit er in Braunsbach im Bärengasthof ein Rib-Eye-Steak gegessen hatte, war er Fan dieser Königsklasse des Fleischgenusses. Küchenmeister Heiko Sprung hatte ihm damals im Schau- und Verkaufsraum, der einstigen Metzgerei des Gasthofes, sehr anschaulich das Prinzip des Dry-aged-Beefs erklärt: Komplette Rinderrücken kommen in einen Reiferaum, der dem neusten Standard entspricht. In gut acht Wochen Reifezeit werden dem Fleisch etwa 30 Prozent Wasser entzogen, und es bekommt eine leichte Trocknungsschicht. Im Kern bleibt so der pure Geschmack. Im Bärengasthof kommen T-Bone, Porterhouse-, Rib-Eye-Steak oder Kotelett am besten und liebsten ganz klassisch mit Pommes und einer Sauce béarnaise auf den Tisch.

*

Das wäre auch mal wieder einen Abstecher wert, sinnierte Friedrich, als er von Öhringen nach Hirschenweiler fuhr. Braunsbach lag direkt am Kocher-Jagst-Trail, einer beliebten Trekkingroute im Hohenloher Land. Die Gesamtlänge von rund 200 Kilometern konnte man gut auf verschiedene und abwechslungsreiche Tagesetappen verteilen. Kocher, Jagst und Bühler, die drei landschaftsgestaltenden Flüsse Hohenlohes, gaben der Wanderroute ihren Namen. Die einzelnen Etappen waren bestens ausgeschildert, zudem gab es eine ausführliche Beschreibung mit Karte von den Tourismusorganisationen in Künzelsau und Schwäbisch Hall. Der Kocher-Jagst-Trail war vor allem bei den Touristen sehr beliebt und konnte schließlich auch mit dem Fahrrad erkundet werden. Er selbst war meist per pedes unterwegs und bevorzugte die Neben- und Querwege. Von Braunsbach aus konnte man beispielsweise wunderbar ins Naturschutzgebiet Unteres Bühlertal wandern. Eine seiner beliebten Wanderrouten hier in Hohenlohe. Von Braunsbach über Geislingen, dort wo das Flüsschen Bühler in den Kocher mündete, bis nach Vellberg waren es gerade mal 17 Kilometer. Eine schöne Tagesroute. Die unberührte und noch ursprüngliche Flusslandschaft hatte einen Hauch Abenteuer. Mal ging es über Steinstufen, schmale Pfade und glitschige Steine direkt am Fluss entlang oder auch einmal eine kurze Leiter hinauf. Meist war er an einem seiner freien Tage unter der Woche unterwegs und begegnete keiner Menschenseele. Genauso wie er es wollte und liebte. An einer der ehemaligen Burgstellen am Weg oder verlassenen Weilern wie Rappolden mit dem verfallenen Mühlenrad legte er dann meist eine Rast ein und packte den Rucksack aus. Seinen Tagestrip von Braunsbach nach Vellberg beendete er immer im Restaurant *Zur Hecken-*

rose im Vellberger Teilort Eschenau. Dort gab es nicht nur eine sehr eigene und vor allem persönliche Atmosphäre, die Küche der *Heckenrose* hatte es in sich. Eine geradezu bühnenreife Bioküche. Auf der Speisekarte standen Gerichte, die man sonst landauf, landab vergeblich suchte. Wiesensalbeiblätter im Weinteig gebacken auf roter Paprikabutter. Oder ein Vogelmiere-Cremesüppchen mit Grünkernklößen, die Großallmerspanner Taube mit Spargel auf Estragonsoße und blauen Herzoginkartoffeln, und zur Krönung die in hausgemachtem Estragonnektar marinierten Erdbeeren auf Rhabarbermette mit Löwenzahnblüteneis. Natürlich war die Bioküche der *Heckenrose* preisgekrönt. Spitzenkoch Jochen Andrewitsch und seine Frau Rosemarie hatten ihren Kräuter- und Gemüsegarten direkt vor der Eschenauer Tür in unberührter Landschaft. Davon profitierte schließlich die konsequente und zugleich kreative Vollwertküche von Jochen Andrewitsch, die alle ihre hochwertigen Rohstoffe von regionalen Biohöfen bezog. So war der Landgasthof weit über die Grenzen hinaus als Gourmetrestaurant bekannt. Das Familienunternehmen pflegte sein Image leidenschaftlich. Etwa tat Rosemarie Andrewitsch mit poetischen Newslettern immer den aktuellen jahreszeitlichen kulinarischen Stand des Restaurants kund, und Jochen Andrewitsch ließ sich gerne beim Kochen über die Schultern schauen und teilte sein Knowhow mit den Gästen. Klar, dass die Kochkurse mit und bei ihm immer schnell ausgebucht waren. Für Friedrich waren diese Restaurantbesuche in der Eschenauer *Heckenrose* nicht nur die Krönung seines Wandertages, sondern auch immer eine abendliche geplante kulinarische Zusammenkunft mit seinen Freunden Bodo und Enrico. Schließlich musste er ja wieder irgendwie zurückkommen von Vellberg nach Braunsbach, wo sein Auto stand. In der Regel zwei-, manchmal auch dreimal im Jahr klappte diese Terminplanung der drei Herren.

Professor Dr. Bodo Waldheim war stellvertretender Leiter auf dem Campus Bad Mergentheim, einer kleinen, aber feinen Außenstelle der DHBW, der Dualen Hochschule Baden-Württemberg mit Sitz in Mosbach. Beliebt war der Campus Bad Mergentheim vor allem deshalb, weil er die Studienrichtung Food- und Gesundheitsmanagement anbot. Mit rund 600 jungen Studierenden, untergebracht im Deutschordensschloss, war die Einrichtung freilich gut überschaubar, und Bodo fühlte sich dort schließlich auch pudelwohl. Allein die Fahrt von seinem Wohnort Belsenberg, einem Teilort von Künzelsau, quer übers Hohenloher Land, vom Kocher- übers Jagst- bis zum Taubertal, und wieder zurück, war eine kleine Reise. Gut 30 Kilometer die einfache Strecke, aber das kostete jeweils fast 45 Minuten Fahrzeit. Deshalb arbeitete er in der Regel an zwei von fünf Tagen der Woche im Homeoffice in Belsenberg. Das konnte er sich in seiner Position und nach den langen Dienstjahren leisten.

Enrico Cavetti war niedergelassener Allgemeinarzt in Öhringen und hatte eine Zusatzausbildung als Palliativmediziner. Zusammen mit der ambulanten Hospizbewegung hatte er vor vier Jahren das stationäre *Hospiz Hohenlohe* auf den Weg gebracht. Reinhard Warther, die Unternehmerpersönlichkeit aus Künzelsau, hatte eine *Stiftung Hospiz Hohenlohe* gegründet und andere Unternehmer mit ins Boot geholt. Geld war schließlich reichlich da in der Region der Weltmarktführer. Mit der Burkhardtmühle, dem Anwesen einer ehemaligen Getreidemühle bei Neuenstein, welche von Reinhard Warther einst gekauft und liebevoll restauriert wurde, waren die Räumlichkeiten für ein stationäres Hospiz in Hohenlohe schnell klar. Die Stiftung ließ das geradezu prädestinierte und vor allem leer stehende Anwesen umbauen, und Reinhardt Warther als Stiftungsvorsitzender und ehemaliger Besitzer der Burkhardtmühle steuerte die baulichen Maßnahmen so, dass diese, für todkranke Menschen letzte Lebensstätte ein Aushängeschild für Hospizeinrichtungen in ganz Deutschland wurde. Acht Plätze in familiärer Atmosphäre beherbergte das stationäre *Hospiz Hohenlohe-Burkhardtmühle.*

Enrico Cavetti hatte damals die Diagnose gestellt. Diese alles verändernde – nein, diese vernichtende Diagnose. Für Alexandra war es nur eine Routineuntersuchung gewesen. Ein jährlicher, von der Krankenkasse befürworteter und bezahlter Check-up. Enrico Cavetti hatte sie damals sofort zu weiteren Untersuchungen in das Klinikum Würzburg geschickt. Die Spezialisten dort bestätigten wiederum genau das, was Cavetti schon vermutet hatte. Ein Pankreaskarzinom im fortgeschrittenen Stadium, das schon gestreut hatte. Also Bauchspeicheldrüsenkrebs allerschlimmster Sorte. Medizinische Prognose: schlecht. Ganz schlecht. Dennoch wollte Alexandra damals das ganze Programm. Chemotherapie, Bestrahlungen … Wochenlang war sie in Würzburg. Zäh, dem ganzen Prozedere eisern die Stirn bietend. Und er, Friedrich, hatte seinen Dienstplan komplett auf Alexandras Zustand und Behandlungsstatus ausgerichtet. So gut das damals ging. Rainer Grammer, den er zu dieser Zeit im Kommissariat Öhringen zur Seite hatte und der eigentlich – jedenfalls mental – schon im Ruhestand war, machte ihm zwar immer wieder einen fiesen Strich durch die Rechnung – aber alles in allem konnte er den Dienst und die Zeit am Krankenbett seiner Frau gut unter einen Hut bringen. Nicht zuletzt, weil ihm Polizeipräsident Manfred Deininger den Rücken frei hielt.

Enrico hatte schließlich Alexandra in Würzburg während ihrer Therapie aufgesucht und ihr ehrlich gesagt, dass er als Palliativmediziner sehr wohl wisse, dass ihr nur noch wenig Lebenszeit bliebe. Die könne sie nun hier im Klinikum Würzburg verbringen oder aber in ihrem gewohnten häuslichen Umfeld. Er als ihr Hausarzt und ausgebildeter Palliativmediziner würde sie mit allem medizinisch Notwendigem begleiten.

Friedrich war damals bewusst gewesen, was er auf sich nahm, sollte sich Alexandra dazu entschließen, zu Hause zu sterben: Rundumpflege. Rund um die Uhr. Das konnte er unmöglich leisten. Und so stellte er eine Pflegekraft ein. Die junge Frau aus Tschechien hatte ein freundliches Wesen, war sehr fürsorglich und geradezu ein Glücksgriff. Aber Alexandra, in ihrer Verbitterung über ihre Krankheit und den bevorstehenden Tod, machte ihr das Leben am Krankenbett schwer. Und auch er litt unter diesem unermesslichen Groll seiner Frau. Ihrem stets anklagenden Blick, der zu sagen schien: *Warum muss ich sterben und ihr dürft leben?* Oft kam es auch vor, dass Alexandra jähzornig wurde und ihn und die Pflegerin wüst beschimpfte und beleidigte. Enrico Cavetti kam schließlich täglich zu ihnen nach Hirschenweiler. Er sorgte nicht nur für die optimale medizinische Betreuung, sondern wurde ihm auch ein wichtiger und wertvoller Begleiter in den letzten Lebenswochen seiner Frau. Diese Wut sei nichts Ungewöhnliches bei todkranken Menschen, hatte er Friedrich erklärt. Vor allem Menschen, die in ihrem Leben eine dominante Rolle spielten, seien in dieser Ohnmacht, dem Krebs und vor allem dem Sterben hilflos ausgeliefert zu sein, so gefangen, dass sie eine unbändige Wut entwickelten. Und nicht zuletzt seien vielfach auch die kaum vorstellbaren Schmerzen der Grund dafür. Alexandra sei nun in der letzten Phase, und er würde ihr deshalb auch Morphinpflaster kleben. Das Opiat wurde zudem zur symptomatischen Behandlung von Alexandras zunehmender Luftnot eingesetzt. Es wirke dämpfend auf das Atemzentrum, der Stresspegel werde gesenkt und die Atmung ruhiger, hatte ihm Enrico Cavetti erklärt. Der Arzt riet ihm in den letzten Lebenstagen Alexandras, zusätzlich den ambulanten Hospizdienst in Öhringen in Anspruch zu nehmen. Die ausgebildeten ehrenamtlichen Sterbebegleiter waren schließlich ein großer Segen für Alexandra. Schon nach den ersten Besuchen war ihre Wut wie weggeblasen, und es schien, als schließe sie Frieden mit der Welt. Ein bis zwei Stunden am Tag saß die Hospizmitarbeiterin am Sterbebett, hielt die Hand seiner Frau, sprach manchmal leise mit ihr oder war einfach nur still. Dieses schweigende Zusammensein hatte er schließlich auch übernommen. Es waren letzte tiefe und auch wieder innige Stunden. Er hatte das Gefühl, dass sich viele ausgesprochenen wie auch unausgesprochenen Worte, die in ihrer Ehe oft zu Konflikten führten, am Sterbebett einfach auflösten. Er spürte, wie seine Frau immer mehr aus dem Leben entschwand. Aus seinem, aus ihrem gemeinsamen Leben. Aus *ihrem* Leben. Alexandra war nur noch selten bei Bewusstsein. Nahrung nahm sie keine mehr zu sich. Mithilfe einer kleinen Schnabeltasse flößte man ihr aber immer wieder schluckweise lauwarmen Tee ein. In ihren letzten Stunden ging selbst das nicht mehr, und man konnte ihr lediglich mit einem feuchten Tuch die Lippen benetzen. Als Enrico Cavetti noch ein letztes Mal nach ihr schaute, war der Puls nur noch schwach, und die Pupillen reagierten kaum auf Lichteinwirkung. Füße und Knie hatten sich dunkel verfärbt. Friedrich war mit dem Arzt aus dem Zimmer gegangen, um ein paar Dinge zu besprechen. Als die beiden zurückkamen, atmete Alexandra nicht mehr. Friedrich hatte sich Vorwürfe gemacht, weil er im Moment ihres Todes nicht an ihrer Seite war. Enrico Cavetti tröstete ihn und erklärte, dass dies keine Seltenheit sei. Seine Erfahrung habe gezeigt, dass Sterbende häufig gingen, wenn sie alleine waren. Vielleicht sei es für den Sterbenden so einfach leichter, sich von dieser Welt und geliebten Menschen zu lösen. Der Moment des Sterbens gehöre allein dem Sterbenden, es sei *sein* Moment des Übergangs von dieser in eine andere Welt.

Das war der Zeitpunkt des Beginns der Freundschaft zwischen Friedrich und dem Palliativarzt, welcher dann nur wenige Monate nach dem Tod von Alexandra Freifrau von Bühl Mitbegründer des *Stationären Hospizes Hohenlohe* wurde.

*

Inzwischen war Friedrich in Hirschenweiler angekommen. Es war schon nach 21 Uhr, als er auf die Terrasse ging und den Grill anwarf. Da vibrierte das Handy.

Hey mein grauer Panther, ich sitze hier einsam und ganz alleine bei einem Veneziano im Café Darling an der Passerpromenade im geliebten Meran. Und ich hab Sehnsucht. Nach dir.

Muriel!

Augenblicklich vergaß Friedrich sein T-Bone-Steak und den eingeschalteten Grill.

Muriel!

Er schickte sofort eine Nachricht zurück.

Der graue Panther ist hier auch ganz schön einsam und alleine. Passerpromenade und Veneziano wären jetzt die Wucht. Und dich an der Seite! Auch der Panther hat Sehnsucht …

Plötzlich hatte Friedrich keinen Hunger mehr. Er schaltete den Grill ab, packte das T-Bone-Steak, das auf dem Teller daneben lag, in Folie und stellte es in den Kühlschrank. Das konnte er auch morgen oder übermorgen noch zubereiten.

Er goss sich einen abendlichen Quittenbrand ein, ging wieder auf die Terrasse und setzte sich in seinen abgewetzten Lieblingssessel. Fast schon ehrfurchtsvoll schwenkte er den Quittenbrand im Glas und sog den herrlichen Duft durch die Nase. Auch so ein kulinarisches Highlight hier im ländlichen Hohenlohe. Klaus Kättler, Landwirt im Nachbardorf von Hirschenweiler, brannte den weltbesten Schnaps, wie Friedrich befand, nachdem er das erste Mal die Edelspirituosen des passionierten Brenners verkostet hatte. Kättler setzte in seiner kleinen, aber feinen Destillerie auf 100-prozentige Qualität. Nur sortenreines Obst mit bestem Reifegrad verwendete er. Dabei kamen dann Edelbrände der Quitte, Mirabelle, Palmischbirne, Limpurger-Birne, Schlehe oder auch Walnuss heraus. Ausgezeichnet gebrannt und frei von jedweden Zusatzstoffen wie Zucker oder Aromen schmeckte man aus diesen Edelbränden nur das pure Rohmaterial und nicht etwa, wie in so vielen Spirituosen, den billigen Alkohol. *Kättlers Quittenbrand aus Hohenlohe, den muss ich Muriel unbedingt mitbringen …* Friedrich erschrak plötzlich über diesen Gedanken. Die beiden wundervollen Tage – und noch wundervolleren Nächte mit ihr waren quasi ›ergebnisoffen‹, als beide sich am frühen Montagmorgen in Langenburg auf dem Parkplatz des Design- und Wellnesshotels Marvin verabschiedeten. ›Freddie‹, hatte sie gesagt, ›Freddie, wer hätte gedacht, dass wir zwei uns nochmals so in den Armen liegen würden?‹ Sie hatte ihm ein letztes Mal tief in die Augen geschaut und ihn dabei mit den Fingern im Nacken gekrault. Dann war sie in ihren Sixt-Mietwagen gestiegen und davon gefahren. Nach Stuttgart auf den Manfred-Rommel-Flughafen.

Auf seiner gemütlichen 45-minütigen Fahrt auf der Landstraße von Langenburg nach Öhringen hatte ihn die Idee von Muriel, im Sommer von Oberdorf nach Meran zu wandern, schwer beschäftigt. Eine Alpenüberquerung per pedes. Auf dem berühmten E5, einem der Europäischen Fernwanderwege. Als ambitionierter Läufer hatte er sich so einen Marsch über die Berge immer wieder mal überlegt. Auch zusammen mit Bodo und Enrico, seinen beiden – ebenfalls laufenden – Freunden. Gedankenverloren schaute er in den noch hellen Abendhimmel. Jetzt, so kurz vor der Sonnwende, waren die Tage herrlich lang. Und mit der Sommerzeit natürlich noch länger. Bei einem Sonnenuntergang weit nach 21 Uhr wurde es erst zwischen 22 Uhr und 23 Uhr dämmrig und dann dunkel. Friedrich liebte diese lauen Sommerabende auf der Terrasse. Im kleinen Naturbadeteich, den Alexandra vor ihrer Krankheit noch anlegte, quakten die Frösche, und Amseln trällerten sich von ihren Sitzplätzen auf den umliegenden Dächern gegenseitig Botschaften zu. Wenn die Frösche und die Vögel in der Dunkelheit verstummt waren, schwirrten die Fledermäuse, und ab und an hörte er die Schleiereule, die in der Nachbarscheune ihren Wohnsitz hatte, auf ihren spätabendlichen Beutezügen schreien. *Eigentlich Landidylle pur*, dachte er sich an solchen Abenden. Während ihn sonst dabei immer die Sehnsucht nach den einsamen Wäldern des Sauerlandes befiel, wanderten jetzt seine Gedanken nach Meran. Dass Muriel ausgerechnet in Meran lebte, *seiner* Lieblingsstadt in den südlichen Alpen, war schon eine kleine Sensation. Und ganz sicher kein Zufall! Friedrich war schon in jungen Jahren oft unterwegs auf dieser Südseite der Alpen. Meran, Bozen, Gardasee, Kalterer See waren seine Anlaufstellen. In seinen Sturm- und Drangzeiten in den frühen 80er Jahren war er vor allem zum Surfen am Gardasee. Später dann hatte es ihm die Kulinarik in Alto Adige und dem Trentino angetan. Da landete er dann auch in Meran. Da war er schon mit Alexandra verheiratet. Seine Frau konnte Gaumenfreuden nicht viel abgewinnen. Essen war für Alexandra mehr Notwendigkeit als Genuss. Und so waren die gemeinsamen Kurzreisen nach Meran nicht selten eine Tortur für Friedrich. Nach dem Tod von Alexandra, im selben Jahr noch, verspürte er den geradezu magischen Drang, nach Meran zu reisen. Es war wie eine innere, klare und absolut verlässliche Stimme, die ihm sagte, er müsse dorthin. Zwei Wochen lang war er damals unterwegs gewesen, im Burggrafenamt, dem Umland von Meran und in Meran selbst. Tage, die er so intensiv erlebte, dass sie noch lange nachhallten. Die liebliche Landschaft mit dem Wein- und Obstbau, die vielen Burgen und Ansitze … Die hohen schneebedeckten Berge im Norden, mediterranes Flair im sonnenverwöhnten Meraner Becken. Meran selbst, diese während der Belle Epoque groß gewordene Kurstadt mit den heute noch davon zeugenden Promenaden, pompösen Fassaden, einstigen Grandhotels und den vielen von damaligen Fürsten und Geldmagnaten erbauten Villen, hatte es Friedrich damals besonders angetan. Das kulturelle Angebot war bunt, das Kulinarische vom Feinsten, und mit der 2005 eröffneten Therme auch der Glanz nach außen wieder perfekt.

Meran … Friedrich öffnete wieder die Augen und nahm den letzten Schluck vom Kättlerschen Quittenbrand. Inzwischen war es kurz vor Mitternacht und stockdunkel geworden im kleinen Weiler. Er ging ins Haus, um sich die Kamelhaardecke vom Sofa im Wohnzimmer zu holen. *Heute ist eine gute Nacht, um draußen zu schlafen,* dachte er, als er sich in seinem alten zerschlissenen Sessel zurücklehnte und die Kamelhaardecke fest um den Körper schlang. Es war jetzt kurz nach Mitternacht. Und eine sternenklare Nacht.

Muriel, Meran … waren Friedrichs letzte Gedanken, bevor er einschlief.

9. KAPITEL

BRATEN MIT SALAT – RÔTI, SALADE

Sonntag, 19. Juni 2016

Als Olaf wieder aufwachte, spürte er, dass etwas anders war. Sein Kopf fühlte sich nicht mehr so dumpf und vor allem so schmerzhaft an. Und die Übelkeit war weg. Er lag immer noch in diesem leeren Raum mit den weißen Fliesen. Aber jetzt auf einem Bett und zugedeckt mit einer leichten Decke. Es war dunkel, aber nicht mehr stockfinster. Er schaute sich vorsichtig um und erkannte das schwache Licht über der Tür wieder. Darunter stand ein Tablett mit einer Kanne und einem Teller. Daneben ein großer Eimer. Vorsichtig tastete er nach seinem Kopf. Der Verband war noch da. Er versuchte, sich wieder zu erinnern. Was war passiert? Wo war er? Wie war er hierhergekommen? Nichts. Da war nichts. Keine Erinnerung. Nicht einmal eine leise Ahnung. Er fühlte sich schrecklich müde, unendlich müde. Er wollte gerade wieder die Augen schließen, als der kleine Kasten über der Tür knackte und eine Stimme sagte: »Na, mein Liebster. Heute müsste es dir aber schon besser gehen. Unser Doktorchen hat dir gestern eine schöne Infusion gelegt mit lauter guten Zutaten, sodass du etwas zu Kräften kommst und uns erzählen kannst, was du weißt. Ich habe beschlossen, dich zunächst am Leben zu lassen. Vielleicht können wir erst ein hübsches Sümmchen kassieren, bevor du das Zeitliche segnen wirst. Das wirst du nämlich mit Sicherheit. Aber erst will ich wissen, was du herausgefunden hast und wer alles noch davon weiß.«

Die Stimme. Olaf versuchte, sich zu erinnern. Er kannte diese Stimme. Da knackte es wieder in der Sprechanlage, und es war wieder still. Jetzt schloss er die Augen.

Die Stimme … Ganz weit weg, weit weg im alles durchdringenden Nebel tauchte Jacqueline auf.

*

Dienstag, 21. Juni 2016

Marie-Lena hatte es nicht geschafft, den späten Montagabend noch gemütlich lesend auf dem Sofa zu verbringen, so wie sie es sich im Büro das eigentlich vorgenommen hatte. Auf dem Rückweg vom Polizeirevier in der Karlsvorstadt nach Hause in die Kirchbrunnengasse hatte sie in der Poststraße am Oberen Tor bei *Vionetti* einen Zwischenstopp eingelegt und sich einen großen Erdbeereisbecher bestellt. Nach dem großartigen Menü am Mittag im Jagdschloss und der großen Aufregung am späten Nachmittag stand ihr zu so später Stunde nicht der Sinn nach einem Abendessen. Ein Eis allerdings, dazu noch aus ihrer Lieblingseisdiele *Vionetti*, ging immer. Als sie so saß und ihren Erdbeereisbecher genüsslich löffelte, spazierte eine elegant gekleidete Frau an ihr vorbei. Sie musste zweimal hinschauen, um zu erkennen, wer das war: Viola, Viola Prinzler. Mein Gott, wie hatte die sich verändert! Fast gleichzeitig hatte auch Viola Marie-Lena wiedererkannt, war freudestrahlend auf sie zugekommen, und fast gleichzeitig stellten beide die Frage: »Was machst du denn hier?« Marie-Lena kannte Viola Prinzler aus ihren späten Jugendtagen. Sie hatten sich auf einer Freizeit für junge Erwachsene, organisiert vom Evangelischen Jugendwerk, in Norwegen kennengelernt. Viola Prinzler kam aus Stuttgart, und beide hatten in den vier Freizeitwochen Freundschaft geschlossen. Der Kontakt blieb dann noch bis zum Abitur von Marie-Lena bestehen. Danach war er einfach abgebrochen.

Viola hatte sich natürlich sofort zu Marie-Lena an den Tisch in der Eisdiele gesetzt. Dabei wurde der Abend dann noch lange und spannend.

Es stellte sich heraus, dass Viola Prinzler erst wenige Tage in Öhringen wohnte. Sie würde zum 1. Juli 2016 die Leitung des besten Hotels am Platz – der *Öhringer Hof* – übernehmen und hatte sich eine Eigentumswohnung im attraktiven Wohngebiet Limespark gekauft. Studiert hatte sie Business Management, Studienrichtung Tourismus, Hotel und Event, was nichts anderes bedeute als BWL mit Hotelspezialisierung an der ASCENSO Akademie in Palma de Mallorca. Vier Semester lang hatte sie auf Mallorca gelebt, mit dem fünften Semester war sie dann an die Hochschule Mittweida und hatte dort ihren Bachelor gemacht. In den letzten Jahren hatte sie in verschiedenen Hotels in Barcelona, Venedig, San Francisco und auf den Seychellen gearbeitet. Dann allerdings hatte sie die Schnauze gestrichen voll vom vielen Herumziehen und sich auf diese in einem Fachmagazin ausgeschriebene Stelle der Hotelleitung des *Öhringer Hofes* beworben. Aber mit ihr, Marie-Lena, hätte sie die Stadt nicht in Verbindung gebracht.

Marie-Lena hatte nur noch Bauklötzchen gestaunt, als Viola so aus ihrem bewegten Leben in der Weltgeschichte erzählte. Später waren sie beide noch zu *Steppo* ins *Pariser Pub* gegangen und hatten dort im Straßencafé unter lauem Himmel eine *Piña Colada* getrunken.

Viola war begeistert gewesen von der, wie sie sagte, *entzückenden, schnuckeligen Atmosphäre* der Öhringer Altstadt. Marie-Lena hatte ihr natürlich genauso ihren eigenen beruflichen Werdegang erzählt, auch wenn dieser nicht so schillernd war. Dabei hatte sie auch den aktuellen Fall des verschwundenen Sternekochs erwähnt. Natürlich hatte Viola schon davon gehört und auch in der Zeitung darüber gelesen. Die ganze Branche war schockiert über den Fall, wusste Viola. Sie hatte deswegen sogar einen Anruf aus Hamburg bekommen. Dort lebte ihr Exfreund, auch ein Sternekoch. Der wiederum hatte über das Verschwinden Strucks in den Nachrichten gehört.

*

Marie-Lena musste am Dienstagmorgen noch am Frühstückstisch schmunzeln und gleichzeitig den Kopf schütteln über ihre Begegnung mit Viola Prinzler. *Was aus Menschen so werden kann*, dachte sie und biss herzhaft in ihr warmes, duftendes Croissant, das sie sich gerade aus der Bäckerei Offenheimer geholt hatte. Während sie an ihrem Cappuccino nippte, überlegte sie, was sie jetzt machen sollte. Eigentlich war dieser frühe sonnige und klare Morgen geradezu eine Einladung für eine kleine Laufrunde, quasi als Start-up in den Tag. Aber heute wollte sie mal wieder ins Training. Am Donnerstagvormittag war sie das letzte Mal im *RolFit* gewesen.

Freitag war ja die Besprechung auf dem Präsi in Heilbronn, und Samstag und Sonntag war Micha da gewesen. Und gestern hatte sie ihre übliche Laufrunde hier von Öhringen nach Cappel gedreht.

Rolfi hatte sie bestimmt schon vermisst. *Das passt ja auch*, dachte sie und nahm einen letzten Schluck aus der Tasse. Um neun Uhr sollte sie bei Günther Brockmann sein, danach wieder auf dem Revier. Marie-Lena schaute auf das Display ihres Smartphones: *7.30 Uhr, Öhringen Stadt, Dienstag 21. Juni* stand da. Sie sprang auf und packte ihre immer startklare Fitnesstasche, die griffbereit unter der Garderobe im Flur stand. Ihren kleinen Smart, ein Geschenk ihrer Eltern zum bravourös bestandenen Studium, hatte sie in einer angemieteten Garage in der Nähe vom Kino und Filmtheater Öhringen in der Bismarckstraße stehen.

Eigentlich hätte sie das Auto gar nicht gebraucht. Ihr Fußweg hier von der Wohnung in der Kirchbrunnengasse bis zum Arbeitsplatz, dem Polizeirevier in der Karlsvorstadt, war – für sie mit ihrem geübten Läuferschritt – keine fünf Gehminuten lang. Und mit ihrem Mountainbike war auch die Entfernung von Öhringen nach Harsberg kein Problem. Schließlich hatte ja auch Micha ein Auto. Was allerdings auch mehr in Forchtenberg vor der Haustür seiner Eltern stand als hier in Öhringen. Wenn Micha aus Mannheim kam, war es schließlich bequemer, mit der Bahn zu reisen.

Ihren kleinen Flitzer hatte sie dennoch liebgewonnen in den letzten Monaten. Er war für sie ein Stück Freiheit. Die Freiheit, ganz spontan und wann immer man Lust hatte, von A nach B zu kommen.

Das war in ihren Kinder- und vor allem in ihren Jugendtagen im idyllisch heimatlichen Harsberg ein stetiger Kampf. Schon die Busverbindungen, die täglichen Fahrten zur Schule nach Pfedelbach – und später nach Öhringen und wieder zurück – waren eine kleine Weltreise für sie als Grundschulkind.

Wie oft war ihr damals schlecht geworden im Bus. In diesem – im Winter wie im Sommer stickigen überhitzten – Bus, der über die schmale Landstraße raste.

Und der in jedem Kaff und jedem Weiler anhielt, um weitere kleine Menschen mit viel zu großen Schulranzen aufzunehmen. Konnte man nach der Schule in Pfedelbach nicht rechtzeitig einen Sitzplatz im Bus ergattern, musste man das ganze Geschaukel – inklusive ständigem angerempelt werden – stehend ertragen. Später, als sie auf dem *Gymnasium Hohenlohe Öhringen* oder kurz dem GHÖ war, wurde es noch schlimmer. Die Busverbindungen waren so schlecht, dass sie sich oft von ihrem Vater abholen lassen musste. Vor allem wenn außerplanmäßig Schulstunden ausfielen. Bald hatte sie schließlich auf ihr Drängen hin von ihrem Vater einen Motorroller bekommen. So zweirädrig motorisiert konnte sie dann auch noch am Abend Freundinnen besuchen. Ihr sportlicher Ehrgeiz erwachte erst, als sie sich entschieden hatte, zur Polizei zu gehen.

»Ja guten Morgen, Marie-Lena.« Rolf strahlte sie freudig an, als sie in gewohnter stürmischer Art die Tür zum *RolFit* in Langensall aufstieß.

»Hi Rolf, hast mich etwa schon vermisst?« Rolf grinste breit.

»Klar doch. Warst ja schon einige Tage nicht hier. Hab ich gestern in der Zeitung gelesen. Der Sternekoch ist immer noch verschwunden. Gibt es denn etwas Neues?«

»He, ich bin nicht im Dienst, und du weißt doch: Zu laufenden Ermittlungen kann ich sowieso nichts sagen. Aber wir sind dran, mein blaublütiger Kollege und ich.«

Marie-Lena schaute sich im Fitnessstudio um. »Heute früh hast du ja nur mich an der Backe, wie's aussieht.«

»Stimmt, heute ist erstaunlich wenig los. Hab mich vorhin auch schon gewundert, als ich kam. Normalerweise sind gerade die Frühstunden im Sommer begehrt. Aber es gibt immer wieder solche Tage. Und du hast Glück und kannst dich ausbreiten und austoben, wo du willst.«

Marie-Lena lachte. »Eine kurze und knackige Runde, da ist mir heut danach. Machst du mir einen Shake, bis ich mich umgezogen habe?«

»Natürlich, Frau Kommissarin. Wie immer Himbeer-Ananas?« Rolf verschränkte die Arme hinter dem Rücken und machte eine angedeutete Verbeugung.

»Was sonst, Herr Trainer«, flötete Marie-Lena und war auch schon in der Umkleidekabine verschwunden.

Sie hatte dieses Fitnessstudio, das zugegeben nicht unbedingt für sie zentral und damit in Öhringen lag, schon während ihrer Studienzeit quasi zufällig entdeckt. In den Semesterferien zu Hause in Harsberg war sie mit ihrem Mountainbike mal wieder in Richtung Kochertal gestartet. Querfeldein. Und dabei auf die umgebaute Scheune gestoßen. Die breiten Fensterfronten gaben den Blick frei auf Crosstrainer, Laufband und Kraftsportgeräte. Natürlich war sie sofort vom Bike abgestiegen und hatte sich dieses Studio so mitten auf dem Land näher angeschaut. Es war damals noch ganz neu, und was sie sah, gefiel ihr so gut, dass sie sofort ein Probetraining vereinbarte. Muskelaufbau und Kraftsport waren ihr während der Polizeiausbildung schon wichtig gewesen. Während ihres Studiums in Villingen-Schwenningen hatte Marie-Lena dort ihr Training noch intensiviert. Die Arbeit an den Geräten machte ihr Spaß. So ein Zirkel hatte etwas Meditatives. Während sie auf ihrem Bike die Kondition trainierte, indem sie sich buchstäblich abstrampelte, und beim Joggen ihrem Frust und ihrem Stress einfach davonlief, musste sie sich beim Krafttraining ganz auf die jeweilige Körperpartie und die Atmung konzentrieren. Micha hatte dem ganzen sportlichen Treiben mit einer belustigten Miene zugeschaut. Er haute lieber in die Tasten oder griff in die Saiten. *Sport sei Mord*, sagte er gerne, und außer zum Wandern oder für eine Fahrradtour war er nicht zu begeistern.

Einmal hatten sie mit Freunden zusammen eine dreitägige Kanutour auf der Tauber gemacht. Eine Freestyletour mit drei Booten und sechs Leuten. Es war ein Heidenspaß gewesen. Start war in Bad Mergentheim am Bofinger Wehr. Vom Veranstalter in Bad Mergentheim hatten sie vorab schon einen ausführlichen Flussplan für unterwegs bekommen und konnten sich so alles bei einem gemütlichen abendlichen Beisammensein zu Gemüte führen. 15 Wehre waren bei der Tour zu umgehen. »Ganz schön heavy«, hatte Micha da schon seine Bedenken artikuliert. Und die Kanutour sollte sich dann auch tatsächlich als Kraftakt outen. Ihr ganzes Gepäck – Kleidung, Essensvorräte und die Zelte und Schlafsäcke – wurde in wasserdichte Tonnen verpackt und in den Booten verstaut. Gestartet waren sie im Hochsommer. Eigentlich war das nicht die Spaßvariante, weil die Tauber im Sommer nur wenig Wasser hatte und deshalb eine gemächliche Fahrt garantiert war. Vor allem für Familien war das eine super Sache. Aber für die junge, vor Kraft strotzende Generation 20 plus, welcher sie ja angehörten, wäre das ein Reinfall gewesen. Aber sie hatten Glück. Der Sommer damals war nass, und es hatte ausgesprochen lange und viel geregnet. Der Kanuverleiher hatte sie noch darauf hingewiesen, die Strömung bei diesem Wasserstand nicht zu unterschätzen und vor allem die gefährlichen und im Flussplan entsprechend gekennzeichneten Wehre zu umgehen. Bis zur ersten Etappenstation, Distelhausen, war auch alles easy. Sie schlugen am Abend ihre Zelte auf einer Wiese direkt an der Tauber auf und kehrten in der Brauereigaststätte in Distelhausen ein. Da wurde nach diesem doch schon kräftezehrenden Tag auf dem Wasser ziemlich kräftig gezecht. Auf den Tisch kamen die gebratenen Schweinsbrustspitzen auf Rahmwirsing mit Bockbieressig-Honigjus und Rosmarin und das Distelhäuser Biergulasch vom Weiderind mit Löffelspatzen und Sauerrahm. Dazu viel kräftiges vollmundiges Bier. Schließlich hatten sie es zu später Stunde doch geschafft, ihren nächtlichen Schlaf-, in diesem Fall Zeltplatz, an der Tauber zu erreichen. Am nächsten Morgen waren die Glieder bleischwer und die Laune bei allen ziemlich schlecht. Vor allem Micha war ausgesprochen grantig gewesen. Er habe die ganze Nacht kein Auge zugemacht, weil sämtliche Nacktschnecken der Region die Zeltwand hochgekrochen wären. Dabei hatte er ein Gesicht gemacht wie sieben Tage Regenwetter. Okay, es stimmte ja auch. Die Wiese, auf der sie zelteten, war schon bei der abendlichen Ankunft nass und von diesem braunen und vor allem auch dem monströsen getigerten Getier bevölkert. Nur hatten sie das beim schnellen Aufbau der Zelte und dem schon nagenden Hunger kaum bemerkt. Micha war wohl tatsächlich fast die ganze Nacht wach gelegen und hatte im Schein der Taschenlampe beobachtet, wie sich die Schnecken mit ihrer schleimigen Spur die Außenwand des Zeltes hocharbeiteten.

In einem kleinen Café in Distelhausen hatten sie sich nach dem Abbau der Zelte und dem Verstauen des Gepäcks in den Tonnen ein ausgiebiges Frühstück gegönnt. Die nächste Etappe nach Tauberbischofsheim und weiter bis zum Schlafplatz nach Gamburg sollte knackig werden. Micha hatte noch völlig enthusiastisch »ein Eisvogel, ein Eisvogel« gerufen und war im Boot aufgesprungen. Marie-Lena konnte die plötzliche Gewichtsverlagerung nicht ausgleichen, und das Boot kippte um. Sie und Micha und die beiden Tonnen mit dem Gepäck trieben auf dem Wasser. Schnell hatten die beiden anderen Boote reagiert und das gekenterte Pärchen samt Gepäck eingesammelt. Am nächsten Wehr, einer ziemlich strapaziösen Umgehung, hatten sie Rast gemacht, und bei der deftigen Brotzeit aus dem Rucksack war dann auch schnell die gute Laune zurückgekehrt.

In Gamburg, der nächsten Tagesetappe, hatten sie beschlossen, die Zelte in den Tonnen zu lassen und Quartier in einer netten Familienpension zu nehmen. Nach einer Besichtigung der Burg Gamburg, dem über der Tauber thronenden Sitz der Edelfreien von Gamburg im zwölften Jahrhundert, war ihr kultureller Hunger gestillt, und sie kehrten in einem kleinen Gasthof ein. Nächtens in der Pension kuschelte sich Marie-Lena fest an Micha, und die weitere Tour am nächsten Tag bis nach Wertheim war Natur und Liebe pur gewesen.

20 Kilo. Beinpresse. *Ganz schön anstrengend,* stöhnte Marie-Lena gedanklich und konzentrierte sich auf die Muskelarbeit. Einatmen – ausatmen. Ihr Warm-up am Crosstrainer hatte sie im Schnelldurchlauf und in zehn Minuten absolviert, und die Beinpresse war der erste Muskel-Work-out am Gerät. Einatmen – ausatmen.

»Schei…« Das sollte heute wohl nichts werden.

»He, Rolf, kannst mal kommen, bin irgendwie aus dem Ruder«, rief sie nach unten ins Erdgeschoss.

Rolf kam auch sofort die Treppe hochgestürmt.

»Bin heut wohl nicht in Form«, japste Marie-Lena und klinkte sich aus dem Gerät aus.

»Musst auch nicht in Form sein. Weder heute noch immer«, meinte Rolf und legte ihr behutsam die Hand auf den Arm. »Verkrampft und verkopft geht gar nichts. Entspann dich lieber und mach mal fünf Minuten langsam. Am besten unten auf dem Laufband oder dem Crosstrainer. Das wird wieder an den Geräten, glaub mir.«

Ja, vielleicht war das einfach so. Und alles eben gerade ein bisschen *too much*, wie Micha jetzt sagen würde. Der Beziehungsstress am Wochenende. Struck, der erste wirklich knackige Fall für Marie-Lena als Frischling im KKÖhr und dann noch die gewohnten sportlichen Ambitionen ausleben …

Unter der prasselnden heißen Dusche im Umkleideraum des *RolFit*, versuchte sie, ihren gewohnten kühlen Kopf zurückzubekommen. *He Mädel, du bist noch kein halbes Jahr hier in Öhringen als Kommissarin, hast deinen ersten wirklich heißen Fall und gehst in die Knie? Never.*

Aber wirklich never.

Als sie aus der Umkleidekabine kam, reichte ihr Rolf mit seinem gewohnten Lächeln im Gesicht den Eiweiß-Himbeer-Ananas-Shake über den Tresen.

»Bleib locker, das wird wieder mit dem Training.«

Locker bleiben, du hast gut reden, dachte sie noch, den Geschmack von Himbeeren und Ananas im Mund, als sie auf dem Parkplatz des *RolFit in* ihren Smart stieg.

Auf dem Weg vom Fitnessstudio in Langensall nach Zweiflingen, dem Wohnort von Günther Brockmann, war sie unsortiert. Durcheinander. Irgendwie weit weg von allem.

Marie-Lena versuchte, während der Fahrt einen konstruktiven und vor allem klaren Gedanken zu fassen.

Struck war am Donnerstag letzter Woche verschwunden. Nein. Den Erkenntnissen nach entführt. Und wohl schwer verletzt. Vielleicht lebte er gar nicht mehr.

Marie-Lena schüttelte bei diesen Gedanken impulsiv den Kopf und atmete tief durch.

Ein Kommissar muss ein Menschenfreund sein, hatte ihr Karl Friedrich von Bühl gesagt, als sie ihre erste gemeinsame Dienstbesprechung auf dem KKÖhr hatten. Sie komme zwar von der Hochschule, habe sicher viel im Studium gelernt und natürlich vieles, das sie jetzt in der Praxis auch anwenden könne. Aber die Praxis sei dann eben doch noch etwas anderes. Auch im idyllischen Hohenloher Land könne es Fälle geben, die ihr unter die Haut gehen würden. Er hatte ihr in diesem Zusammenhang von seinem ersten großen Fall hier erzählt. Dieser grauenhafte Sexualmord an dem zehnjährigen Mädchen aus Söllbach. Marie-Lena war damals in etwa so alt gewesen wie dieses Mädchen, und ihre Eltern, wie die ganze Region, waren erschüttert über diese bestialische Tat. Wochenlang hatte man in Hohenlohe darüber gesprochen. Auch ihm sei dieser Fall besonders an die Nieren gegangen, hatte von Brühl ihr erzählt. Das dürfe es auch. »Aber«, hatte er gesagt, »keine emotionalen Abstürze, liebe Kollegin.« Dafür brauche es allerdings einen festen Anker. Die Familie oder der Freund zum Reden und Zuhören. »Kotzen Sie sich aus, kotzen Sie den Fall aus und bleiben Sie bei sich.« Und wenn in der Familie niemand da sei: »Nehmen Sie mich. Ich werde für Sie da sein«, hatte er ihr gesagt. In Großstädten wie Bochum, wo er lange Jahre gearbeitet habe, gebe es viele Kommissare, die entweder traumatisiert seien, zynisch oder sich verschließen würden, nicht selten auch anfingen zu trinken oder sogar ihren Job an den Nagel hängen würden. *Einen Hamburger Tatort-Kommissar wie diesen Til Schweiger gibt es im richtigen Leben nicht.*

Seine Worte hatten sich in ihrem Gedächtnis fest verankert. Nun ja, als Mensch war er ja schon ein bisschen merkwürdig, dieser Sauerländer. Manchmal still und in sich gekehrt, dann wieder durchaus humorvoll und kommunikativ. Die Kollegen hatten ihr erklärt, von Bühl habe wohl immer noch nicht den Tod seiner Frau überwunden. Und dass er schon seit Längerem andeute, in den vorzeitigen Ruhestand und zurück ins Sauerland zu gehen. *Leisten kann er sich das ja*, dachte Marie-Lena so bei sich. Aber, musste sie zugeben, trotz Adelsstand und dickem Erbe ein geradezu normaler und sympathischer Mensch. Auch wenn sie doch hin und wieder den einen und anderen kleinen oder größeren Zoff hatten.

Ihren ersten gemeinsamen Fall hatten sie gleich in der zweiten Woche, nachdem Marie-Lena auf dem KKÖhr angefangen hatte: ein bewaffneter Überfall auf ein Spielcasino in der Innenstadt. Die Mitarbeiterin des Casinos stand unter Schock, als von Bühl, sie und die Kollegen der Schutzpolizei keine fünf Minuten, nachdem der Alarm auf dem Revier eingegangen war, am Tatort eintrafen. Das Präsidium in Heilbronn hatte sofort die Großfahndung eingeleitet, und der Täter, ein polizeibekannter Drogenabhängiger, konnte schon zwei Stunden später bei einer Kontrolle an der Autobahnabfahrt in Weinsberg gefasst werden.

*

Günther Brockmann hatte schon auf die junge Kriminalkommissarin gewartet.

Als Marie-Lena an der Tür des idyllisch gelegenen kleinen Landsitzes in Zweiflingen klingelte, dauerte es keine drei Sekunden, und ihr wurde geöffnet.

»Einen schönen guten Morgen. Und was für ein ebenso schöner Anblick!«

Ihr Chef hatte Marie-Lena ja schon erzählt, dass Brockmann ein Charmeur der alten Schule war.

»Danke schön! Aber leider ist mein Besuch kein schöner Anlass.« Sofort legte sich auf Günther Brockmanns Gesicht eine besorgte Miene. »Nein, wirklich nicht. Gibt es denn schon etwas Neues? Aber entschuldigen Sie bitte, kommen Sie natürlich zuerst mal rein«, sagte Brockmann, ohne Marie-Lenas Antwort abzuwarten. »Bitte setzen Sie sich doch.« Er deutete auf eine Sitzgruppe im Landhausstil, die vor allem durch einen alten schweren Eichentisch ins Auge stach.

»Wow«, entfuhr es Marie-Lena. »Das ist aber ein schönes Teil. Ein richtig antikes Stück und vermutlich sehr wertvoll.«

Günther Brockmann sah sie erstaunt und zugleich anerkennend an. »Sie haben einen guten Blick für Antiquitäten. Kennen Sie sich denn damit aus?«

Marie-Lena lächelte ihn charmant an. »Ich bin damit aufgewachsen. Mein Vater ist Schreiner und hat eine Werkstatt in Pfedelbach, die sich auf die Restauration alter Möbel spezialisiert hat. Das ist vor allem die Passion meines Vaters und auch sein Part im Betrieb.«

Marie-Lena und Günther Brockmann hatten sich inzwischen an den Tisch gesetzt, und Marie-Lena strich mit der Handfläche über das schöne Holz und schaute sich in dem großen Esszimmer um. Der Tisch war nicht das einzige antike Möbelstück. Und wie zur Bekräftigung sagte Günther Brockmann: »Das ist ja interessant. Gut zu wissen. Ich bin begeisterter Sammler. Und seit ich nun Privatier bin und Zeit habe, gehe ich gerne auf die Suche nach schönen Sachen. Und manchmal braucht es auch einen guten Restaurator. Wie heißt die Schreinerei Ihres Vaters?«

»Dambach«, antwortete Marie-Lena. »Dambach, genauso wie ich.«

»Dann sind Sie also noch nicht verheiratet.«

Marie-Lena konnte sich das Lachen nicht verkneifen und prustete los, während Günther Brockmann die junge Frau verdutzt anschaute.

»Wenn es nach meinem Freund ginge, dann schon längst. Aber auch bei einer Heirat würde ich meinen Namen behalten.«

»Stimmt«, sagte Brockmann und kratzte sich etwas verlegen am Kopf. »Früher, zu meinen Zeiten, war das ja noch nicht so. Aber entschuldigen Sie, darf ich Ihnen ein kleines Frühstück anbieten?«, sagte er und deutete auf die Wurst- und Käseplatte, den Korb mit duftenden Brötchen, verschiedene Marmeladengläser und die Kanne Milch, welche hübsch gruppiert in der Mitte des Tisches standen. Wie gerufen kam auch schon Frau Brockmann mit einer Thermoskanne zur Tür herein.

»Sie sind die junge Kommissarin, die erst jetzt im Frühjahr in Öhringen angefangen hat«, begrüßte Elvira Brockmann den Gast. »Mein Mann hat mir erzählt, dass Sie heute kommen.«

»Ja, das stimmt«, antwortete Marie-Lena. Beim Anblick des leckeren Frühstücksgedecks lief ihr schon das Wasser im Mund zusammen. Das Croissant vom frühen Morgen und der Eiweiß-Shake von gerade eben im Fitnessstudio hatten sie nicht unbedingt satt gemacht.

»Wenn es keine Umstände macht, gerne«, antwortete Marie-Lena auf die vorherige Frage von Brockmann.

»Aber nein, Sie sehen doch, es steht schon alles auf dem Tisch«, lachte Elvira Brockmann herzlich und stellte die Thermoskanne mit Schwung dazu. »Hier habe ich euch ganz frischen Kaffee gemacht, und dann lass ich euch auch schon wieder alleine«, sagte sie noch und war verschwunden. *Man könnte meinen, ich bin bei guten Freunden zum Frühstück eingeladen und nicht mitten in Ermittlungen,* dachte Marie-Lena und griff nach einem Laugenbrötchen im Brotkorb.

»Sie sagten am Telefon gestern, dass Sie von mir wissen wollen, wer in Hohenlohe aus der Hotel- und Restaurantszene eventuell neidisch auf die Auszeichnung von Olaf sein könnte.« Günther Brockmann nahm sich ebenfalls ein Brötchen und goss dann Marie-Lena Kaffee in die Tasse.

»Da habe ich mir natürlich auch sofort Gedanken darüber gemacht«, sagte Brockmann und bestrich eine Brötchenhälfte mit Butter. »Aber nicht nur das: Gestern Abend war ich bei einem großen Event im Kursaal in Bad Mergentheim, da waren sehr viele Köche anwesend, und natürlich war das Verschwinden von Olaf auch das Thema des Abends.«

Er sah Marie-Lena jetzt fest in die Augen. »Ehrlich gesagt, keiner kann sich vorstellen, dass einer von uns hier irgendetwas mit dem Verschwinden von Olaf zu tun hat.«

»Kriminalhauptkommissar von Bühl meinte, es könne durchaus auch sein, dass das Management eines Restaurants Olaf Struck den zweiten Stern nicht gönnte, sondern dem konkurrierenden Betrieb, der dahintersteht.« *Auweia,* dachte Marie-Lena, *jetzt hab ich mich wohl ziemlich däm-*

lich angehört bei diesen gestelzten Sätzen, und nahm sich noch eine Scheibe Schinken von der Platte.

Sie beobachtete Günther Brockmann aus den Augenwinkeln. Für seine 70 Lenze sah er noch ganz passabel aus. Nachdem ihr gestern der Chef ein bisschen was über den ehemaligen Hotel- und Küchenchef des Jagdschlosses erzählt hatte, war sie natürlich sofort am Googeln gewesen und hatte sich aus den Artikeln über Günther Brockmann ein paar Notizen gemacht. In den 70er Jahren wurde er von der Fürstenfamilie als Hotel- und Küchenchef eingestellt. Bis dahin wurden das Jagdschloss und die Wirtschaftsgebäude zwar als kleines Schlosshotel genutzt, die Küche allerdings war wohl eher zu vernachlässigen. Das änderte sich mit Günther Brockmann schlagartig. Der eloquente und agile Neuzugang brachte die ›Nouvelle Cuisine‹ in die Hohenlohische Provinz. Geflämmte Jakobsmuscheln mit Kaviarcreme, Schnittlauch-Stampfkartoffeln und Nussbutterschaum; Bretonischer Hummer mit geröstetem Blumenkohl, Steckrüben und Kalbskopf; Barbarie-Ente in der Salzkruste oder Schokoladenparfait mit gewürzten Orangen standen auf der Speisekarte des von Brockmann geführten Restaurants im Heiligenwald. Dem aus dem Dornröschenschlaf geholten Provinzhotel waren schließlich Auszeichnungen in allen einschlägigen Gourmet- und Hotelführern sicher. Das Hotel und Restaurant *Residenz am Jagdschloss* wurde zu einem der besten Landhotels in Deutschland, und Günther Brockmann am Ruder heimste zunächst einen, wenig später auch einen zweiten Kulinarik-Stern ein.

»So ein Michelin-Stern verbindet natürlich«, riss Brockmann Marie-Lena aus den Gedanken.

Sie sah ihn fragend an.

»Nun ja, als das Jagdschloss unter der neuen Flagge von Reinhard Warther diesen jungen Koch aus dem Ärmel zog, war ich schon etwas verschnupft. Natürlich hatte ich mit 63 mein Privatier-Leben schon fest geplant. Aber das Jagdschloss war ja auch mein ganzes Leben. Da loszulassen fällt schwer, fiel schwer.« Günther Brockmann machte ein trauriges Gesicht, das sich aber sofort wieder aufhellte, als Marie-Lena bemerkte: »Das kann ich mir gut vorstellen. Wenn ein Beruf gleichzeitig auch die Berufung ist und man wirklich Tag und Nacht darin aufgeht, gibt es keinen Schalter, den man plötzlich umlegen kann.«

»Aber lassen wir das. Ich wollte Ihnen eigentlich sagen, dass Olaf Struck und ich sehr schnell Freundschaft geschlossen hatten. Meine anfängliche Skepsis über so einen jungen Koch war schnell verflogen. Ein paar Wochen lang arbeiteten wir in der Küche vom Jagschloss Hand in Hand. Dabei habe ich natürlich auch das Potenzial von Olaf gesehen. Und nicht nur das, er war ein richtig netter Kerl, der mir schnell ans Herz gewachsen ist. Wir hatten auch schnell ein außergewöhnliches Vertrauensverhältnis. Vor allem in privaten Dingen. Das ist bis heute geblieben. Wir sitzen öfter mal bei einem guten Glas Wein zusammen, wenn er denn Zeit hat. Olaf steht schon ganz schön unter Strom. Der zweite Stern, der bei aller Freude natürlich auch eine große Verantwortung ist, und dann das erste Kind. Er hat mir viel erzählt, gerade auch in den letzten Monaten …« Brockmann stockte plötzlich in seinem Redefluss.

»Was heißt viel erzählt?« Marie-Lena zog etwas irritiert die Augenbrauen nach oben. »Gibt es da etwas, das ich wissen sollte?«, sagte sie und schaute Brockmann dabei fragend an.

»Nun ja, ich weiß nun nicht, ob das wirklich was zur Sache tut«, meinte Brockmann zögerlich.

»Alles, Herr Brockmann, wirklich alles tut jetzt etwas zur Sache. Wir müssen jeder Spur, aber auch wirklich jeder noch so kleinen Spur nachgehen. Also erzählen Sie bitte, was Sie wissen.« Marie-Lena hatte ihren Teller zur Seite geschoben und beide Hände fest um die Kaffeetasse gelegt.

»Da war diese Geschichte mit der neuen Sommelière …«

Marie-Lena unterbrach ihn: »Sie meinen mit Jacqueline Schneider?«

»Ja, aber woher wissen Sie den Namen?«

»Ich habe gestern mit der Empfangsdame vom Jagdschloss geredet.«

Brockmann unterbrach sie. »Rezeptionistin heißt das in der Hotelfachsprache, und Sie meinen Melissa Yarata?«

»Genau. Frau Yarata hat mir erzählt, dass es Streit gab zwischen Jacqueline Schneider und Olaf Struck. Was wissen Sie davon?«

Günther Brockmann holte tief Luft. »Jacqueline Schneider hatte sich im letzten Jahr auf die neu zu besetzende Stelle des Commis-Sommeliers, oder in weiblicher Form der Commis-Sommelière – und früher einmal ganz einfach der Kellner für den Wein – beworben. Olaf wusste davon nichts. Das Personal im Service war alleine Arnulf Mertens Sache. Als sie dann zum ersten Januar angefangen hat, ist er aus allen Wolken gefallen. Die beiden kannten sich aus früheren Zeiten und hatten wohl auch eine kurze Affäre. Wie das heute eben so ist bei jungen Leuten.« Günther Brockmann sah sie herausfordernd an.

»Und bei alten Leuten manchmal auch«, konterte sie trocken. »Aber bitte erzählen Sie weiter …«

»Olaf hatte sofort den Verdacht, dass Schneider nur wegen ihm im Jagdschloss angeheuert hatte. Schneider hatte ihn in den ganzen letzten Jahren, seit ihrer Liaison, immer wieder bedrängt und ihm zu verstehen gegeben, dass er wohl ihr Traummann fürs restliche Leben wäre. So wie ich Olaf verstanden habe, empfand er das als Stalking. Deshalb gab es auch sofort Stress, als Jacqueline Schneider im Januar drüben im Heiligenwald anfing. Vor allem deswegen, weil sie von Carolines Existenz nichts wusste. Als Schneider dann noch von der Schwangerschaft und der bevorstehenden Hochzeit erfuhr, war sie regelrecht ausgerastet.«

»Hat Olaf Struck Ihnen erzählt, was da genau los war?«

»Na ja, ins Detail ist er nicht gegangen. Er erzählte mir nur, dass er Schneider alles zutraue. Sie sei ein richtiges Luder. Deswegen sei es damals auch nur bei der kurzen Affäre geblieben. Als er Schneider kennenlernte, war sie eine sogenannte amtierende Weinkönigin und hatte eine heimliche Beziehung zu einem 30 Jahre älteren verheirateten Familienvater mit einer leitenden Position in der Weinbranche. Olaf hatte das kurze Zeit, nachdem sie das Bett geteilt hatten, herausgefunden und Schneider auch sofort zur Rede gestellt. Sie habe ihn dann aber nur ausgelacht und gemeint, dass man so einen alten Kerl finanziell ganz schön bluten lassen könne.«

»Hat Ihnen Herr Struck das genau so erzählt?«

Günther Brockmann nickte. »Natürlich kann ich Ihnen das jetzt nur mit meinen eigenen Worten wiedergeben. Aber vom Sachverhalt her stimmt es.« Marie-Lena forderte ihn auf, weiterzuerzählen.

»Olaf hat sich dann ziemlich schnell von Schneider distanziert und, wie schon erzählt, diese Geschichte beendet.

Was wohl Jacqueline Schneider nicht so sah. Aber auch das hab ich Ihnen gesagt.«

Brockmann wirkte plötzlich müde und abgespannt und massierte sich mit den Fingern die Schläfen.

»Ich meine, wissen Sie, wie die Situation zwischen den beiden in den vergangenen Wochen war?«

»Wir haben uns gerade in den letzten Wochen sehr selten gesehen. Olaf hat viel vorgearbeitet, weil er nach der Sommersaison einen längeren Urlaub mit Frau und Kind geplant hatte. Er war nicht nur ein begnadeter Koch, sondern auch ein fürsorglicher Mensch.«

»War?«, Marie-Lena zog irritiert die Augenbrauen nach oben.

»Oh Gott, was sage ich da.« Brockmann wirkte plötzlich verstört. »Aber es ist einfach so schrecklich, diese Ungewissheit …«

»Zurück zu meiner Eingangsfrage: Überlegen Sie noch einmal. Könnte es nicht doch jemandem aus der Branche ein Dorn im Auge gewesen sein, dass Olaf Struck nun den zweiten Stern bekommen sollte?« Marie-Lena beugte sich am Tisch leicht nach vorne und sah Günther Brockmann fest in die Augen.

»Wenn Sie mich so fragen: Die Gerüchteküche ist natürlich immer am Brodeln. Da gibt es dieses neue Hotel in Bretzfeld. Ein Millionenkomplex mit hohem Anspruch. Der Hauptinvestor sei ein Heilbronner Unternehmer, aber den Namen weiß man nicht. Das Hotel wurde im letzten Jahr fertiggestellt, natürlich rechtzeitig mit Blick auf die Öhringer Landesgartenschau.«

»Stimmt«, sagte Marie-Lena, »die Zeitungen waren voll davon, und meine Eltern hatten mir sogar einen entsprechenden Artikel aus dem Hohenloher Boten ausgeschnitten und aufbewahrt, bis ich zu den Semesterferien nach Hause kam.« Sie nahm noch den letzten Schluck Kaffee aus ihrer Tasse und goss sich aus der Thermoskanne nach.

»Und, was brodelt da in der Gerüchteküche?«

Günther Brockmann fuhr sich mit den Fingern sichtlich nervös durch die Haare. »Wissen Sie«, sagte er und fixierte sie mit seinem Blick, »wissen Sie«, wiederholte er langsam und nachdenklich, »ich bin schon so lange in dieser Branche, dass ich Gerüchte einfach verdampfen lasse.«

»Hallo, Herr Brockmann? Es geht hier nicht um Küchenfriedenfreudeneierkuchen. Sicher verdampfen Gerüche in der Küche. Aber in einem Vermisstenfall wie diesem müssen wir allem, auch irgendwelchen *Gerüchten*, nachgehen.« Marie-Lena war jetzt richtig in Fahrt, und ihre Augen funkelten nicht mehr bernsteinfarben, sondern bedrohlich dunkel.

»Also gut«, Brockmann schnappte sichtlich nach Luft. »Im Bretzfelder *Hotel zum Hohenloher Land* ist ein Ziehsohn von mir Küchenchef.«

»Was heißt das?«

»Er, er heißt Marvin Rüdenauer und hat bei mir seine Ausbildung absolviert, danach ging er weltweit in die besten Schulen, kam Anfang letzten Jahres zurück und war Küchenchef vom *Hotel Gloria* in Bad Mergentheim. Dieses Hotel gehört wie das *Hotel Hohenloher Land* einer Investorengruppe um einen namentlich unbekannten Heilbronner Unternehmer. Im letzten Sommer wurde Marvin dann nach Bretzfeld abkommandiert, obwohl er sich in Bad Mergentheim eingelebt hatte und auch sehr wohlfühlte.«

»Ich verstehe nicht, was Sie mir damit sagen wollen?« Marie-Lena war jetzt sichtlich genervt.

»Marvin Rüdenauer ist wie Olaf Struck ein Zwei-Sterne-Kandidat gewesen, aber er hat im Herbst den zweiten Stern nicht bekommen, im Gegensatz zu Struck.« Brockmann wurde plötzlich puterrot im Gesicht. »Bitte verstehen Sie mich nicht falsch, Marvin Rüdenauer ist kein Mensch, der deshalb neidisch wäre. Ich kenne ihn wirklich gut. Hinter vorgehaltener Hand wurde allerdings erzählt, dass im Hotelmanagement Köpfe rollten, und diese Investorengruppe um den namentlich nicht bekannten Heilbronner Unternehmer auch Marvin wieder austauschen wollte. Aber am besten, Sie fragen im *Hotel Gloria* mal nach. Dort ist die Stimmung zurzeit ganz schlecht. Ich war doch gestern auf diesem Kochevent im Kursaal. Da war auch die Küchenbrigade vom *Gloria* da. Die haben einiges erzählt über den Führungsstil in den beiden Hotels. Vor allem wird dort auch gemunkelt, dass das *Gloria* verkauft werden soll, weil seit dem Weggang von Marvin Rüdenauer nur noch rote Zahlen geschrieben werden.«

»Da haben Sie mir ja nun ganz schön Material geliefert, Herr Brockmann. Wir werden natürlich allem nachgehen. Sollte ich noch etwas wissen wollen, melde ich mich.«

»Aber gerne, Frau Dambach. Ja, es ist natürlich eine schreckliche Sache«, seufzte er, »aber es hat mich sehr gefreut, Sie kennengelernt zu haben.«

*

Das ist reichlich Futter, dachte Marie-Lena, als sie von Zweiflingen zurück nach Öhringen ins Revier fuhr. *Futter, aber noch keine heiße Spur.* Sie schaute auf die Uhr. Es war kurz nach zehn. Sie ahnte, dass ihr Chef auf sie wartete, und trat aufs Gaspedal. *Shit happens,* da war er auch schon, der kurze Blitzer. Eigentlich doch fast immer dieselbe Stelle: an der L1060, kurz vor der Autobahnbrücke. Gut im Gebüsch versteckt, der Kasten. Ausgerechnet sie hatte es mal wieder erwischt. Da waren gleich 20 Euro weg. Ihr Blick fiel auf einen Gartenzaun mit vielen bunten Stelen. Der Ärger über den Blitzer war verflogen, sie musste grinsen. *Auch so ein Obi-Paket.* In Öhringen, nein im ganzen Hohenlohekreis hatten viele Hausbesitzer ihre Vorgärten mit den bunten Stelen geschmückt, die es im Baumarkt seit dem letzten Frühjahr zu kaufen gab. Stelen im Paket. Eine clevere Marketingidee des Öhringer Baumarktes. Vorbild und Hintergrund für die einfachen Holzlatten war eigentlich das sicher größte Kreativprojekt im Hohenlohekreis. Am Vormittag des 22. April 2015 wurden mit einer großen Aktion des Landrates und verschiedener Bürgermeister kreisweit bunte Stelen in die Erde geklopft. Einige Tausend Stelen markierten seit diesem Zeitpunkt sichtbar die Ortseingänge der 16 Städte und Gemeinden des Hohenlohekreises. Die vielen Stelen wurden zum großen Teil an vielen Projekttagen an den verschiedenen Schulen von vielen Schülern aufwendig bunt bemalt und geschmückt. Diese vielfältigen kreativen Stelenansammlungen standen für die Verbundenheit des ganzen Hohenlohekreises mit der Landesgartenschau-Stadt Öhringen. Am Abend des 22. April 2015 schließlich gab es auf dem Öhringer Marktplatz ein großes Fest unter dem Namen ›Countdown‹. Dabei wurde die Laga-Uhr enthüllt, die bis zur Eröffnung der Landesgartenschau genau ein Jahr später, dem 22. April 2016, rückwärts lief. Dichtes Gedränge herrschte bei diesem ›Countdown‹-Fest auf dem Marktplatz. Die Öhringer samt Gästen aus dem ganzen Hohenlohekreis feierten und ließen dabei Hunderte von bunten Luftballons in den Himmel steigen.

10. KAPITEL

GEMÜSE – LÉGUMES

Montag, 20. Juni 2016

Als er aufwachte, hatte Olaf das Gefühl, wochenlang geschlafen zu haben. Er fühlte sich aber nicht mehr so schwer und bleiern, wie er das in Erinnerung hatte. Erinnerung. Ja. Da war sie wieder. Und dieser Traum mit Jacqueline. Sie hatte ihn am Morgen in der Küche mit einem großen Santoku bedroht. Das japanische Kochmesser, das im Unterschied zur europäischen Klingenform eine viel breitere Klinge hat, war 18 Zentimeter lang und sechs Zentimeter breit und lag auf einer Edelstahlkonsole. Sie hatte gedroht, ihm hier und jetzt die Kehle durchzuschneiden, wenn er es wagen würde, Mertens über ihr sauberes Vorleben zu informieren. Aber was machte er morgens in der Küche, und was machte Jacqueline morgens in der Küche. Sie war Sommelière und damit nur am Mittag und Abend im Restaurant. Und er war der Küchenchef, ein Sternekoch. Ihm wurde plötzlich schrecklich schwindlig. In seinem Kopf rauschte und brummte es. Die Atmung. Er versuchte, bewusst tiefe Atemzüge zu machen. Jetzt nur nicht wieder ohnmächtig werden. Bruchstücke seines Lebens flogen ihm vor Augen und waren wieder weg. Caroline. Er atmete weiter tief ein und aus und versuchte, sich zu konzentrieren. Jacqueline hatte auch gedroht, Caroline umzubringen. Caroline und das Baby. Seinen Sohn David. Wo waren die beiden? Diese vielen kleinen Teilchen, die durch seinen Kopf schwirrten, abzufangen und vernünftig zu bündeln, war nicht möglich. Es strengte ihn so sehr an, dass ihn diese Müdigkeit, die er schon kannte, wieder übermannte.

*

Dienstag, 21. Juni 2016

Friedrich war am Dienstagmorgen in aller Herrgottsfrühe von munterem Vogelgezwitscher geweckt worden. Obwohl er quasi sitzend und nur in seine Kamelhaardecke gewickelt auf dem alten Sessel draußen auf der Terrasse geschlafen hatte, sprang er voller Elan auf und reckte seine Arme in die noch kühle Morgenluft. *What a day, what a feeling.* Seine Träume waren süß und schwer gewesen. Er konnte sich am Vormittag Zeit lassen. Kollegin Marie-Lena war zu Günther Brockmann gefahren, um ihn zu befragen. Für zehn Uhr hatten sie dann eine Besprechung mit den Heilbronner Kollegen der Soko ›Stern‹ auf dem Öhringer Revier angesetzt. Und dort hatte er gestern schon erklärt, dass er sicher auch später kommen würde. Ein guter Morgen also für einen kleinen Waldlauf. Das würde zwar seine Sehnsucht nach Muriel nicht stillen, aber wenigstens seinen Kopf freimachen. Er war ein leidenschaftlicher Läufer. Wenn andere in seinem Alter und dem nötigen finanziellen Background stolz ihre Golfclubmembercard zeigten, lächelte er nur und meinte lakonisch, er spiele kein Golf, er habe noch Sex. Was natürlich nicht stimmte. *Bisher nicht stimmte*, lächelte er. *Bis zum vergangenen Wochenende nicht stimmte.*

Wenn es schnell gehen musste und er keine Zeit für einen langen Lauf hatte, sprintete er vor der Haustür in Hirschenweiler los und lief eine Runde ums Dorf. Heute war ihm nach Wald zumute. Die Luft am frühen Morgen war zwar noch frisch, aber die Sonne jetzt Ende Juni schien schon kräftig zu dieser Tageszeit. Da waren schützende Bäume die bessere Option. Hirschenweiler lag nicht weit entfernt vom Heiligenwald. Dort gab es ausgewiesene Laufstrecken verschiedenster Länge. Er parkte das Auto auf dem Waldparkplatz, wo jetzt kurz nach acht Uhr mehrere Fahrzeuge standen, und schaute auf seine Pulsuhr. Er entschied sich für die Zwölf-Kilometer-Strecke, die er gut und gerne im lässigen Trab unter einer Stunde lief. Auf dieser Strecke kam er auch an der *Residenz am Jagdschloss* vorbei. Er hatte sich zwar vorgenommen, bis zur Besprechung im Revier um zehn Uhr nicht an den Fall Struck zu denken, aber das war natürlich unmöglich, als er am Park der Hotelanlage entlanglief. Friedrich zog das Tempo an und machte einen kleinen Sprint, bog dann in den asphaltierten Weg ab, der am Golfplatz vorbeiführte. Jetzt war der Kopf wieder frei von beruflichen Gedanken. Er ließ den Blick über das großzügige Golfgelände schweifen. Der Golfclub Hohenlohe zählte mit Sicherheit zu den schönsten Anlagen in Deutschland. Ein absolutes Highlight. Die wunderschöne und unverbaute Landschaft am Heiligenwald und der parkähnlich angelegte Platz mit harmonisch integriertem exotischem Baumbestand in unmittelbarer Nähe zum Hotel *Residenz am Jagdschloss* war einzigartig. Der 27-Loch-Meisterschaftsplatz ließ für Golfspieler keine Wünsche offen. Schnelle, gut verteidigte Grüns, Wasserhindernisse in allen Größen, dazu abwechslungsreiche Fairways und gut platzierte Abschläge sorgten für die sportliche Herausforderung.

An diesem frühen Sommermorgen waren einige Golfspieler schon auf dem Platz. Friedrich beobachtete sie aus den Augenwinkeln. Sein Vater war auch ein Golfspieler gewesen und wollte ihn, Freddy, auch gerne dazu machen. Er fühlte sich damals viel zu jung dafür. *Blödsinn*, schalt er sich jetzt im Nachhinein selbst. Wie gerne hätte er zusätzliche gemeinsame Zeit mit seinem Vater beim Golfen verbracht. Hätte er gewusst, dass sein Vater so früh starb, hätte er … *Ja, hätte, hätte, hätte … Manchmal sollte man Dinge einfach tun.* Friedrich nahm sich spontan vor, doch die ihm schon vielfach angebotene Schnuppermitgliedschaft zu machen und sich einen Trainer zu nehmen. Wenn nicht mehr hier im Golfclub Hohenlohe, dann eben später im Sauerland. Er erschrak bei diesen Gedanken.

Seit dem letzten Wochenende, seit den beiden Tagen mit Muriel, hatte er nicht ein einziges Mal an das Sauerland gedacht, geschweige denn an seine Pläne.

Wann er überhaupt das erste Mal daran dachte, nicht erst jenseits der 60 seinen Dienst zu quittieren, wusste er heute auch nicht mehr so genau. Es musste wohl schon ziemlich zeitnah nach dem Tod von Alexandra gewesen sein. Damals machte sich auch seine Schwermut breit. Dieses immer stärker wiederkehrende Gefühl, in Hohenlohe keine Heimat gefunden zu haben und auch keine Heimat zu finden. Das war auch die Zeit, als er seine Kontakte zu den alten Kollegen in Bochum intensivierte. Ein paar Mal war eine kleine Gruppe von Kollegen, mit denen er eine intensive Freundschaft gepflegt hatte, im Hohenloher Land auf Tour. Friedrich war mit ihnen auf den Pfaden der Stille im Jagsttal wandern, in den Museen des Unternehmers Reinhard Warther in Künzelsau und Schwäbisch Hall unterwegs und natürlich auf kulinarischer Entdeckungstour querfeldein. Die Begeisterung war jedes Mal groß, und die Kollegen aus Bochum frotzelten ihn auch nicht mehr. Vielmehr beneideten sie Friedrich ob seines doch ruhigen Jobs in ländlicher Idylle. Bei den Gegenbesuchen in Bochum schlug ihm ein ganz anderer Wind entgegen. Die Statistik der Straftaten im Ruhrpott war unverändert hoch. Vor allem jugendliche Straftäter zeichneten ein erschreckendes Bild. Was die Bochumer Kollegen in der Praxis nur bestätigen konnten. Vom Jugendknast zurückgespült auf die Straße, ohne Halt und Familie, war der Weg vieler jugendlicher Straftäter vorprogrammiert: Über kurz oder lang landeten sie wieder im Knast. Irgendwann auf einer seiner Fahrten zurück von einem Besuch in Bochum und einem Kurzurlaub im Sauerland, irgendwo auf der A45 zwischen dem Kreuz Hagen und Frankfurt kam ihm dieser Gedanke, der ihn nicht mehr losließ, und der dann schnell zu einem konkreten Plan wurde.

In Hemer, in der Nähe von Iserlohn, stand schon seit längerer Zeit ein ehemaliger alter Gutshof leer. Mit diesem Domizil, in exponierter Lage auf einem einsamen Bergkamm gelegen, hatte sein Vater zu Lebzeiten schon geliebäugelt. Nur dass das Gut damals bewohnt und bewirtschaftet war. Nun hatte Freddie ein Auge darauf geworfen. Die Eigentümer, eine Erbengemeinschaft, waren zerstritten und ließen das alte Gemäuer eher verrotten, als dass sie es zum Verkauf anboten. Friedrich hatte dennoch die Spur aufgenommen und mit einem Familienmitglied der Erben Kontakt gesucht. Und nicht nur das: Er hatte im alten Unternehmerumfeld seines Vaters getrommelt und Mitstreiter für seinen kühnen Plan gesucht und schließlich gefunden. Es sollte eine Stiftung ins Leben gerufen werden, die Friedrichs Plan zu einem konkreten Projekt umwandeln würde. Friedrich wollte nach dem Vorbild des Christlichen Jugenddorfwerks eine Kinder- und Jugendstiftung gründen, welche Gelder für eine Einrichtung für jugendliche Straftäter und ehemalige Drogenabhängige zur Verfügung stellte: Therapie statt Strafe. Und der alte Gutshof bei Hemer sollte das Domizil werden.

Was zunächst nur vage war und schleppend vorankam, nahm in den vergangenen Monaten immer mehr Gestalt an. Die Erbengemeinschaft war bereit, zu bestimmten Bedingungen den Gutshof zu verpachten. Nicht zuletzt, weil ihnen der Plan einer solchen sozialtherapeutischen Einrichtung auf christlicher Basis gut gefiel. Den jungen Menschen, die dann, vorwiegend aus dem Ruhrgebiet kommend, in der Natur und der Abgeschiedenheit des Sauerlandes Wochen und Monate verbringen sollten, wollte man mit einem Konzept der Annahme, des Respekts, der Ermutigung und schließlich der Korrektur begegnen. Die Stiftungsgründung sollte noch in diesem Jahr erfolgen und der ehemalige Gutshof entsprechend umgebaut werden. Verschiedene Werkstätten sollten entstehen, dazu ein landwirtschaftlicher Betrieb mit Tierhaltung und ökologischem Gemüseanbau. Im ehemaligen schlossähnlichen Wohngebäude des Gutshofes würden die Jugendlichen in Wohngruppen untergebracht werden. Auch war ein Träger für die Einrichtung gefunden: ein christlicher Verein aus Dortmund, der schon verschiedene Projekte betreute und vor allem auf ein großes Netz an Streetworkern im Ruhrgebiet zurückgreifen konnte. In den vergangenen Monaten nahm das Projekt immer mehr Fahrt auf, und Friedrich wurde es manchmal ganz schwindlig ob der Entscheidungen, die anstanden und die er zukünftig fällen musste. Nicht nur, dass ein Großteil seines Vermögens in diese Stiftung fließen sollte, er selbst wollte sich gezielt in dieser sozialtherapeutischen Einrichtung einbringen. Coaching der Jugendlichen, Mithilfe in der Landwirtschaft, beratende Tätigkeit im Stiftungsrat, Schnittstelle zwischen der Einrichtung und seinem ehemaligen Arbeitsplatz, dem Polizeipräsidium in Bochum, und der Staatsanwaltschaft. In welchem Umfang wusste er noch nicht. Schließlich blieb genug Geld von seinem Erbe übrig, um noch für viele Jahre gut davon zu leben. Sobald das Projekt in Hemer in trockenen Tüchern sein würde, war der nächste Gang, Manfred Deininger aufzusuchen. Friedrich wollte dann dem Polizeipräsidenten und unmittelbaren Vorgesetzten in Heilbronn seine Pläne auf den Tisch legen und zunächst eine Beurlaubung beantragen, später dann sein Gesuch für den vorzeitigen Ruhestand einreichen. Das war sein Plan. Wenn nicht noch irgendetwas dazwischen kam.

Friedrich war wieder auf dem Parkplatz angekommen und schaute kurz auf seine Pulsuhr. Zwölf Kilometer unter einer Stunde, wie geplant. Er schloss das Auto auf und setzte sich ans Steuer. Das Benachrichtigungslicht seines Smartphones, das auf der Konsole lag, blinkte. *Guten Morgen, mein grauer Panther. Ich hoffe, du hast genauso schlecht alleine geschlafen wie ich und genauso viel geträumt von mir wie ich von dir. Funk mich an heute Abend. Ich hab einen Homeofficetag, schreibe an einem Artikel und werde das Haus heute nicht mehr verlassen. Freu mich, deine Stimme zu hören. M.* Friedrich startete den Motor, öffnete das Dach des C1 und drückte den Knopf am Radio. Aus den Lautsprechern kamen die Scorpions mit *Still loving you.* Friedrich wusste nicht, ob er grinsen oder seufzen sollte. *Na, wenn das jetzt nicht passt*, grinste er, um dann aber doch noch zu seufzen. *Warum bist du nur so weit weg.* Er drehte den Lautstärkeregler noch ein Quäntchen höher, sodass die walkende Damengruppe, die gerade aus dem Waldweg auf den Parkplatz bog, erschrocken zusammenzuckte und ihn missbilligend anschaute. Er winkte den Damen fröhlich zu, gab Gas, sodass die Reifen auf dem Schotter knirschten, und fuhr fröhlich mitsingend vom Parkplatz.

Jetzt musste er sich aber sputen. Schnell zu Hause in Hirschenweiler unter die Dusche und ab aufs Revier.

Auf dem Weg von Hirschenweiler nach Öhringen klingelte das Handy. Er drückte den Knopf an der Freisprechanlage.

»Ich bin's, Chef, wo sind Sie?«, hörte er die aufgeregte Stimme seiner jungen Kollegin.

»Was gibt es denn so Dringendes, dass Sie mich auf dem privaten Handy anrufen? Ich bin auf dem Weg aufs Revier.«

»Ich bin gerade hier im Büro angekommen, und setzen Sie sich …«

»Hallo, liebe Frau Dambach, ich sitze doch schon, und zwar hinterm Steuer. Jetzt bleiben Sie mal ganz ruhig und erzählen, was los ist.« Friedrich bog von Weinsbach in Richtung Eckartsweiler auf die K2353 ab.

»Es gibt ein Lebenszeichen von Struck.«

»Was?« Friedrich hätte um ein Haar eine Vollbremsung hingelegt. »Wurde er gefunden?«

»Nein, das nicht. Arnulf Mertens hat einen Anruf bekommen mit eindeutigen Hinweisen und …«

»Was und?«, funkte Friedrich ungehalten dazwischen.

»Und einer Lösegeldforderung«, vollendete seine Kollegin den Satz.

»Ich bin in fünf Minuten auf dem Revier. Rufen Sie schon mal Mertens an, dass wir spätestens in einer halben Stunde bei ihm auf der Matte stehen.«

Friedrich legte auf und drückte aufs Gaspedal. Tatsächlich war er in weniger als fünf Minuten auf dem Parkplatz des Polizeireviers in der Karlsvorstadt. Im Sturmschritt stürmte er ins Büro.

Marie-Lena saß am PC und tippte auf der Tastatur. »Hallo, Chef«, sagte sie, ohne aufzusehen.

»Moment, ich will nur noch kurz meine Notizen abspeichern.«

»Dann hole ich uns schnell noch einen Kaffee. Für Sie einen Cappuccino wie gehabt?«

»Genau. Wunderbar, Chef, lieben Dank.« Konzentriert flitzten ihre Finger über die Tastatur, und ihr Blick verfolgte das Geschriebene auf dem Bildschirm. »So, das war's«, sagte sie, als Friedrich mit zwei Pappbechern zurückkam.

»Jetzt schießen Sie mal los, liebe Kollegin.« Friedrich sah Marie-Lena erwartungsvoll an, stellte den Pappbecher auf ihren Schreibtisch und setzte sich gegenüber an seinen Platz.

»Also Mertens hat vor gut einer Stunde in Heilbronn bei den Kollegen der Soko angerufen und mitgeteilt, dass es heute Morgen einen Telefonanruf gab. Der Anrufer oder auch die Anruferin, es sei nicht erkennbar gewesen, ob männlich oder weiblich, weil die Stimme stark verzerrt gewesen sei, habe erklärt, dass Olaf Struck am Leben sei und auch am Leben bleiben würde, sofern man sich einigen könne. So viel im Schnelldurchlauf, das, was ich hier auf dem Notizblock der Kollegen von der Soko habe. Mit Mertens habe ich soeben telefoniert und ihm gesagt, dass wir in der nächsten Stunde im Jagdschloss sein werden.«

»Gut. Gehen wir jetzt davon aus, dass Struck zwar schwer verletzt entführt wurde, aber lebt.« Friedrich nahm einen Schluck aus dem Pappbecher. »Verdammt, ist das heiß«, fluchte er und stellte den Becher zurück auf den Tisch.

»Seit gestern haben wir neue Becher für den Kaffeeautomaten, Chef. Die sind besonders wärmeisoliert. Da verbrennt man sich nicht wie früher die Pfoten beim Transportieren, sondern den Mund beim ersten Schluck. Aber jetzt wissen Sie das auch«, meinte Marie-Lena trocken.

»Und woher wollen *wir* wissen, dass Olaf Struck noch am Leben ist? Es wäre nicht der erste Entführungsfall, bei dem die Erpresser Lösegeld forderten, obwohl das Opfer schon längst tot war.« Sie schaute Friedrich herausfordernd an.

»Stimmt, natürlich haben Sie recht. Das war reine Spekulation«, stimmte ihr Friedrich zu.

»Dass Olaf Struck tatsächlich noch am Leben ist, halte ich für sehr unwahrscheinlich. Der hohe Blutverlust, und dann haben wir heute Dienstag. Das sind schließlich gut fünf Tage, nachdem er überfallen und entführt wurde.« Marie-Lena schüttelte zur Bekräftigung den Kopf.

»Okay, Dambach. Was haben wir sonst noch? Gab es neue Erkenntnisse bei Ihrem Gespräch mit Brockmann?« Friedrich versuchte zaghaft, nochmals einen Schluck aus dem Becher zu trinken.

»Ja, die gab es allerdings.« Marie-Lena nahm ebenfalls einen Schluck von ihrem Cappuccino und erzählte ihrem Chef von dem Gespräch mit Brockmann und seinen Andeutungen bezüglich der Investorengruppe der beiden Hotels in Bretzfeld und in Bad Mergentheim.

»Und was ist mit dieser angeblich kranken, aber untergetauchten Sommelière, dieser Jacqueline Schneider?«

»Da sind die Kollegen der Soko dran. Der Präsi hat uns nochmal zwei weitere Mann zur Verfügung gestellt«, antwortete Marie-Lena.

»Bestens«, sagte Friedrich, »dann sollen die Kollegen sich mal in Bretzfeld in diesem *Hotel zum Hohenloher Land* umhören und sich vor allem den Hotelmanager und diesen Marvin Rüdenauer zur Brust nehmen. Wir beide werden jetzt gleich nach Bad Mergentheim fahren und dasselbe im *Hotel Gloria* machen. Das ist ganz gut, wenn wir da parallel auftauchen. Damit ist dann aber unser gemeinsames Date nachher hinfällig. Können Sie das nach Heilbronn durchgeben, während ich mein Postfach kurz checke?« Friedrich wartete die Antwort erst gar nicht ab und widmete sich sofort seinem Rechner, während Marie-Lena zum Telefonhörer griff, um mit den Kollegen der Soko in Heilbronn die neuesten Ereignisse zu besprechen und den für zehn Uhr anberaumten Termin in Öhringen zu canceln.

11. KAPITEL

SÜSSSPEISE ODER NACHTISCH – ENTREMENTS OU DESSERT

Montag, 20. Juni 2016

Es war stockdunkel, als Olaf aufwachte und die Augen aufschlug. Er schloss die Augen sofort wieder und öffnete sie noch einmal. Es blieb dunkel. Er bewegte seinen Kopf und wollte nach dem Verband greifen. Es ging nicht. Er konnte seine Hände nicht bewegen. Trotz der Benommenheit wurde ihm sofort klar: Er war gefesselt, und dem rauen Stoff nach, den er an den Schläfen spürte, hatte man ihm auch die Augen verbunden. Er versuchte, sich vorsichtig zu rühren. Nichts. Weder Arme noch Beine konnte er bewegen. Er hörte das Knarren einer Tür und spürte einen leichten Windstoß. Dann ging ein Licht an. Das konnte er durch die Augenbinde hindurch wahrnehmen. Auch, dass plötzlich ein Schatten auf sein Gesicht fiel. Da ratterte wieder diese Sprechanlage, die er schon kannte, und er hörte diese verzerrte Stimme, die er schon gehört hatte: »Das nenne ich doch mal ein Bild von einem Mann. Ein ganzer Kerl. Geradezu ein Paradebeispiel für den Phönix aus der Asche. Am Samstag hat unser Doktorchen hier nicht daran geglaubt, dass du am Sonntag überhaupt noch einmal aufwachen wirst, und heute, einen Tag später, hast du an der Tür gerüttelt. Doktorchen musste dir deshalb wieder so eine kleine Schlafspritze geben, die dir gleichzeitig das Hirn vernebelt, und damit dass nicht wieder vorkommt, dass du einfach aufstehst, haben wir dich ein bisschen fixiert.«

»Genau so ist es. Und ich werde dir jetzt Blut abzapfen und deine nette Platzwunde am Kopf verarzten«, hörte Olaf eine tiefe männliche Stimme dicht über seinem Kopf, als auch schon ein wutentbrannter Schrei aus der Sprechanlage kam: »Du Schwachkopf. Halt dein Maul. Hab ich dir nicht gesagt, kein Mucks, wenn du ihn behandelst?«

»Aber, aber ... das hab ich vergessen«, hörte Olaf den angeblichen Arzt stammeln. »Und überhaupt ist doch scheißegal. Wir hauen den Koch doch sowieso in die Pfanne.« Die völlig verzerrte Stimme aus der Sprechanlage quietschte jetzt vor Lachen. »Der war gut, Doktorchen: Wir hauen den Koch in die Pfanne«, die Stimme überschlug sich fast vor Lachen, »aber erst drehen wir ihn durch ... du weißt schon, Doktorchen.« Das Gelächter war jetzt schrill, zynisch und bösartig. Olaf überlief ein eiskalter Schauer. Sein Bauchgefühl signalisierte ihm klar und deutlich, dass Gefahr drohte. Wieder versuchte er, sich mit seinen Atemübungen ruhig zu halten, als er in seiner Armbeuge einen Stich spürte: Man nahm ihm Blut ab. »Gib ihm noch was von dem Teufelszeug, das du ihm am Samstag schon gespritzt hast und das ihn so gut in Form gebracht hat«, schwappte die Stimme jetzt wieder auf normaler Tonhöhe durch den kleinen Raum. »Ich muss erst das Blut von unserem Sternekönig unter die Lupe nehmen. Zu viel von dem Powerschub, dann kollabiert das System und die Gefäße platzen.«

»Ach Doktorchen, wenn ich dich nicht hätte. Du bist ein Meister deines Fachs, und das auch noch bei unserer Spezies.«

Unsere Spezies? Die wabernden Puzzleteilchen in Olafs Kopf sortierten sich Stück für Stück. Der Typ, der ihm jetzt den Verband wechselte und die Wunde auf seinem Kopf mit einer Flüssigkeit betupfte, die wie Hölle auf seiner Haut brannte, war gar kein Arzt. Jedenfalls kein Humanmediziner.

»Pack den alten Verband in die Plastiktüte«, ordnete die Stimme an. »Morgen werden wir sehen, was unser Stern am Kochhimmel seinen Liebsten wert ist. Sowohl dem Chef als

auch dem Frauchen. Das Paket mit dem Sterneblut bringst du heute noch zur Post, Doktorchen … und schick unseren Kraftprotz noch ein bisschen ins Traumland.«

Nein! Olaf versuchte, sich gegen die Nadel, die er wieder in seiner Armbeuge spürte, zu wehren. Er hatte keine Chance. Die Gurte, mit denen man ihn an die Pritsche gebunden hatte, gaben keinen Zentimeter Spielraum. Frauchen … Caro … der Tierarzt … die falschen Schweine … Olaf schwanden die Sinne, bevor er seine Gedanken zu Ende bringen konnte.

*

Dienstag 21. Juni 2016

»Dann sind wir mal gespannt, wann der nächste Anruf kommt.« Marie-Lena und Friedrich fuhren auf der Kochertalstraße von Forchtenberg in Richtung Künzelsau. »Ich schätze mal, das wird keinen Tag dauern«, antwortete Friedrich seiner Kollegin.

Arnulf Mertens konnte ihnen vorhin im Jagdschloss keine weiteren inhaltlichen Details über den anonymen Anruf nennen als das, was sie schon aus der Notiz entnehmen konnten. Es sei eine verzerrte Stimme gewesen. Das Telefonat habe wohl nicht einmal eine Minute gedauert. Struck sei am Leben und würde es auch bleiben, wenn man sich einig würde. Dann sei wieder aufgelegt worden. Friedrich und Marie-Lena hatten daraufhin sofort veranlasst, dass die Kollegen in Heilbronn die Anrufverbindungen überprüften, und die Kollegen der Kriminaltechnik beauftragt, weitere Anrufe im Jagdschloss aufzuzeichnen. »Im besten Fall ist da was dran, Struck lebt, und wir haben es tatsächlich mit einer erpresserischen Entführung zu tun. Ich vermute allerdings, dass es ein Trittbrettfahrer ist, der die Nachrichten von Strucks Verschwinden gehört hat und nun versucht, Kapital daraus zu schlagen.«

Marie-Lena schaute ihren Chef fast vorwurfsvoll an. »Was habe ich Ihnen vorhin auf dem Revier schon gesagt? Es gibt auch den Typus Erpresser, der Lösegeld fordert, obwohl das Opfer schon längst tot ist.«

Friedrich fühlte sich ertappt. Er war heute tatsächlich etwas zerstreut. »Natürlich, Kollegin, stimmt, darüber hatten wir im Büro heute Morgen gesprochen, entschuldigen Sie bitte. Ich bin etwas abwesend«, meinte er zerknirscht.

Marie-Lena schaute ihn gespielt mitleidig an. »Das Alter, das letzte Wochenende oder der Fall Struck? Oder alles zusammen?«

»Sie sind mal wieder drauf und dran, den Bogen zu überspannen, wissen Sie das, meine liebste Kollegin?« Friedrich legte verärgert seine Stirn in Falten, und Marie-Lena biss sich auf die Lippen.

»Wie wollen wir das nun mit Caroline Struck handhaben?« Ablenkende Fragen stellen war immer gut.

»Das haben Sie sich bestimmt schon überlegt, oder?« Friedrich hatte natürlich Marie-Lenas Taktik durchschaut und konterte provokant.

»Okay, Chef, lassen wir die Spielchen.«

»Sie haben damit angefangen, nicht ich.« Friedrich schaute aus dem Fenster auf die Weinberghänge des Kochertals. Zwischen den Rebflächen gab es immer wieder Parzellen, die brachlagen und zu verbuschen drohten. Der Weinbau im Kochertal ging stetig zurück. Die Steillagen zwischen Forchtenberg und Ingelfingen waren schwer zu bewirtschaften, und Vollerwerbsbetriebe, welche ausschließlich vom Weinbau lebten, gab es schon lange keine mehr. Hier war der Weinanbau reine Leidenschaft und wurde nach Feierabend im Nebenerwerb betrieben. Für Touristen war das Kochertal gerade auch durch diese reizvolle Weinbaulandschaft ein beliebtes Ziel. Der Kochertalradweg war von Frühjahr bis weit in den Herbst hinein stark frequentiert, und einmal im Jahr gab es die Kochertaler Genießertour, die Besucher aus nah und fern anzog. Über 10.000 Teilnehmer verbuchte man bei diesem jährlichen Event, darunter auch viele überregionale Wandergruppen. Die Strecke führt gut 17 Kilometer entlang des Südhangs mitten durch die Weinberge. Und an den verschiedenen Stationen konnte man sich genüsslich an Speis und Weintrank laben.

»Sie haben meine Frage noch nicht beantwortet.« Marie Lena schaute ihn fragend an.

»Was schlagen Sie vor, Kollegin?«

»Jetzt haben Sie meine Frage mit einer Gegenfrage beantwortet. Aber gut, hier mein Vorschlag: Wir rufen nachher Frau Pils an, unsere Psychologin auf dem Präsidium. Sie hat sicher einen Tipp für uns, wie wir Caroline Struck sagen, dass ihr Mann entführt wurde und eine Lösegeldforderung eingegangen ist.«

»Vielleicht hat die Dame auch Lust, uns zu begleiten.« Friedrich schaute auf die Uhr. »Auweia, bis wir aus Bad Mergentheim wieder zurück sind, wird es schon später Nachmittag sein. Funken Sie am besten jetzt nach Heilbronn. Die Kollegen sollen das machen und möglichst noch im Laufe des Nachmittags. Es wäre schlecht, wenn Caroline Struck durch die Buschtrommel aus dem Hotel den neuen Sachverhalt erfährt.«

»Aber sie ist doch ziemlich abgeschirmt. So viel ich weiß, sind ihre Eltern jetzt bei ihr daheim und kümmern sich auch darum, dass sie und der Kleine keinen Aufregungen ausgesetzt sind«, entgegnete Marie-Lena, während sie gleichzeitig über Funk den Kontakt zum Präsidium in Heilbronn herstellte.

Friedrich musterte seine Kollegin von der Seite und hörte ihr aufmerksam zu, während sie souverän die Order an die Kollegen in Heilbronn weitergab. *Aus dem Küken könnte eine Führungskraft werden*, dachte er und schenkte ihr einen bewundernden Blick. Den Marie-Lena sofort mit einer aufsteigenden Röte im Gesicht quittierte.

»Sehen Sie was an mir, das ich nicht sehe? Ist womöglich mein Make-up verschmiert?«

Friedrich musste grinsen. »Dafür habe ich so gar keinen Blick. Ungeschminkt ist mir am liebsten, nicht nur die Wahrheit.« Er schaute sie immer noch von der Seite an, und langsam wurde sie verlegen und rutschte unruhig auf dem Fahrersitz hin und her. »Wenn Sie das sagen, klingt das irgendwie spöttisch. Also, warum schauen Sie mich so an?«

»Ich dachte gerade an meinen Ruhestand.«

»Ach, und was hat das mit mir zu tun?« Marie-Lena zog fragend die Augenbrauen nach oben, ohne den Blick von der Straße zu nehmen.

»Nun ja, mein Ruhestand bedeutet, dass es eine Nachfolge auf dem Kommissariat geben muss«, antwortete Friedrich und zupfte sich etwas verlegen am Ohr.

»Jetzt werden Sie bloß nicht melancholisch«, bemerkte Marie-Lena. »Da werden ja wohl noch ein paar Jährchen ins Land gehen, bevor Sie auf Ihrem Alterssitz die ruhige Kugel schieben.« Marie-Lena schaute ihren Chef an.

»Schauen Sie lieber auf die Straße als auf mich«, sagte Friedrich und grinste dabei. »Aber wenn Sie mich so direkt fragen: Das mit dem Ruhestand ist durchaus mein Ernst.«

»Was?« Marie-Lena trat unvermittelt aufs Bremspedal. »Also bitte, Kollegin. Wir fahren hier auf der Landstraße, und ich sehe kein Hindernis vor uns.«

»Das war der Schreck, den Sie mir gerade eingejagt haben.« Marie-Lena gab wieder Gas und wischte sich wie zur Bekräftigung mit dem Handrücken über die Stirn. »Puh. Als hätte ich nicht schon genug Aufregung mit dem Fall Struck. Jetzt kommen Sie auch noch mit so einem Blödsinn daher.«

Marie-Lena bog nun kurz vor Künzelsau nach links auf die B19 ab.

»Keine Bange, liebe Kollegin, ein bisschen bleibe ich Ihnen schon noch erhalten. Aber über kurz oder lang wird sich unser Polizeipräsident tatsächlich darüber Gedanken machen müssen, mit welchem Gespann er unser KKÖhr ausstatten möchte.«

»Jetzt machen Sie mich wirklich neugierig, Chef.« Marie-Lena schaute Friedrich wieder fragend von der Seite an.

Friedrich räusperte sich. »Gut. Sie müssen mir aber versprechen, dass alles, was ich Ihnen jetzt erzähle, hier im Wageninneren bleibt. Ich möchte, dass Deininger meine Pläne von mir erfährt und nicht von Dritten. Versprechen Sie mir das?« Friedrich hatte geheimnisvoll die Stimme gesenkt.

Marie-Lena nahm die rechte Hand vom Steuer und streckte Daumen, Zeige- und Mittelfinger in die Höhe. »Ich schwöre bei meinem Polizistinnenleben«, konterte sie ebenso verschwörerisch.

»Sie nehmen mich nicht ernst.« Friedrich wirkte jetzt beleidigt, und Marie-Lena merkte sofort, dass sie wieder mal übers Ziel hinaus geschossen war.

»Sorry, ist halt meine scheiß flapsige Art. Bitte, Chef, nehmen Sie's mir nicht übel.« Sie war jetzt wirklich zerknirscht. *Warum muss ich mich immer in diese dummen Fettnäpfchen stürzen*, schalt sie sich in Gedanken.

»Die Jugend und das Ungestüme.« Friedrichs Stimme klang versöhnlich, und Marie-Lena atmete auf. »Ich werde jedenfalls nicht erst mit 65 meinen Dienst quittieren.« Friedrich holte noch einmal tief Luft. *Vielleicht doch keine so gute Idee, der jungen Kollegin von seinem Plan vom vorzeitigen Ruhestand zu erzählen.* Er verscheuchte diesen Gedanken und begann zu erzählen: »Es gibt da ein Projekt im Sauerland, das mir sehr am Herzen liegt. Eine sozialtherapeutische Einrichtung für straffällige Jugendliche.« Er sah Marie-Lena erwartungsvoll an, aber seine Kollegin schwieg und tat so, als ob sie sich ganz auf die Straße konzentrierte. »Noch ist das Projekt nicht ganz in trockenen Tüchern, aber es läuft. Und ich werde deshalb bald das Gespräch mit Deininger suchen. Vorausgesetzt, die Nachfolge ist geklärt, werde ich dem Hohenloher Land den Rücken kehren.«

Marie-Lena strich sich nervös mit einer Hand durchs Haar. »Prima! Da bin ich gerade mal ein Vierteljahr an Ihrer Seite, und dann so was. Ich hatte zwar nicht vor, um Ihre Hand anzuhalten, aber auf eine längere Episode mit Ihnen hatte ich mich allerdings schon eingestellt.«

Friedrich musste bei allem Ernst der Sache einfach laut auflachen. Marie-Lena tat beleidigt und zog einen Schmollmund. Um gleich darauf prustend in Friedrichs Lachen einzustimmen.

»Wenn uns jetzt jemand sehen könnte. Zwei Kommissare mitten in der Ermittlungsarbeit eines Entführungsfalles auf dem Weg zu vielleicht wichtigen Zeugen, fröhlich lachend im Auto.« Marie-Lena hatte urplötzlich den gestrengen Blick des Polizeipräsidenten vor Augen und musste noch mehr lachen.

»So eine Zwerchfellerschütterung kann mitunter ganz entspannend sein, was nicht unbedingt schädlich ist bei schwierigen Ermittlungen«, meinte Friedrich trocken.

»Aber wieder zurück zu meiner Friedrichsruhe …« Jetzt konnte Marie-Lena sich gar nicht mehr halten vor Lachen. Sie passierten gerade die Ortsmitte von Dörzbach, und Marie-Lena fuhr rechts ran in eine Parkbucht vor einer Metzgerei. »Ach Chef, Sie sind echt zu drollig. Friedrichsruhe! Super, das muss ich mir merken, bis ich mal in Pension gehe. Das könnte dann etwa so heißen: Marlenchensruhe!«

»Ich bezweifle allerdings stark, dass man Sie zur Ruhe bekommt, so quirlig, wie Sie sind«, kommentierte Friedrich trocken. »Und wenn Sie jetzt wieder weiterfahren und dabei noch ernst bleiben, will ich Ihnen mal meine Überlegungen zur Nachfolge auf dem KKÖhr kundtun.«

Marie-Lena räusperte sich und fuhr wieder auf die Straße. Sie spürte instinktiv, dass das, was Friedrich ihr jetzt sagen würde, für sie wichtig war.

»Ich würde gerne auf dem KKÖhr ein junges Team aufbauen«, begann Friedrich zu erläutern. »Sie sind eine gute Polizistin, das habe ich auch nach wenigen Wochen schon erkannt. Als Führungskraft natürlich noch zu jung und auch zu unerfahren. Aber Sie haben durchaus das Zeug dazu. Ich würde gerne Deininger den Vorschlag machen, einen jungen Kollegen in Ihrem Alter, eventuell ein bisschen älter, mit ins Boot zu nehmen. Möglichst bald. Und nicht erst, wenn ich weg bin. Wir könnten im Trio arbeiten, und ich trete step by step den Rückzug an. Quasi den

Ruhestand in Teilzeit proben. Das ist sicher etwas ungewöhnlich, aber warum nicht ungewöhnliche Wege gehen?« Friedrich hatte sich geradezu in Euphorie geredet, während Marie-Lena immer wieder die Stirn runzelte.

»Kriminalhauptkommissar Friedrich von Bühl im Teilzeitjob. Stempelt morgens um acht und macht dann um 13 Uhr die Flatter, oder wie stellen Sie sich das vor?« Friedrich grinste.

»Dann fahr ich heim, koch mir ein Süppchen, leg die Füße hoch und zähl die Wolken am Himmel. Das wäre natürlich auch eine Option.« Jetzt musste Marie-Lena grinsen. »Vergessen Sie dabei die Hausarbeit nicht.«

»Liebe Frau Dambach, Sie wissen doch, ich bin von Adel, und da hat man so seine Butler und Perlen im Haus«, Friedrich gab dabei jedem einzelnen Wort den nötigen gezierten Tonfall.

»Wenn wir so weitermachen, sind unsere beiden Zwerchfelle bis Bad Mergentheim so erschüttert, dass wir gleich bei der Kurklinik vorfahren können«, lachte Marie-Lena schon wieder lauthals. »Natürlich kann ich mir in etwa vorstellen, wie Ihr Altersteilzeitmodell aussehen könnte. Sie wollen hier schon noch eine Zeitlang auf dem Posten bleiben, aber ab und an für ein paar Tage ins Sauerland verschwinden, um dort Ihr Projekt auf den Weg zu bringen. Sozusagen das Trapez wechseln, nachdem Sie lange genug geschaukelt haben. Sehe ich das richtig?«

Friedrich schaute sie wieder bewundernd an und gab unumwunden zu: »Perfekt, liebe Kollegin, und dazu noch formidabel formuliert.«

»Touché, Sie aber auch«, konterte Marie-Lena. »Jedenfalls hört sich das sehr spannend an, was Sie da vorhaben. Bin mal gespannt, was unser Präsi dazu sagt.«

Friedrich kratzte sich nachdenklich am Kinn. »Das bin ich auch. Aber noch ist es nicht so weit. Ich brauche noch den richtigen Zeitpunkt. Da werde ich mich wohl von meinem Bauchgefühl leiten lassen. Und nochmals: Das bleibt strikt unter uns.«

»Eines würde ich gerne noch wissen: Sie sagen, ein junger Kollege soll als Dritter mit im Bunde sein. Ich gehe mal davon aus, dass Sie schon ganz genau wissen, wer das sein könnte. Oder andersrum: Wen wollen Sie denn Deininger vorschlagen?« Marie-Lena schaute Friedrich gespannt an.

»Sie sollen doch beim Fahren auf die Straße schauen!« Friedrich deutete mit seiner Hand nach vorne. »Jakob Schäfer. Ich denke da an Jakob Schäfer. Sagt Ihnen der Name etwas?«

Marie-Lena tat, als ob sie konzentriert fahren würde. »Sie meinen unseren Kollegen vom Drogendezernat?«

»Genau«, bestätigte Friedrich. »Ich beobachte Schäfer schon länger. Der könnte gut zu uns, und später, wenn ich dann gar nicht mehr da bin, gut zu Ihnen passen.«

Marie-Lena versuchte, sich den Kollegen Schäfer im Kopf abzurufen. Viel hatte sie bislang noch nicht mit ihm zu tun gehabt. Er war Mitte 30 und galt als etwas arrogant. *Da werd ich wohl mal meine Studienkollegin Christin Albers befragen müssen.* Als ob Friedrich ihre Gedanken erraten könnte, sagte er: »Sie werden aber jetzt nicht gleich Ihre alte Freundin Albers anbaggern und Erkundigungen über den Schäfer einholen.« Seine Stimme klang ernst und mahnend. »Ich weiß wohl, dass Ihnen mein Coming-out keine Ruhe mehr lassen wird. Aber wenn ich Ihnen verspreche, dass ich bis spätestens Herbst Deininger informieren werde und wir dann auch offen darüber reden können, wir allerdings bis dahin den Deckel drauf lassen und auch kein Wort mehr darüber verlieren?«

»Gebongt, Chef! Werde das Gehörte ganz weit hinten abspeichern und erst wieder abrufen, wenn Sie das ›Go‹ geben. Aber doch noch 'ne Frage: wieso eigentlich erst im Herbst? Hat das etwas mit Ihrer Alpenüberquerung zu tun? Wollen Sie vielleicht Ihre Entscheidung noch über die Alpen wälzen, bevor Sie alles festzurren?« Jetzt kam die Polizistin in Marie-Lena durch.

»Respekt, Kollegin! Fragen über Fragen. Wie bei einem Verhör!« Friedrich frotzelte zwar, hatte aber natürlich Verständnis für die Neugierde der jungen Kommissarin. »Vielleicht könnten sich tatsächlich noch andere Sachverhalte ergeben, bis zum Sommer und bis nach Meran und vor allem wieder zurück«, meinte er geheimnisvoll.

Der Unterton in seiner Stimme war Marie-Lena nicht entgangen. »Da liegt so eine verliebt-zärtliche Betonung auf dem *Meran*. Und wenn Sie jetzt so gucken, sehen Sie so aus wie gestern Morgen, als Sie zu spät ins Büro kamen.«

Ertappt. Friedrich spürte, wie ihm die Röte ins Gesicht schoss. Zum Glück hatten sie gerade Stuppach passiert und fuhren auf der B19 kurz vor Bad Mergentheim. Plötzlich bog Marie-Lena nach rechts auf die B290 in Richtung Crailsheim ab.

»Wollten wir nicht nach Bad Mergentheim?«, meinte Friedrich trocken, allerdings auch froh, dass seine Kollegin die Hitze in seinem Gesicht nicht bemerkt hatte.

»Das *Hotel Gloria* liegt östlich am Rand von Bad Mergentheim. Wenn wir über Markelsheim fahren, sparen wir uns den Weg durch die Stadt.«

»Ich kann zwar Ihrer Logik nicht ganz folgen, aber Sie sind die Fahrerin. Dann machen wir eben einen kleinen

Umweg. Ich vermute, Sie wollen nur mal wieder Weinberge bestaunen, richtig?« Friedrich kannte den geradezu idyllisch gelegenen Weinort Markelsheim vor den Toren von Bad Mergentheim gut. Hier im Taubertal konnte man nicht nur gut essen, hier gab es zudem sehr gute Tropfen. Vor allem der Tauberschwarz mundete Friedrich vorzüglich. Diese Rebsorte, ein kräftig-fruchtiger Rotwein, gab es nur im Weinbaugebiet Tauberfranken. Die Rebsorte galt lange Jahre als ausgestorben und wurde erst vor zwei Jahrzehnten wieder verstärkt angebaut. Weinzähne schätzten den Tauberschwarz als leichten, unkomplizierten und fruchtigen Wein mit rauchigem Zartbittergeschmack im Abgang. Sogar die Organisation Slow Food e.V. entdeckte den Tauberschwarz und nahm ihn in die Arche des guten Geschmacks auf. In Markelsheim schätzte Friedrich vor allem auch die guten Weinstuben mit der typischen fränkischen Küche.

»Sehen Sie die beiden großen Weinfässer da oben mitten im Weinberg?« Marie-Lena deutete mit ihrem Kinn nach vorne. Friedrich konnte nur die grobe Richtung erahnen und ließ seinen Blick suchend über die Reblandschaft wandern. Jetzt hatte er die Weinfässer auch gesehen.

»Das sind Ferienwohnungen!«, erklärte seine Kollegin.

»Ferienwohnungen?« Friedrich schaute genauer hin. »Wie kommen Sie denn da drauf?«

»Ich habe da oben schon genächtigt und mich dabei verlobt!«

»Dass Ihnen fast alles zuzutrauen ist, weiß ich ja inzwischen. Aber in Weinfässern übernachten? War das jetzt nicht ein Scherz?«

Marie-Lena lachte auf und schüttelte den Kopf. »Nee, Chef. Das war kein Joke. Die Weinfässer gehören zum

Weinhof Lehr in Markelsheim. Conny Lehr ist Weinerlebnisführerin und macht auch Touren durch die Reblandschaften hier. Die Weinfässer oben auf dem Roggenberg stehen erst seit wenigen Jahren und kommen wohl super an bei den Feriengästen. Das müssen Sie unbedingt auch mal machen!«

»Im Weinfass schlafen?« Friedrich wirkte nicht sonderlich überzeugt. »Erzählen Sie doch mal, was ist denn das Besondere daran?«

»Es sind ein Wohn- und ein Schlaffass. Total gemütlich eingerichtet. Wenn es dann am Abend völlig ruhig wird, da oben am Roggenberg, ist das Idylle pur. Versorgt wird man mit einem Rotkäppchenkorb. Abends ein zünftiges Vesper, und am Morgen bringt Conny Lehr ein kerniges Frühstück. Die Familie hat einen landwirtschaftlichen Betrieb mit Weinbau, Brennerei und Ackerbau, und da fehlt es an nichts. Nachts im schnuckeligen Weinfass ist der Kuschelfaktor inbegriffen, also total romantisch. Da konnte ich dann auch nicht Nein sagen, als Micha mit seinen abgezupften Blümchen aus dem Weinberg um meine Hand angehalten hat. Tja, jetzt sind wir halt verlobt. Was nicht heißen muss, dass in naher Zukunft die Hochzeitsglocken läuten werden. Ich glaube, das hatte ich ja schon gesagt: Es ist nicht unbedingt mein erklärter Lebensentwurf. Und jetzt mit Ihrer Friedrichsruhe-Offenbarung rückt ein Familylife in noch weitere Ferne.«

»Ich könnte Ihnen stundenlang zuhören.« Friedrich schaute sie leicht spöttisch an.

»Glauben Sie bloß nicht, dass ich den Unterton nicht gehört habe. Sie machen sich schon wieder lustig über meine Redekunst.« Friedrich schlug sich mit der flachen Hand leicht auf seinen Oberschenkel. »Genau, das trifft es: Redekunst. Die werde ich wohl am meisten vermissen, wenn ich Sie nicht mehr um mich habe.«

»Noch ist es ja nicht so weit, und bis dahin dürfen Sie meinen Ausführungen und Erzählungen gerne lauschen.« Jetzt war es Marie-Lena, die ihre Mundwinkel leicht spöttisch nach unten zog.

Inzwischen fuhren sie durch Markelsheim. Mit rund 2.000 Einwohnern war dieser bekannte Wein- und Erholungsort direkt an der Romantischen Straße im Taubertal gelegen, auch der größte Stadtteil von Bad Mergentheim. Der malerische Dorfkern mit dem aufgehübschten Rathaus, der alten Dorfschmiede und den vielen herausgeputzten Gasthäusern war ein begehrtes Ziel der Touristen. Jetzt um die Mittagszeit bei herrlichem Wetter herrschte Hochbetrieb. Vor allem viele Fahrradfahrer waren in dieser Jahreszeit unterwegs und machten Rast in den vielen lauschigen Außenplätzen der Gasthäuser.

Marie-Lena bog nach links auf die L2251 in Richtung Ingersheim ab, und in Ingersheim fuhren sie weiter auf die B19 nach Bad Mergentheim. Schon von Weitem war das *Hotel Gloria* zu sehen.

*

Wer von beiden frustrierter war, Friedrich oder Marie-Lena, war schwer zu sagen, als die beiden nach rund eineinhalb Stunden wieder ins Auto stiegen. In der Küche des *Hotel Gloria* waren sie auf eine Mauer des Schweigens gestoßen. Der Hoteldirektor weile bei einer Besprechung aushäusig, und die Küchenmannschaft habe Anweisung, ohne Management an der Seite keinerlei Auskünfte zu geben. Friedrich drohte noch mit Vorladungen auf dem

Revier, was die Küchenbrigade allerdings auch kaltließ. Geschäftig hatten alle ihre Pfannen und Töpfe am Herd hin und her geschoben und bei allen Fragen mit den Schultern gezuckt. Natürlich kenne man Olaf Struck. Natürlich wisse man, dass der Küchenchef vom *Jagdschloss* im Heiligenwald seit dem vergangenen Donnerstag spurlos verschwunden war. Einen Zusammenhang allerdings mit dem *Hotel Gloria* hier in Bad Mergentheim wie auch dem *Hotel zum Hohenloher Land* in Bretzfeld, welches unter demselben Management stand, sei ausgeschlossen. Das war Tenor der Hotelangestellten. Unisono.

Marie-Lena hatte noch auf dem Parkplatz lange mit den Heilbronner Kollegen telefoniert, die zwischenzeitlich Marvin Rüdenauer im *Hotel zum Hohenloher Land* aufgesucht und befragt hatten. Rüdenauer und sein Team seien genauso gesprächig – beziehungsweise eben nicht gesprächig gewesen – wie die Bad Mergentheimer Küchenmannschaft. Allerdings hatten die Heilbronner Kollegen nicht den Eindruck, dass irgendetwas faul wäre. Man überprüfe derzeit noch die Aufenthaltsorte von Rüdenauer und dem Hotelmanager während der Zeit der mutmaßlichen Entführung von Olaf Struck am vergangenen Donnerstagvormittag. Weiter hatte man vom Polizeipräsidium aus an diesem Dienstag intensiv nach Jacqueline Schneider gesucht. Tatsächlich war sie an ihrem Wohnort in Verrenberg nicht angetroffen worden. Die Nachbarn in dem Mehrfamilienhaus bestätigten, dass Schneider schon seit mehreren Tagen nicht mehr gesehen worden war. Die Post allerdings sei abgeholt worden. Von wem, wisse man nicht. Schließlich ergaben die weiteren Nachforschungen, dass Jacqueline Schneider bei ihrer Mutter in Stuttgart war, was die dortigen Kollegen auch umgehend überprüften. Die Sommelière des

Jagdschlosses habe eine Krankmeldung vorgelegt, welche auch den Zeitraum der vergangenen Woche umfasst habe. Schneiders Mutter bestätigte die schwere Depression ihrer Tochter und gab zu Protokoll, dass sie ihre Tochter vergangenen Mittwoch direkt von der Arztpraxis in Öhringen mit nach Stuttgart genommen habe. Jacqueline Schneider war am Donnerstag, dem 16. Juni 2016 bei ihrer Mutter in Stuttgart gewesen. Definitiv. Und damit hatte sie ein Alibi.

*

Marie-Lena brach als Erste das Schweigen. Gut eine halbe Stunde waren sie schon im Auto unterwegs, zurück von Bad Mergentheim kurz vor Künzelsau. Seit der knappen Zusammenfassung der Lage nach dem Telefonat mit den Kollegen auf dem Parkplatz des *Hotel Gloria* hingen beide während der Fahrt ihren Gedanken nach. Jeder versuchte auf seine Art, die neuen Erkenntnisse zu sortieren.

»Mit diesem flauen Gefühl im Magen kann ich kaum noch konzentriert Auto fahren, geschweige denn klare Gedanken fassen.« Erst jetzt sah Friedrich, wie blass Marie-Lena war.

»Mädel, Mädel, wahrscheinlich haben Sie heut morgen wieder mal nur ein Croissant gegessen.«

»Quatsch. Ich war doch bei Brockmann, und da gab es richtig leckeres Frühstück. Das ist jetzt einfach ein Tief. Soll ja auch bei jungen und fitten Frauen vorkommen.«

»Solange Sie Ihren spitzfindigen Humor noch haben, kann das mit dem Tief nicht so schlimm sein.« Friedrich merkte allerdings auch, dass ihm jetzt eine kleine Pause gut tun würde. Er schaute auf das Display seines Handys. Es war kurz vor 16 Uhr.

»Wollen wir irgendwo einen Kaffee trinken?« Für Friedrich war die Frage mehr rhetorischer Natur.

»Ja gern, Chef. Ich brauch aber unbedingt noch eine Sättigungsbeilage dazu und hab auch schon 'ne Idee, wo und wie wir das organisieren können.« Marie-Lena war vor Künzelsau von der B19 auf die L1045 in Richtung Niedernhall abgebogen.

»Wenn Sie weiter nach Künzelsau gefahren wären, hätte ich jetzt sofort auch eine Idee gehabt.« Friedrich wunderte sich darüber, dass seine Kollegin auf die Kochertalstraße fuhr.

»Wir schauen bei Manfred und Gisela vorbei!« Marie-Lena war jetzt nicht mehr bleich wie noch vor ein paar Minuten, vielmehr waren ihre Wangen, wohl aus Vorfreude, leicht gerötet.

»Manfred? Gisela?« Friedrich standen die Fragezeichen förmlich in den Augen.

»Meine Schwiegereltern in spe«, strahlte ihn seine Kollegin an.

»Und da sollen wir jetzt an der Küchentür kratzen, oder wie? Eine ganz schlechte Idee, liebe Kollegin«, sagte Friedrich und verzog missmutig das Gesicht.

»Muglers Weinstube«, meinte Marie-Lena lakonisch. »Kennen Sie die denn nicht?«

Jetzt wurde Friedrich hellhörig. »*Die* Muglers Weinstube in Forchtenberg? Und der Manne Mugler von der Mundartband *Sunnâschei*?«

»Korrekt. Und die Eltern meines Verlobten!«

»Ach kommen Sie, das sind Ihre Schwiegereltern?« Friedrich schien sich sichtlich darüber zu freuen. »Das ist ja wohl die bekannteste und beliebteste Weinstube hier in der Region. Früher war ich mit meiner Frau und Freunden immer wieder mal dort. Jetzt so alleine allerdings eher selten. Wenn ich mich noch recht daran erinnere, war das im Herbst vergangenen Jahres das letzte Mal. Aber ist das Lokal nicht erst am Abend geöffnet?« Friedrich sah Marie-Lena fragend an. Die lachte und antwortete: »Stimmt. Deshalb werden wir doch an der Küchentür kratzen müssen und schauen, ob uns Gisela was in der Pfanne brutzeln kann.«

Marie-Lena bog in Forchtenberg in die Bahnhofstraße ab und fuhr direkt auf den kleinen Parkplatz der Weinstube. Vor dem Lokal war eine kleine Terrasse mit einladenden Tischgarnituren. Eine Frau war gerade dabei, die Tische abzuwischen und mit Blumensträußchen zu dekorieren. »Ja Marlenchen! Das ist aber eine Überraschung! Wie schön, dich zu sehen!« Die Frau wischte sich die Hände an ihrer Schürze ab und kam mit ausgestreckten Armen auf Friedrich und Marie-Lena zu. Sie umarmte Marie-Lena herzlich und drückte ihr Küsse links und rechts auf die Wange. Dann ging sie auf Friedrich zu und hielt ihm ihre Hand entgegen. »Marlenchens Beschreibung nach sind Sie bestimmt Kriminalhauptkommissar von Bühl und damit ihr Chef, hab ich recht?«

Friedrich lachte und erwiderte den freundlichen Händedruck. »Ist mir da etwa mein Ruf schon bis nach Forchtenberg vorausgeeilt?«

»Guter Ruf. Nur guter Ruf!«, meinte die Frau und stellte sich vor: »Ich bin Gisela Mugler, Marlenchens liebste Schwiegermama.«

»Noch nicht ganz«, warf Marie-Lena ein und schaute sich um. »Du bist gerade bei den Vorbereitungen für heute Abend?«

Gisela Mugler schaute auf die Uhr. »Ja, bei dem schönen Wetter heute wollen wir auch ein bisschen früher öffnen. Ab 17 Uhr kommen schon die ersten Gäste. Manfred ist in der Küche, geht doch schon mal rein, ich komme gleich nach.«

Friedrich und Marie-Lena betraten die urig-gemütliche Weinstube, die wie ein großes einladendes Wohnzimmer wirkte. »Hallo«, rief Marie-Lena in Richtung Küche.

»Hallo«, kam es prompt von dort zurück. Schon stand auch Manfred Mugler, mit einer langen karierten Küchenschürze um den Bauch gebunden, unter der Küchentür. »Ja meine Süße, du bist das! Mit dir hätte ich jetzt nicht gerechnet.« Manfred Mugler nahm Marie-Lena in beide Arme und drückte sie fest an sich. »Du bist aber nicht extra wegen uns hergefahren, oder?«

Marie-Lena schaute Mugler treuherzig an und säuselte: »Wo denkst du hin, natürlich sind wir nur wegen euch hier.«

»Lügen war noch nie deine Stärke, meine Süße. Bestimmt seid ihr auf der Durchreise, und weil dein Mägelchen geknurrt hat, hast du an uns gedacht.«

»Noch bist du nicht mein Schwiegerpaps, aber kennen tust mich ja schon gut.« Marie-Lena schnupperte in Richtung Küche. »Hast du denn schon was am Köcheln?«, fragte sie.

»Am Schnippeln«, antworte Manfred Mugler, »du weißt doch, ich bin nur für die Handlangerdienste zuständig, Herrin über Töpfe und Pfannen ist Gisela. Aber die ist noch draußen unterwegs, müsste allerdings gleich reinkommen.«

Marie-Lena setzte sich an die kleine Theke und deutete Friedrich an, sich neben sie zu setzen.

»Wir haben Gisela draußen schon begrüßt, sie deckt die Tische in der Laube. Kannst du mir ein großes Apfelsaftschorle machen, selbstverständlich von deinem selbst gepressten naturtrüben und garantierten Streuobstwiesenapfelsaft? Upps, das war jetzt fast ein Zungenbrecher.«

»Aber 100-prozentig flüssig«, kommentierte Friedrich. »Sie sind einfach eine wahre Redekünstlerin.«

Manfred Mugler lachte schallend. »Das haben Sie charmant ausgedrückt. Unser Quassel-Marlenchen, eine Redekünstlerin.« Er schaute Friedrich freundlich an und sagte: »Ich gehe davon aus, dass Sie der Chef von unserer Schwiegertochter sind?« Er wartete Friedrichs Antwort erst gar nicht ab und redete weiter: »Auch ein Streuobstwiesensaft oder lieber etwas anderes? Wir haben auch vergorenes Obst oder freilich einen guten Rebensaft aus eigenem Anbau.« Friedrich hatte sich eine auf der Theke liegende Karte genommen und studierte den Inhalt. »Das sind ja wirklich feine Tropfen, die Sie da aufgelistet haben«, staunte Friedrich, als er die umfangreiche Weinkarte las.

»Dafür sind wir bekannt. Guter Wein, das bin ich schließlich unseren Gästen schuldig. Kann ich Ihnen denn etwas besonders Feines empfehlen? Einen schönen Sauvignon blanc vielleicht oder einen wunderbar fruchtigen weißgekelterten Trollinger?«

»Das klingt sehr einladend, aber ich würde zunächst ebenfalls das Apfelsaftschorle bevorzugen.« Der Gedanke an einen schönen Sauvignon blanc war zwar durchaus verlockend, aber jetzt so auf fast nüchternem Magen nicht unbedingt angebracht.

»Ihr habt bestimmt Appetit mitgebracht.« Gisela Mugler kam zur Tür herein und strahlte.

»Aber deine Küche ist doch noch kalt«, meinte Marie-Lena.

»Ein Knopfdruck und schon brutzelt es in der Pfanne«, lachte Gisela Mugler und kam hinter die Theke. »Ganz frisch habe ich heute Morgen Blutwurstmaultaschen gemacht, die kann ich euch auf Sauerkraut servieren. Vorweg vielleicht noch eine Leberknödelsuppe?«

Friedrich lief zwar das Wasser im Mund zusammen, als er das hörte, aber irgendwie war ihm das heute, am späten und dazu noch heißen Nachmittag, zu üppig. Dennoch sah er Marie-Lena fragend an. Seine Kollegin hatte den Blick wohl richtig interpretiert und antwortete ihrer Schwiegermutter in spe: »Was würdest du davon halten, wenn du uns ein zünftiges Wengertervesper machst, und wir uns zusammen noch ein bisschen nach draußen in die Laube setzen?«

»Eine großartige Idee.« Gisela Muglers Augen leuchteten. »Komm doch mit in die Küche, dann kannst du mir helfen, und wir können dabei noch ein bisschen quasseln.« Marie-Lena hüpfte vom Barhocker und schaute Friedrich an: »Ich hoffe, das ist Ihnen recht mit dem Wengertervesper?«

»So wie Sie das sagen, vertraue ich Ihnen blind.«

»Was Sie nicht müssen. Entschuldigung, natürlich sage ich Ihnen, was da alles dabei ist. Also ein superfeines Rauchfleisch, dann gekochter Schinken, eine schöne Salami, Mett mit Zwiebelchen und Petersilie, Emmentaler Käse und ein cremiger Camembert. Dazu gibt es Gürkchen und herzhaftes Holzofenbrot. Na, wie klingt das?«

»Grandios herzhaft«, meinte Friedrich noch, aber da war Marie-Lena schon in der Küche verschwunden.

Manfred Mugler hatte inzwischen einen Krug mit naturtrübem Apfelsaft auf die Theke gestellt, dazu eine große Flasche Mineralwasser und zwei Gläser. »Bitte schenken

Sie sich ein und mischen Sie einfach selbst. Am besten, Sie probieren aber mal einen Schluck pur von unserem hauseigenen Apfelsaft.«

»Das ist ja sensationell. Ich wusste gar nicht, dass Apfelsaft *so* schmecken kann.« Friedrich nahm noch einen zweiten Schluck und schnalzte mit der Zunge.

»Das hier ist jetzt sortenreiner Apfelsaft«, meinte Manfred Mugler sichtlich stolz.

»Und was heißt das genau?«, wollte Friedrich wissen.

»Das hier ist der reine Saft vom gepressten Öhringer Blutstreifling, einer alten Apfelsorte, die heute nur noch auf Streuobstwiesen zu finden ist.«

»Das hört sich ganz schön aufwendig an – sortenreiner Apfelsaft«, bemerkte Friedrich und goss sich ein weiteres Glas ein.

»Wir haben hier im Dorf noch einen Einmannbetrieb, der das mit einer alten Presse macht. Die jeweilige Apfelsorte wird dort abgeliefert, und man bekommt den Saft dann in kleinen Gebinden. Ich habe drei verschiedene Sorten im Keller: Gewürzluike, Brettacher und eben den Blutstreifling. Wenn Sie wollen, hole ich die beiden anderen Sorten auch noch dazu, dann machen wir eine kleine Verkostung. Sie werden sehen, nein, natürlich schmecken, dass das ganz verschiedene geschmackliche Nuancen sind.« Manfred Mugler hatte vor lauter Begeisterung rote Wangen bekommen und schaute Friedrich fragend an. Noch bevor dieser antworten konnte, standen schon Marie-Lena und Gisela Mugler unter der Küchentür, beide jeweils beladen mit einem großen Holzbrett mit allerlei Delikatem darauf. »Fertig«, rief Marie-Lena und deutete mit dem Kinn in Richtung Eingangstür. »Lasst uns nach draußen gehen, ich hab jetzt einen Bärenhunger.«

Unter den schattigen Bäumen, gestärkt mit einem großartig mundenden Vesper und nach der Verkostung von drei verschiedenen Sorten Apfelsaft waren Friedrich und Marie-Lena nicht nur satt, sondern auch rundum zufrieden, zumindest was die eigenen Lebensgeister anging. Olaf Struck hatten sie unter der milden Nachmittagssonne und der lauschigen Laube vergessen. Als sich gegen 17.30 Uhr die Weinstube wie auch die Plätze im Garten schlagartig füllten, und Gisela und Manfred Mugler alle Hände voll zu tun hatten, war dies das Zeichen für die beiden Kommissare, sich wieder auf den Weg zurück nach Öhringen zu machen. Auf der Rückfahrt, wie immer war Marie-Lena am Steuer, brach es plötzlich aus ihr heraus: »Ich habe das Gefühl, wir waren bislang komplett auf dem Holzweg.« Friedrich, der von Speis und Trank gesättigt auf dem Beifahrersitz döste, schreckte auf. »Wo ist ein Holz im Weg?«

»Holzweg, Chef. Ich sagte, dass ich das Gefühl hab, dass wir bislang auf dem Holzweg waren. Die Schneider ist aus dem Rennen, und die vage Spur in die Küchen des *Gloria* und des *Tor zum Hohenloher Land* brachte auch keine neuen Erkenntnisse. Vielleicht gibt es ja noch etwas ganz anderes. Etwas, das wir bislang übersehen oder auch überhört haben.«

Friedrich war auf einen Schlag wieder ganz bei der Sache und ließ in Gedanken die letzten Tage Revue passieren. »Und diese anonymen Anrufe im Jagdschloss, die im Dezember letzten Jahres anfingen und über mehrere Woche gingen?« Marie-Lena schüttelte den Kopf. »Ich glaube nicht, dass das unsere Spur ist. Vielleicht tatsächlich nur ein Neider aus der Gastronomieszene, der sich artikulieren oder einfach nur wichtig machen wollte. Nein, da muss noch irgendetwas anderes sein. Das rieche ich förmlich.«

Friedrich schaute seine Kollegin nachdenklich an. Vielleicht hatte sie tatsächlich recht und den richtigen Riecher.

»Gehen wir zurück zu unserem ersten Besuch bei Caroline Struck im Krankenhaus. Sie erzählte von einer Sache, die ihren Mann wohl seit Wochen stark beschäftigt habe.« Marie-Lena fuhr auf der Höhe von Orendelsall rechts ab in einen Waldweg und hielt an. »Das geht mir gerade im Kopf herum.«

Friedrich sah Marie-Lena fragend an. »Und was genau kommt Ihnen in den Sinn?«

»Caroline Struck sagte, ihr Mann habe von einer großen Schweinerei gesprochen und dass ihm Beweise fehlten und er noch Informationen bräuchte. Wenn er die hätte, würden Köpfe rollen. Können Sie sich daran erinnern, Chef?«

Jetzt fiel es Friedrich plötzlich wie Schuppen von den Augen, und er konnte den Satz, den Caroline Struck sagte, wortwörtlich aus dem Gedächtnis abrufen. »Da könnte etwas dran sein, Kollegin. Da könnte wirklich was dran sein … Wir werden morgen Vormittag Frau Struck nochmals aufsuchen und sie gezielt danach befragen. Vielleicht fällt ihr dazu noch etwas ein, was für sie bislang nicht von Bedeutung war.«

12. KAPITEL

WÜRZBISSEN – SAVOURY

Dienstag, 14. Juni 2016

Ricarda Brenner hatte wohl die schlimmste Woche ihres Lebens hinter sich. Seit dem Telefongespräch mit Olaf Struck am vergangenen Dienstag verging kein Tag ohne die quälenden Kopfschmerzen und keine Nacht, in der sie sich nicht schlaflos von einer Seite auf die andere gewälzt hatte. Das hatte natürlich Auswirkungen auf ihre Tagesleistung. Ihrer rechten Hand, Ilona Doroschefski, fiel es als Erste auf. Zunächst hatte sie nichts gesagt. Als jedoch Ricarda immer fahriger, nervöser, unkonzentrierter und vor allem dazu noch bösartig wurde, konnte sich die Sekretärin nicht zurückhalten. »Seit Sie mit diesem Struck telefoniert haben, sind Sie völlig aus dem Rahmen«, stellte sie schon Ende letzter Woche fest. Ricarda versuchte zu beruhigen und meinte nur lakonisch: »Das ist wieder einmal eine besonders heftige und lang anhaltende Kopfschmerzperiode. Machen Sie sich mal keine Sorgen um mich. Ich musste meine Dosis Tramadol erhöhen, was nicht unbedingt bekömmlich ist.« Aber Ilona Doroschefski ahnte wohl, dass dies nur die halbe Wahrheit war. Irgendetwas war anders. Irgendetwas war faul. Gregor Dimir, den sie vor einer Woche wiederholt und vergeblich versucht hatte, anzurufen, war wie vom Erdboden verschluckt. Was wiederum nicht außergewöhnlich war. Der polnische Vorarbeiter war immer wieder mal für einige Tage oder auch Wochen im polnischen Katowice.

Das war schon zu Lebzeiten Rüdiger Brenners so. Brenner hatte seinem, wie er immer betonte, besten Mann im Schlachthaus einige Sonderprivilegien eingeräumt. Dazu zählten auch die mal mehr, mal weniger längeren Aufenthalte in Polen. In Katowice, der Heimatstadt von Gregor Dimir, hatte ein großer dänischer Konzern vor einigen Jahren einen riesigen Schlachthof gebaut. Einer der vielen Subunternehmer für den Schlachtbetrieb, die Zerlegung und Verarbeitung, die Verpackung und den Großhandel mit Fleisch und Fleischwaren war ein Großonkel von Gregor Dimir. Jeder einzelne Produktionsablauf wurde akribisch vom dänischen Konzern überwacht. Die Subunternehmer, allesamt Polen, und ihre Mitarbeiter arbeiteten im Akkord. 20.000 Schweine pro Tag wurden angekarrt und geschlachtet. 1.000 Schweine pro Stunde, 17 Schweine pro Minute. Die Tiere kamen aus Schweinemastbetrieben in Dänemark, Niedersachsen oder auch Polen selbst. Gregor Dimir stand seinem Großonkel nicht nur mit seinem Know-how aus dem Kupferzeller Schlachthof zur Seite. Dimir war auch der Mittelsmann für die ganz spezielle Vermarktung von Schweinehälften. Einige der Subunternehmer der Dansk-Polska Meal AG in Katowice hatten schnell herausgefunden, dass es durchaus möglich und sehr lukrativ war, Schweinehälften und einzelne Schweineteile aus dem Produktionsprozess zu schleusen und anderweitig zu vermarkten. Gregor Dimir stellte dazu den einen und anderen Kontakt zu mittelständischen Betrieben in Deutschland her. Diese kleinen Schlachthöfe hatten mitunter schwer zu kämpfen. Die hohen Investitionen, die laut EU-Verordnung in den vergangenen Jahren getätigt werden mussten, schlugen gerade bei mittelständischen Betrieben zu Buche, die damit, betriebswirtschaftlich gesehen, immer weniger rentabel wurden. Vielfach profitierten die Großmetzgereien mit eigenem Schlachtbetrieb noch von der Herkunftsgarantie der Schweine. Der Verbraucher legte gerade darauf immer mehr Wert. Den entsprechend hohen Preis wollte er aber dennoch nicht bezahlen und griff letztendlich zum billigen Schnitzel vom Discounter.

Rüdiger Brenner hatte genau diesen Spagat früh gemacht. Als er 2006 die Erweiterung und komplette Modernisierung des 1994 erbauten Schlachtbetriebes in Kupferzell fertiggestellt hatte, lastete die Investitionssumme in zweistelliger Millionenhöhe schwer auf seinen Schultern. Eine hypermoderne Betäubungsanlage, eine zum Teil robotisierte Schweineschlachtlinie, ein Gefriertunnel, Bearbeitungs- und Zerlegeräume, ein großer Tiefkühllagerraum und ein eigener Abkühlraum für die Schlachthälften verschlangen diese Millionenbeträge, durchwegs von seiner Hausbank finanziert. 150 Tonnen Schweinefleisch wurden pro Woche im Brennerschen Schlachtbetrieb verarbeitet. 2.000 Schweine ließen pro Woche dafür ihr Leben. Aber nicht jedes Schwein und nicht jede Tonne Fleisch waren Fränkisch-Hohenlohischer Herkunft. Für dieses Qualitätsfleisch zahlte der Verbraucher zwar einen Spitzenpreis, seine laufenden Kosten wie auch die Rückzahlung der Millionenkredite konnte Brenner kaum daraus bestreiten. So kamen ihm Gregor Dimir und sein Angebot der billigen Schweinehälften aus Katowice gerade recht. Die 50 Tonnen Sonderlieferung pro Woche tauchte in keinen Papieren auf und kam zusammen mit in Kupferzell geschlachteten Fränkisch-Hohenlohischen Schweineteilen in die Weiterverarbeitung. Für Rüdiger Brenner waren diese garantiert steuerfreien Mehreinnahmen ein Zubrot, das er nicht mehr missen wollte. Als er schließlich auf seinem Krankenbett lag und vom kurzen, aber schweren Krebsleiden gezeichnet war, rief er seine Tochter Ricarda zu sich. Dass seine Tochter ganz andere Pläne hatte, als den väterlichen Schlachtbetrieb weiterzuführen, wusste Brenner wohl.

Aber er konnte, auch als er schon schwer vom Tod gezeichnet war, sein einziges Kind gut unter Druck setzen.

Ricarda war schon als kleines Mädchen seltsam. Eine Einzelgängerin, die kaum mit anderen Kindern spielte. Im Gegenteil: In grundlosen Wut- und Gewaltausbrüchen biss, schlug und kratzte Ricarda andere Kinder. Im Kindergarten, auf Spielplätzen, auf der Straße. Oder sie stiftete andere Kinder zu Gemeinheiten an. Und sie quälte Tiere. Tauchte kleine Kätzchen unter Wasser oder jagte die Hühner so lange quer über den Hof, bis diese vor Erschöpfung umfielen. *Ein durch und durch böses Kind*, sagte damals schon Brenners Mutter, die mit im Haus wohnte. Er ignorierte geflissentlich das ständige Lamentieren seiner Frau und seiner Mutter über dieses schlimme Kind. Schließlich war es sein einziges Kind. Und Rüdiger Brenner sah nur das, was er auch sehen wollte. Wenn er spät abends nach Hause kam, saß seine Tochter oft noch in der Küche und hatte auf ihn gewartet, um ihrerseits über Mutter und Großmutter zu klagen. Müde und mit schwerem Kopf hatte dann Rüdiger Brenner seinem Töchterlein jedes Mal recht gegeben, um des Friedens willen. Seines Friedens willen. Erst als diese Sache mit Sven Köhler nach Jahren ans Licht kam, dämmerte es auch Rüdiger Brenner, dass seine Tochter ohne jedes Gewissen, ohne Angst, Furcht und vor allem ohne Mitgefühl durchs Leben ging. Er erkannte immer mehr ihr manipulatives Verhalten, ihr pathologisches Lügen und den oberflächlichen Charme, den sie an den Tag legen konnte, wenn sie einen Vorteil für sich witterte. Rüdiger Brenner konnte Ricarda nur noch die Stirn bieten, indem er ihr den Geldhahn auf und zu drehte. Damit hatte er sie in der Hand. Glaubte er. Vielmehr war es jedoch eines der vielen Spielchen von Ricarda, die ganz genau wusste, wie sie ihren Vater anpacken musste. Mit der Prognose, nur noch wenige Wochen zu leben, blieb Rüdiger Brenner schließlich nichts anderes übrig, als Ricarda, sein einziges Kind und Erbin seines Fleischimperiums, auf seine Firmenstrategie einzuschwören. Mit ihrem abgeschlossenen Studium der Wirtschaftswissenschaften konnte er ihr mit gutem Gewissen den Betrieb anvertrauen. Und er musste ihr damit auch Gregor Dimir und die Sonderlieferungen überantworten.

Ricarda Brenner hatte vergangenen Dienstag, nachdem sie mit Olaf Struck telefoniert hatte, in ihrer ersten Panik zwar nach Gregor Dimir verlangt, aber dabei war ihr sofort eingefallen, dass der Vorarbeiter nach Katowice gefahren war. Der Schlachthof der Dansk-Polska Meal AG lag außerhalb der Stadt in der Provinz, und Dimir war dort nicht immer auf dem Handy erreichbar. Am Donnerstag, dem 9. Juni 2016, zwei Tage nach dem Gespräch mit Struck, hatte Ricarda Brenner Gregor Dimir schließlich in der Leitung. Sie erzählte ihrem Vorarbeiter in allen Einzelheiten von dem Gespräch. Gregor Dimir war entsetzt gewesen, hatte seiner Chefin jedoch geraten, zunächst einmal ruhig Blut zu bewahren. Er käme so schnell als möglich zurück, dann müsse man das weitere und vor allem vorsichtige Vorgehen besprechen. Seitdem hatte Ricarda auf Gregor gewartet. Und nichts mehr von ihm gehört. Übermorgen nun war der große Event. Die Auszeichnung des Sternekochs. Struck hatte ihr am Telefon deutlich zu verstehen gegeben, dass sich an dem Ablauf und damit auch an dem Catering nichts ändern würde. Erst nachdem alles über die Bühne gegangen wäre, würde er die Bombe platzen lassen. Das Aus für Ricarda Brenner. Das Ende des Brennerschen Fleischimperiums. Mit jedem neuen Tag, an dem ihr Kopf vor Schmerzen zerbarst, und mit jeder neuen Nacht, die Ricarda ohne Schlaf zubrachte, reifte in ihr der Plan. Ein Plan, den sie notfalls auch alleine durchziehen wollte. Struck musste verschwinden. Verschwinden, bevor er mit der Bombe überhaupt hantieren konnte. Verschwinden noch vor diesem scheiß Event.

*

Dienstag, 21. Juni 2016

Um 18.35 Uhr fuhren Friedrich und Marie-Lena auf den Parkplatz des Polizeireviers in der Öhringer Karlsvorstadt. Eigentlich wollte keiner von beiden noch ins Büro. Vielmehr war Marie-Lena drauf und dran, Friedrich einen schönen Abend zu wünschen und sich dann zu Fuß in Richtung Öhringer Innenstadt und ihrer Wohnung in der Kirchbrunnengasse zu verabschieden. Friedrich hatte sich schon den Schlüssel seines Autos aus der Tasche gezogen und war auf dem Weg quer über den Parkplatz. »Frau Dambach und Herr von Bühl! Prima, dass sie heute auch mal wieder auftauchen!« Das war der kleine hektische Maxe Richter. Natürlich hieß der Kollege Richter nicht Maxe mit Vornamen, sondern Daniel. Aber so ziemlich alle Öhringer Polizeirevierler nannten ihn Maxe. Wohl, weil er immer gerne den dicken Max machte. Was keiner leiden konnte. »Was gibt es denn, Kollege Richter«, winkte ihm Friedrich müde zu. Daniel Richter stand unter der Tür des Hintereingangs vom Revier und fuchtelte wild mit den Armen. »Da werden Sie beide sich schon ins Büro bequemen müssen. Das kann ich nicht so zwischen Tür und Angel kundtun.«

Marie-Lena verdrehte die Augen und sah dabei Friedrich an. Der zwinkerte ihr zu, was wohl heißen sollte: *Ruhe bewahren, Kollegin. Der Maxe kocht nicht so heiß, wie er tut.* Marie-Lena setzte daraufhin ein charmantes Lächeln auf und rief dem Kollegen Richter zu: »Hallo Daniel, natürlich kommen wir ins Büro, was gibt es denn so Dringendes?« Daniel Richter fuchtelte noch wilder. »Sie sollen sofort unseren Polizeipräsidenten anrufen.«

»Aber doch nicht mehr um diese Uhrzeit. Unser Deininger macht immer kurz nach fünf Feierabend«, sagte Friedrich.

»Heute wohl nicht«, antwortete Richter, »jedenfalls hat er darauf bestanden, dass Sie sich bei ihm melden, egal, wie spät es ist.«

Marie-Lena und Friedrich machten also auf dem Absatz kehrt und gingen hinter Richter her in ihr Büro. Marie-Lena verschwand ›mal eben für kleine Mädchen‹, und Friedrich wählte die direkte Durchwahl von Manfred Deininger. Als Marie-Lena zurückkam, fand sie ihren Chef am offenen Fenster stehend, wo er deutlich hörbar die langsam kühler werdende Abendluft tief einatmete. »Und, Chef, was wollte unser Präsi noch von uns zu so später Bürozeit?« Friedrich drehte sich langsam um und schaute Marie-Lena an. »Er hatte gute und schlechte Nachrichten.« Marie-Lena antwortete mit einem fragenden Blick, und Friedrich redete schließlich weiter: »Olaf Struck lebt, aber er ist entführt worden, und es gibt nun auch eine konkrete Lösegeldforderung an Caroline Struck. Wir lagen mit unseren Spekulationen falsch. Noch kein Toter und kein Trittbrettfahrer. Deininger sagt, Caroline Struck habe heute am späten Nachmittag ein Paket über einen privaten Zusteller bekommen. Im Paket war gebrauchtes blutverschmiertes Verbandsmaterial, weiter ein Fotoausdruck, der Olaf Struck auf einer Liege zeigt, und ein Schreiben mit der Lösegeldforderung. Die Kollegen der Soko haben das Paket abgeholt, und das Material liegt jetzt in der Forensik. Der Schnell-DNA-Test hat allerdings schon gezeigt, dass das Blut eindeutig das von Olaf Struck ist. Das Paket, der Fotoausdruck und das Schreiben werden noch auf Fingerabdrücke und weitere Spuren untersucht.«

Während Friedrich erzählte, was ihm Manfred Deininger gerade am Telefon gesagt hatte, wurden die Augen von Marie-Lena immer größer. Als er geendet hatte, konnte sie zunächst nur ungläubig mit dem Kopf schütteln. »Und warum kommt die Geldforderung erst jetzt, sechs Tage nach der Entführung?«

»Vielleicht hat der oder die Entführer nicht damit gerechnet, dass Struck den Überfall und die Entführung in Waldenburg überlebt. Vielleicht war sogar sein Tod schon einkalkuliert, und man wollte seine Leiche entsorgen, stellte dann allerdings fest, dass der Mann gar nicht tot war.«

Marie-Lena hatte sich inzwischen an ihren Schreibtisch gesetzt, Friedrich folgte ihr und setzte sich gegenüber. »Was war auf dem Fotoausdruck genau zu sehen? Hat Deininger darüber etwas gesagt? Gibt es irgendeinen Hinweis auf das Motiv? Gibt es in dem Schreiben schon Angaben über einen Übergabeort des Lösegeldes?« Marie-Lena war jetzt so richtig in Fahrt gekommen. Die zermürbende Ungewissheit der vergangenen Tage hatte sich in eine Art Aufbruchstimmung verwandelt. Die Spannung, die nun in der Luft des kleinen Büros lag, war spürbar.

»Wir werden morgen früh in Heilbronn mehr erfahren«, sagte Friedrich.

»Heißt das nun, wir machen einfach so Feierabend, nach diesen neuen Erkenntnissen?« Marie-Lena schüttelte ungläubig den Kopf und biss sich trotzig auf die Unterlippe.

»Genau das machen wir nun. Oder haben Sie einen anderen Vorschlag? Sollen wir schon mal losgehen und Struck und seine Entführer suchen? Oder hier warten, bis sie von selbst auftauchen?« Friedrich schaute seine Kollegin amüsiert an. »Ganz im Ernst, Frau Dambach, ich verstehe, dass sie Blut geleckt haben und heiß auf den Fall sind. Es ist schließlich auch Ihr erster großer Fall. Aber wir *können* heute wirklich nichts mehr tun. Wir werden die Ergebnisse der Kriminaltechnik abwarten müssen. Deininger sagt, die Kollegen sind dran und werden bis morgen ganz sicher alles schwarz auf weiß auf dem Tisch haben.«

»Und was soll ich jetzt zu Hause machen? Vor Aufregung ins Sofakissen beißen?«

Friedrich lachte schallend. »Das habe ich gerade bildlich vor Augen, wie Sie Augen verdrehend und verkrampft auf der Couch sitzen mit einem Kissen zwischen den Zähnen.«

»Wie witzig«, Marie-Lena zeigte ihrem Chef die ausgestreckte Zunge.

»Ich werde Sie jetzt noch ein Stück in die Stadt begleiten und mir noch ein Feierabendbier gönnen und Sie sind hiermit herzlich eingeladen.« Friedrich tat so, als ob er die provokative Geste nicht gesehen hatte.

»Gute Idee und damit Einladung angenommen«, sagte Marie-Lena versöhnlich und nahm ihre Jacke von der Stuhllehne.

*

»Na, mein süßer Sternekoch. Hast du gut geschlafen?« Olaf schreckte auf, als er die Stimme hörte. Er hatte geträumt. Von Caroline und seinem kleinen Sohn. Von der anstrengenden Geburt und dem Glück, dieses kleine Bündel Mensch in den Armen zu halten. Von seinem Lampenfieber einen Tag vor dem Auftritt auf der Fernsehbühne mitten auf dem Öhringer Marktplatz. Von Arnulf Mertens, der ihn mit Lob überschüttet hatte, als er den zweiten Stern bekam. Von Jacqueline Schneider, die ihn mit dem Messer bedroht hatte. Von dem Kettenkarussell und dem Kribbeln im Bauch. Von seinem Sturz mit dem viel zu großen Fahrrad der Großmutter. Und von Ricarda Brenner. Ricarda Brenner, der jungen Chefin des Schlachtbetriebs Brenner aus Kupferzell.

»Ich hab dich etwas gefragt, Sternekoch. Und du wirst mir gefälligst antworten.« Jetzt wusste er, wem diese Stimme gehörte, die aus dem kleinen Kasten über der Tür durch den weiß gefliesten Raum schepperte. Ricarda Brenner. Er versuchte, sich wieder an seine Träume zu erinnern. Waren es alles nur Träume? Er beschloss, die Augen nicht zu öffnen und sich schlafend zu stellen. Er fuhr mit seinem Audi Q7 nach Waldenburg, und die Sonne schien hell an diesem Morgen. Warum hatte er sich darauf eingelassen, sich mit Ricarda Brenner auf dem Parkplatz der Waldenburger Sportschule zu treffen? Er versuchte, sich zu konzentrieren. Caroline tauchte vor seinen Augen auf. Er hatte ihr versprochen, ganz früh am Morgen ins Krankenhaus zu kommen, um mit dem Chefarzt zu reden. Er wollte, dass seine Frau und sein kleiner Sohn bei seiner großen Veranstaltung am Abend dabei sein konnten. Im Jagdschloss war alles vorbereitet. Noch ganz früh am Morgen war er in der Küche gewesen und hatte den Zeitplan und

den Ablauf des Abends durchgesehen. Auf dem Weg vom Heiligenwald nach Öhringen hatte sein Handy geklingelt. Eine ihm unbekannte männliche Stimme meldete sich. Er habe die Beweise, erklärte die Stimme, die Beweise, dass im Brennerschen Schlachtbetrieb seit Jahren eine ganz große Nummer laufe. Grelle Blitze schossen durch Olaf Strucks Kopf. Er öffnete die Augen und fasste sich instinktiv mit den Händen an seine Schläfen. Ihm war plötzlich wieder schwindelig. Die weiß gekachelten Wände schienen auf ihn zuzukommen, und das schwache Licht, das durch den schmalen Spalt über der Tür in den Raum fiel, war wie ein heißes Feuer. Seine Zähne klapperten, und seine Beine zuckten unkontrolliert. Da ging die Tür auf, und er nahm die Umrisse zweier Gestalten wahr. Beide traten in den Raum und kamen auf ihn zu. »Na, Sternekoch, ist dir kalt oder heiß? Oder warum zuckst du so? Unser Doktorchen hier wird dir wieder was Schönes spritzen, damit wirst du gleich weiter träumen. Du kennst doch noch unseren lieben Doktor vom Parkplatz in Waldenburg oben. Leider hat er dir da eine Nummer zu heftig verpasst, als er dir eine übergebraten hat. Das war so nicht geplant. Aber warum hast du dich auch umgedreht? Du hast dich zu weit aus dem Fenster gelehnt, Sternekoch. Hast in Sachen rumgeschnüffelt, die dich gar nichts angehen. Das konnte ich nicht dulden. Dass du jetzt hier bist, passt mir ganz und gar nicht. Eigentlich wollte ich dich gleich entsorgen. Aber uns ist etwas viel Besseres eingefallen. Wir haben heute getestet, ob du deinem Frauchen und deinem lieben Chef etwas wert bist. Die Antwort steht leider noch aus. Wir werden morgen nachhaken. Wenn alles nach Plan läuft, werden das Doktorchen und ich schon sehr bald über alle Berge sein und mit dem Sümmchen, das wir für dich bekommen, ein *neues Leben anfangen. Ganz im Gegensatz zu dir, mein lieber Sternekoch. Dein Leben müssen wir leider beenden, jetzt wo du weißt, wer wir sind. Keine Bange, wir werden dich so entsorgen, dass nichts mehr von dir übrig bleibt. Besser noch, mein lieber Sternekoch: Du wirst auch noch nach deinem Ableben andere satt machen.«* Olaf hörte noch das laute, schrille und hämische Lachen von Ricarda Brenner, als er den Stich der Kanüle in seiner Vene spürte.

*

Mittwoch, 22. Juni 2016

Friedrich hatte die Nacht genauso wie gestern auch im Lieblingssessel auf der Terrasse verbracht. Als ihn in der Morgendämmerung gegen 4.30 Uhr das laute Schreien der Schleiereule auf dem angrenzenden Nachbargrundstück aus dem Schlaf holte, reckte und streckte er sich unter seiner warmen Kamelhaardecke und überlegte, ob er sich noch zwei Stunden ins Bett legen oder doch lieber einen frühen Lauf machen sollte. Er entschied sich für nichts von beidem und blieb einfach so sitzen und lauschte den ersten Vogelgesängen des Tages. Im Osten war schon ein heller Streifen zu sehen, und im kleinen Dorf Hirschenweiler schienen alle noch zu schlafen. Friedrich freute sich über diese kostbare stille Zeit, in der er das Gefühl hatte, mit Gott und der Welt eins zu sein. *Das ist vollkommenes Glück,* dachte er und schaute gebannt in den langsam immer heller werdenden Himmel. Obwohl er nur knapp vier Stunden geschlafen hatte, fühlte er sich ausgeruht und erfrischt. Wahrscheinlich lag das an seinem Open-Air-Schlaf. Oder am Telefonat mit Muriel. Oder an seinem Traum …

Marie-Lena und er waren am Abend zuvor, als sie beschlossen hatten, noch irgendwo ein Feierabendbier zu trinken, nicht weit gekommen. Genauer gesagt nur bis zum Oberen Tor, das Karlsvorstadt und Poststraße trennte. Eigentlich wollte Marie-Lena in ihrer Wohnung in der Kirchbrunnengasse noch schnell einen warmen Pullover holen, danach wollten sie weiter zum Marktplatz, um im sardischen Restaurant zum Feierabenddrink noch eine Kleinigkeit zu essen. Marie-Lena quasselte ihm gerade die Ohren voll, als sie in Höhe des Hotels und Restaurants *Öhringer Hof* kurz vor dem Oberen Tor ein lautes »Hallo, Marie-Lena« hörten. Seine Kollegin hatte den Gruß sofort freudig erwidert und ihm ihre alte Bekannte, Viola Prinzler, die ab Juli das Restaurant führen sollte, vorgestellt. Viola Prinzler erklärte, sie habe bei ihrem neuen Arbeitgeber gerade Unterlagen abgeholt und sich überlegt, ob sie noch eine Kleinigkeit essen sollte. Und es würde sich doch anbieten, wenn Marie-Lena und ihre männliche Begleitung ihr dabei Gesellschaft leisten würden. Sie hatte dabei auf den einladenden Außenbereich des *Öhringer Hofes*, direkt an der Stadtmauer gelegen, gezeigt, und Marie-Lena hatte sofort freudig genickt. Friedrich war wenig erfreut gewesen über den Verlauf des Abends. Er hätte lieber mit seiner Kollegin entspannt und in Ruhe und wie geplant den Feierabend genießen wollen. Es kam dann auch so, wie er gedacht hatte: Marie-Lena und ihre Bekannte Viola waren wie auf Knopfdruck am Schnattern und Gackern. Er hatte sich ein großes saures Radler bestellt und beschlossen, nicht nur eine Kleinigkeit, sondern noch ein richtiges Dinner zu sich zu nehmen. Die Vesperplatte bei Muglers in Forchtenberg war zwar üppig und sehr lecker gewesen, aber dieser Nachmittagsimbiss lag doch schon wieder einige Stunden zurück, und ihm war nach einem warmen Abendessen. Lange musste er die Speisekarte nicht studieren, die geschmorte Kalbshaxe mit Rahmpolenta und sautierten Thymian-Honig-Spargel sprang ihn regelrecht an. Die beiden jungen Frauen nahmen mit einem großen Salatteller vorlieb und konnten sich beim Essen dabei munter weiter unterhalten. Als Friedrich sein butterweiches, und wie er feststellte und auf Nachfrage auch bestätigt bekam, auf Niedrigtemperatur geschmortes Kalb genüsslich verspeist hatte, bestellte er sich noch ein Glas Spätburgunder und hörte den beiden Frauen zu. Viel konnte er mit der Unterhaltung, die die beiden führten, nicht anfangen. Es ging dabei um Themen, die für ihn weit weg waren. Das zurückliegende Studium, die vielleicht bald kommenden Kinder, die zu erwartende Karriere, die aktuelle Steuerersparnis und zukünftige lukrative Kapitalanlagen. Das alles war für ihn nicht nur weit weg, vielmehr schon längst abgehakt. Als ihn dann noch Viola Prinzler in ein Gespräch verwickeln wollte und dabei offen und für alle erkennbar mit ihm flirtete, verspürte er ein heftiges Unwohlsein und eine noch heftigere Sehnsucht nach diesen tiefen und innigen Gesprächen am vergangenen Wochenende mit Muriel. *Es mag wohl Männer geben, für die eine Frau, die ein gutes Vierteljahrhundert jünger ist, das große Los ist*, dachte er sich und schüttelte unbewusst den Kopf: *für mich definitiv nicht.* Als er seinen Spätburgunder getrunken hatte, verabschiedete er sich von den beiden jungen Damen und beschloss, noch ein paar Schritte alleine durch die Stadt zu gehen. Weit kam er allerdings nicht. Plötzlich sah er an diesem späten und lauen Sommerabend nur noch verliebte engumschlungene Pärchen und entschied sich dafür, nach Hause zu fahren. Auf dem Weg zum Parkplatz des Polizeireviers, wo sein Auto stand, vibrierte das Handy in seiner Sakkotasche. *Hi, mein grauer Panther! Leider wird es heute Abend nichts mit Telefonieren. Ich bin mit Connor unterwegs in Bozen und muss danach noch zu einem Elternabend. Das kann ziemlich spät werden. Hab dir aber heute Nachmittag eine lange E-Mail geschrieben. Ist doch auch was, oder?* Friedrich überlegte noch, wieso er die WhatsApp, die Muriel wohl schon heute Nachmittag geschrieben hatte, erst jetzt bekam, als das Handy wieder brummte. Diesmal war es ein Bild, das die Passerterrassen in Meran zeigte. Dem Licht nach zu urteilen, aufgenommen am frühen Abend. Auf dem Parkplatz angekommen, setzte er sich in seinen C1 und antwortete: *Meine Süße im fernen Meran! Hab deine Nachricht erst jetzt 22.30 Uhr bekommen. War mit meiner Kollegin nach Feierabend noch etwas essen und fahre jetzt nach Hause. Dort werde ich mich auf die Terrasse setzen und warten … bis du vielleicht doch noch anrufst?*

Aber Muriel hatte nicht mehr angerufen. Oder er hatte es nicht mehr gehört, als er in Hirschenweiler angekommen, sich seinen Quittenbrand eingeschenkt hatte und es sich in seinem Sessel auf der Terrasse bequem machte. Ihm schwirrte der Kopf … der lange Arbeitstag, die Wende im Fall Struck, der wenig geruhsame Abend mit den beiden schnatternden jungen Frauen … Der intensive Duft der Quitte stieg ihm in die Nase. Aber noch etwas betörte ihn an diesem späten Abend. *Vanille West Indies.* Der rote Schal, den Muriel am Sonntag in seiner Göttin vergessen hatte, lag unter dem Polster des Sessels. *Richtig*, sinnierte er, er hatte ihn gestern schon hier auf der Terrasse in den Händen gehabt und sein Gesicht, vor allem aber seine Nase hineingetaucht. *Ja, so ist das mit uns grauen Panthern. Wir können schon wieder ganz schön verliebt sein.* Mit diesem verführerischen exotischen Duft, den er aus dem Seidentuch durch die Nase sog, war er immer tiefer in seinen Lieblingssessel versunken … und in seine Erinnerung an diese zwei unbeschreiblichen, unglaublichen märchenhaften Tage mit Muriel.

*

Sie waren an dem späten Samstagnachmittag des 18. Juni 2016 noch lange im Langenburger Schlosscafé gesessen. Nicht ein Krümel der Erdbeer-Mascarpone-Torte war noch auf dem Teller gewesen, als die Kellnerin den Tisch abräumte. Friedrich hatte Muriel mit der Kuchengabel immer wieder kleine Erdbeerstückchen in den Mund geschoben. Dabei hatten sie sich einfach nur in die Augen geschaut, ohne ein Wort zu reden. Erst als plötzlich ein feucht-kühler Wind vom Jagsttal nach oben auf den Bergsporn zog, hatte sich Muriel fröstelnd an ihre nackten Oberarme gegriffen, schließlich ihre Jacke, die sie lässig über ihre Schultern gehängt hatte, übergezogen und den roten Schal um den Hals geschlungen.

»Du wolltest mich festnehmen, Herr Kommissar«, sagte Muriel, und aus ihren Augen blitzten tausend Funken.

»Fest*halten* will ich dich, nicht fest*nehmen*«, antwortete Friedrich. Er beglich die Rechnung, und sie verließen die Terrasse des idyllisch gelegenen Cafés nur wenige Meter vom Langenburger Schloss entfernt. Auf dem Parkplatz vor dem Automuseum zeigte er ihr stolz seine Göttin. Muriel war erst sprachlos, dann brach es aus ihr heraus: »Mein Gott, Freddie, ist das wirklich dein Auto?

Machst du auch keine Scherze? Du bist bei der Bullerei, wie kommst du zu so einem Prachtstück?«

Friedrich schmunzelte und zwinkerte ihr dabei zu. »Ein Jackpot, ein ganz besonderer Jackpot!« Dabei öffnete er die Beifahrertür seines Citroen DS 21 Cabrio und wies Muriel mit einer galanten Handbewegung an, sich in das schwarze Lederpolster zu setzen. Als er auf dem Fahrersitz neben ihr den Zündschlüssel drehte und seine Schöne das ihm vertraute surrende Motorengeräusch machte, konnte das Bild nicht perfekter sein. *Was für eine wundervolle, wunderschöne Frau neben mir, was für ein herrlicher Sommerabend, was für eine Nacht, die auf mich wartet.* Friedrich beschloss, von Langenburg über Mulfingen, Hohenbach und Herbsthausen nach Weikersheim zu fahren. Ganz gemächlich und über die Landstraßen waren das gut 35 Minuten. Muriel genoss diese Fahrt offensichtlich. Sie ließ ihr kupferrotes Haar im Fahrtwind wehen, wickelte ihren roten Schal um das Handgelenk und streckte den Arm dann weit zur Seite aus dem Fenster. Als sie in Weikersheim ankamen, war es kurz nach 20 Uhr. Friedrich suchte einen Parkplatz in unmittelbarer Nähe des Weikersheimer Schlosses. Die Parkplätze waren alle belegt, und doch war es jetzt am Samstagabend erstaunlich ruhig auf dem großen Platz vor dem Schloss. Als wenige Minuten später Streicherklänge aus den halb geöffneten Fenstern des Schlosssaales drangen, wusste Friedrich sofort, warum der Platz um das Schloss wie leer gefegt war. »Hohenloher Kultursommer«, sagte er zu Muriel, die ihn daraufhin fragend anschaute. »Heute ist wohl eine Veranstaltung im Schloss. Hier in Weikersheim finden während des Hohenloher Kultursommers Konzerte statt«, erklärte er weiter. Muriel zog leicht die Augenbrauen nach oben: »Hohenloher Kultursommer?« Friedrich lachte und meinte weiter: »Ein Musikfestival vom Feinsten. An verschiedenen Spielorten in ganz Hohenlohe gibt es mittlerweile über 70 Konzerte über den Sommer verteilt. Damit ist der Hohenloher Kultursommer auch weit über die Region hinaus bekannt. Wenn ich gewusst hätte, dass du während der Saison hier bist, hätte ich uns selbstverständlich Karten besorgt.«

»Nächsten Sommer dann«, sagte Muriel und legte ihren Zeigefinger auf die Lippen. »Lass uns doch einen Moment hier sitzen und zuhören.« Damit zeigte sie auf eine Steinbank im Schlosshof. Gut eine halbe Stunde saßen sie Seite an Seite und lauschten der Musik. Friedrich hatte einen Arm um Muriels Schulter gelegt und sie sanft an sich gezogen. Muriel hatte die Augen geschlossen und ihren Kopf in Friedrichs Halsbeuge geschmiegt. *Ein Moment für die Ewigkeit,* dachte Friedrich noch, als tosender Applaus aus den Fenstern des ersten Stockes in den Schlossinnenhof brandete. »Signal für die Pause«, kommentierte er und streichelte Muriel sanft über ihren Nacken. »Lass uns gehen, hier wird es sicher gleich ziemlich turbulent und laut werden.« Kaum hatte er das gesagt, kamen schon die ersten Konzertbesucher in den Innenhof und nahmen Kurs auf den Getränkestand. Friedrich zog Muriel an der Hand von der Sitzbank hoch und führte sie durch den Torbogen in den Barockgarten des Schlosses. Während die Konzertbesucher sich bei Sekt, Wein oder einem Bier im Schlosshof wohl über das Konzert unterhielten, war der Weikersheimer Schlossgarten um diese späte Zeit menschenleer und unglaublich friedlich. Friedrich und Muriel gingen Hand in Hand an Blumenrabatten, Skulpturen und duftenden Rosensträuchern entlang, bis die Konzertbesucher nach der Pause wieder auf ihren Plätzen waren und es langsam dunkel wurde. »Du frierst«, stellte Friedrich fest, als er mit seiner Hand sanft über Muriels Unterarm strich. »Ja, langsam ein bisschen«, entgegnete Muriel und blieb stehen. Friedrich konnte nicht anders und nahm ihren Kopf in seine Hände und küsste sie. Er schmeckte ihre süß-salzigen Lippen und spürte ihre Zunge, die sich sanft vortastete. *Großer Himmel, wann hatte er so etwas das letzte Mal erlebt?*

»He, Freddie, weißt du noch damals in Bochum bei unserem ersten Treffen in diesem Straßencafé in der Fußgängerzone? Du hast mich anschließend zur Haltestelle der Stadtbahn begleitet. Es war Herbst und an jenem späten Abend ziemlich kalt. So ähnlich wie heute. Da hast du mich geküsst. Genauso geküsst wie jetzt. Ich habe das nie vergessen. Diesen Moment, dieses Gefühl, diesen Geschmack auf meinen Lippen. Komm, lass uns gehen.«

Schweigend gingen sie zurück zum Auto. Schweigend fuhren sie zurück nach Langenburg. Als Friedrich auf den Parkplatz des Wellnesshotels *Marvin* fuhr, legte Muriel ihre Hand sanft auf seine Hand. »Komm«, sagte sie wieder. »Komm mit.« Die Rezeption des *Marvin* war zu dieser späten Stunde nicht mehr besetzt. Muriel hatte für ihr Zimmer wie für den Hotelzugang einen Schlüssel, und auf Zehenspitzen gingen sie den Gang entlang, bis Muriel vor einer Tür stand und diese aufschloss. »Nicht schlecht, Muriel Kiefer«, entfuhr es Friedrich, als er die luxuriöse Suite sah. »Und genau das, was zu dir passt.« Er zog sie fest an sich und strich ihr mit den Händen über den Rücken. »Ein ganz besonderes Ambiente für eine ganz besondere Frau.« Muriel hatte inzwischen ihre Schuhe abgestreift und drehte den Wasserhahn der Badewanne, die mitten im Zimmer stand, auf. Dann ging sie zur Tür der Terrasse und öffnete sie. Kühle, aber angenehme Luft durchströmte den Raum. Friedrich stand wie angewurzelt, als Muriel zuerst ihr Kleid, dann ihre Strümpfe, ihren BH und ihren Slip abstreifte. Nackt und unbeschreiblich anziehend stand sie vor ihm und stieg in die Badewanne, die inzwischen ein Schaummeer war. »Komm«, sagte sie wieder. »Komm«, und ihre Augen funkelten. »Wie war das vorhin mit den Stunden?«

»36 Stunden von heute Nachmittag gerechnet bis Montag früh.« Friedrich konnte den Satz kaum aussprechen, so trocken war sein Mund. Muriel streckte die Hand nach ihm aus. »Dann lass uns keine Zeit verlieren.«

Wie lange sie in dieser Samstagnacht zusammen in der Badewanne lagen, daran konnte sich Friedrich nicht mehr erinnern. Konserviert auf Lebenszeit hatte er allerdings dieses Gefühl, Muriel Haut an Haut zu spüren. Sie lag mit dem Rücken zu ihm auf seinem Oberkörper und hatte ihren Kopf an seine Brust geschmiegt. Er spielte mit ihrem kupferroten Haar und wickelte dabei immer wieder eine Strähne um seine Finger. Muriel ließ Schaumflocken auf seinen Oberschenkeln tanzen und fuhr mit ihren Fingerspitzen sanft über seine kräftigen Beinmuskeln. Die Beleuchtung im Zimmer war ausgeschaltet, und der Mond, der hoch über dem Jagsttal stand, tauchte den Raum in ein mildes, warmes Licht. Später, viel später hatten sie die Badewanne mit dem großen breiten Bett getauscht. Und sich geliebt. Immer wieder. Wild und sanft, zärtlich und fordernd, ungestüm und vorsichtig … bis sie irgendwann im Morgengrauen erschöpft und glücklich in einen tiefen Schlaf fielen.

Den Sonntagvormittag verbrachten sie noch lange im Bett, bevor sie auf der wunderschönen Terrasse des *Marvin* mit seinem unbeschreiblichen Ausblick über das Jagsttal ausgiebig frühstückten. Muriel wollte sich noch ein paar Notizen über Langenburg und das Umland machen, und so beschlossen sie, eine kleine Wanderung nach Bächlingen zu unternehmen. Der malerische Ort am Fuße von Langenburg, direkt an der Jagst gelegen, hatte vor allem auch idyllische Badeplätze am Wehr. Als sie den kleinen verschlungenen Weg hinunterliefen, fiel Muriel das blaue Wegzeichen mit der gelben Muschel auf. »Das ist ja ein Jakobsweg«, rief sie erfreut. Friedrich schmunzelte und erklärte: »Wir gehen hier gerade auf der Nummer 26 der deutschen Jakobswege.«

»Das muss ich unbedingt in meine Reisenotizen aufnehmen. Weiß du mehr über diesen Abschnitt hier?« Friedrich nickte mit dem Kopf und sagte dann: »Die Nummer 26 geht von Rothenburg ob der Tauber bis nach Rottenburg am Neckar. Wie lang dieser Abschnitt des Jakobsweges ist, weiß ich leider nicht. Ich kenn nur die Strecke hier durch Hohenlohe, und die ist gut 60 Kilometer lang.«

»Bist du denn den Weg auch schon gelaufen?« Muriel schaute ihn mit einer Mischung aus Verliebtsein und Bewunderung an.

»Ja sicher. Es ist eine sehr schöne und auch abwechslungsreiche Strecke.«

»Dann hast du ja schon Übung für den großen Jakobsweg, oder?« Muriel lachte und schaute ihn neugierig an.

»Das war mir tatsächlich schon öfter mal eine Überlegung wert, aber dazu braucht man schließlich doch ein paar Wochen Zeit. Vielleicht wäre das etwas, wenn ich meinen Dienst quittiert habe, mal schaun.«

»Bis dahin hast du ja dann doch noch ein paar Jahre, mein grauer Panther.«

Friedrich musste schmunzeln. »Meinst du mit Panther das Raubtier in mir?«

Muriel sprühten wieder diese tausend Funken aus den Augen, die er schon kannte. »Wenn ich an heute Nacht denke, kommen wir dem geschmeidigen und starken Panther schon näher …« Sie warf ihren Kopf in den Nacken, schüttelte ihr kupferrotes Haar und sah ihm dann tief in die Augen. »Und die grauen Silbersträhnen in deinem blonden Haupthaar stehen dir außerordentlich gut. Da würde ich doch glatt George Clooney stehen lassen.« Friedrich nahm spontan ihr Gesicht in die Hände und küsste sie leidenschaftlich.

»Wenn wir uns weiter so fortbewegen beziehungsweise eben nicht bewegen, kommen wir erst nach Einbruch der Dunkelheit da unten an«, sagte Muriel und deutete auf die Häusergruppe im Tal. Friedrich hatte gerade noch überlegt, ob er ihr an dieser Stelle von seinen Plänen des vorzeitigen Ruhestandes erzählen sollte, als Muriel munter weiterredete: »Wie wäre es, wenn du mich im Sommer in Meran besuchst, verbunden mit einer kleinen Wanderung?«

»Eine sehr gute Idee«, entgegnete Friedrich, »und was meinst du genau mit *kleiner Wanderung*?«

Muriel blieb wieder stehen und musterte ihn von oben bis unten. »So wie du trainiert bist, darf es wohl eine größere Wanderung sein. Ich dachte da an eine Alpenüberquerung. Beispielsweise von Oberstdorf nach Meran. Das schaffst du locker in einer Woche, und ich komme dir dann auf dem Meraner Höhenweg entgegen.«

»Keine schlechte Idee«, sagte Friedrich und zog sie spontan an sich. »Und was bekomme ich für die Mühsal?«

»Hoffentlich keine Blasen an den Füßen.« Muriel konnte sich das Lachen dabei nicht verkneifen.

»Weißt du, dass du albern bist?«, sagte Friedrich gespielt streng.

»Das sind Verliebte immer! Aber im Ernst: Ich würde mich freuen, wenn wir das so planen könnten. Vielleicht Anfang August? Da wäre Connor für die Ferienzeit bei seinem Vater in Kanada, und ich hätte dann ganz viel Zeit für dich. Wir könnten uns in meinem kleinen Ferienhaus oben in Schenna einnisten, und ich würde dir deine wunden Füße massieren und dich verwöhnen. Nun, grauer Panther, wäre das nicht die Mühe wert?«

»Das klingt wie ein Hauptgewinn. Das Angebot kann ich nicht ausschlagen. Aber dann lerne ich allerdings deinen Sohn nicht kennen. Schade!«

Muriel hatte Friedrich schon im Langenburger Schlosscafé am Samstagnachmittag von Connor erzählt. Ihr Sohn war elf Jahre alt und lebte bei ihr in Meran. Den Vater von Connor, ein Kanadier, hatte sie noch in Bochum kennengelernt und war mit ihm auf seine Pferderanch nach Kanada gegangen. Dort lebte sie ein paar Jahre, aber als Connor geboren wurde, hatte sie diese Einsamkeit in der kanadischen Wildnis nicht mehr ausgehalten. Jake Roberts, ihr Exmann, war darüber sehr traurig, hatte ihre Entscheidung, mit dem kleinen Sohn nach Europa zurückzugehen, allerdings akzeptiert. Der mehrfache Millionär, der auf seinen Grundstücken in der Provinz Alberta reiche Ölvorkommen besaß, ließ es Frau und Kind an nichts fehlen und kaufte auf Muriels Wunsch eine schöne Stadtwohnung in Meran und ein kleines, aber luxuriöses Domizil im außerhalb gelegenen Dorf Schenna. Muriel betonte, dass sie ihren Mann immer noch lieben würde, aber auf eine Art, die von großer Freundschaft und Wertschätzung gekennzeichnet sei. Connor hatte sich schnell in Südtirol zu Hause gefühlt, und sie habe als freischaffende Reisejournalistin wieder Fuß in der Medienbranche fassen können. Anfangs, als Connor noch klein war, hatte sie sich auf Reiseberichte aus Südtirol spezialisiert. Später, als sich eine gute Freundin in Meran als Tagesmutter für Connor anbot, hatte sie ihren Radius erweitern können. Und wenn Connor in den Ferien bei seinem Vater auf der kanadischen Ranch war, reiste sie quer durch ganz Europa. »Reisen und schreiben, das war schon damals dein Traum, als du noch bei der WAZ warst«, hatte sich Friedrich bei ihren Erzählungen erinnert, und Muriel hatte genickt und gestrahlt: »Dass du das noch weißt!«

In Bächlingen angekommen hörten sie fetzige Jazzklänge aus Richtung der Jagst. »Stimmt«, tippte sich Muriel an die Stirn, »das hat man mir vorgestern im Hotel wärmstens ans Herz gelegt: Jazzfrühshoppen auf der Jagstinsel bei der Mosesmühle!« Sie schaute auf ihre Uhr. »Oh je, das Konzert wird wohl nicht mehr lange gehen.«

Sie beschlossen, den Swing einfach von Weitem zu genießen, und setzten sich an ein lauschiges Plätzchen gegenüber der Jagstinsel. Muriel zog ihre Schuhe aus und hielt ihre Füße in das vorbeifließende Wasser. »So könnte ich jetzt noch ewig sitzen. Mit angenehm kühlen Füßen und mit diesen heißen Blicken von dir!« Sie lachte tief und gurrend, sodass Friedrich nicht anders konnte und sie einfach rücklings ins Gras zog. Dort lagen sie eng umschlungen wie zwei verliebte Teenager beim heimlichen Rendezvous. Am späten Nachmittag stiegen sie wieder den schmalen Weg nach oben und machten noch einen kleinen Spaziergang durch Langenburg. Muriel wollte unbedingt in diesem Café Bauer diese weltberühmten Wibele kaufen. Sie schaute in ihren Notizblock. »So heißt dieses Gebäck, oder, Freddy? Du kennst dich doch hier aus.«

»Aber unbedingt musst du Wibele kaufen. Am besten gleich eine Großpackung. Deinem Sohn werden die sicher auch schmecken. Kennst du denn die Geschichte dieses kleinsten Gebäcks der Welt?«

»Ich hab vor der Reise ein bisschen recherchiert, aber eigentlich nur flüchtig und das heißt, du darfst mir ruhig eine lehrreiche Lektion in Sachen Langenburger Süßgebäck erteilen.«

»Madame, das mache ich doch gerne«, antwortete Friedrich, legte seinen linken Arm nach hinten in den Rücken und machte eine leichte Verbeugung.

»22 Millimeter lang und zwölf Millimeter breit ist dieses Biskuitgebäck. Erfinder der Wibele war Christian Carl Wibel. Und der war anno 1763 der Hofkonditor des Langenburger Fürsten. Das war damals natürlich noch richtige Handarbeit, so ohne irgendwelche Maschinen diese winzigen Teigkleckse zu backen. Wibel nannte wohl deshalb seine Kreation ›Geduldzeitlich‹. 1911 wurde das Gebäck als ›Echte Langenburger Wibele‹ schließlich patentiert und kommt heute, wie du schon richtig recherchiert hast, in der ganzen Welt herum. Selbst die englische Königsfamilie lässt sich unsere Hohenloher Wibele munden. Das musst du auch unbedingt in deinen Reisebericht mit einbauen: 1965 war die Queen mit Gemahl hier bei der Fürstenfamilie zu Gast und naschte vor der Kamera Wibele. Und vor drei Jahren besuchte Prinz Philipp das Café Bauer und ließ sich die Produktion erklären. Genügt das als kleine Wibele-Lektion?« Friedrich grinste breit, als ihn Muriel sprachlos anschaute.

»Wie aus Wikipedia. Perfekt! Du solltest mit mir reisen und mir als wandelndes Lexikon zur Verfügung stehen.«

»Da wüsste ich aber schönere Dinge, bei denen ich dir zur Verfügung stehen könnte.« Er zwinkerte ihr dabei frech zu.

»Ach Freddie, was sind wir herrlich albern, obwohl wir zu den ›Best Agern‹ gehören.« Muriel wurde plötzlich ganz still und sagte traurig: »Die Stunden mit dir fühle ich wie Jahre. Du bist mir so vertraut und nah, wie noch kein Mensch zuvor. Ich kann gar nicht daran denken, dass wir uns schon morgen wieder trennen müssen.«

»Dann denk jetzt einfach nicht dran«, sagte Friedrich und hob mit seiner Hand ihr Kinn in die Höhe. »Du kaufst jetzt deine Wibele, dann gehen wir ins Hotel zurück und machen uns noch einen entspannten Nachmittag im Spa. Schließlich musst du doch auch darüber schreiben, nicht wahr? Und mir kommen beim Schwitzen immer die besten Ideen!«

Die Wellnesslandschaft des Designhotel *Marvin* ließ für Saunisten keine Wünsche offen: Eingebettet in eine Natursteinlandschaft beherbergte das noch relativ neue Hotel in Langenburg auf gut 4.000 Quadratmetern Dampfsauna, Waldsauna, Salzgrotte, Floating-Pool und vieles mehr. Auf dem fast 30 Meter hohen Turm des Hotels befanden sich zudem noch eine Panoramasauna, ein Außenpool und eine gepflegte Bar. Als sie im Hotel ankamen, war an diesem späten Sonntagnachmittag nicht viel los im Spa, und die Ruhe war einfach himmlisch. Sie lagen auf bequemen Liegestühlen im Außenbereich am Waldrand und ließen sich die späte Abendsonne auf die nackte Haut scheinen. Sie beschlossen das Dinner auf der Terrasse des Restaurants einzunehmen und den lauen Sommerabend schließlich in der Turmbar mit einem Drink zu beschließen. Später in Muriels Suite standen sie lange schweigend und engumschlungen auf dem großzügigen Balkon und schauten in den sternenklaren Himmel. Es war ihre letzte gemeinsame Nacht.

*

Sapperlot, Friedrich fluchte innerlich, als er auf das Display seines Handys schaute. Es war schon kurz vor halb acht. 4.30 Uhr war wohl eindeutig zu früh gewesen, um wach zu bleiben. Er war doch noch einmal eingeschlafen. Diesmal hatte ihn aber keine Schleiereule auf Beutefang geweckt, sondern die Müllabfuhr, die äußerst geräuschvoll die Mülleimer am Straßenrand einsammelte, mit viel Getöse leerte und wieder zurückstellte. Ein Geräusch, das diesen wunderschönen und sonst noch stillen Morgen trübte und in Friedrichs Ohren schmerzte. *Aber gut,* dachte er. *Wer weiß, wann ich sonst aufgewacht wäre.* Er ging barfüßig zum Briefkasten an der Hofeinfahrt des Anwesens und fischte die Tageszeitung heraus. Für einen Espresso und eine schnelle Lektüre der wichtigsten Nachrichten reichte die Zeit noch. Um Viertel vor acht stand er unter der Dusche, und fünf vor acht saß er in seinem C1 und war auf dem Weg nach Öhringen ins Revier. Um halb neun wollten Kollegin Dambach und er nach Heilbronn zur Soko-Besprechung aufs Präsidium fahren. Dann sollten sie auch die kompletten Auswertungen der Kriminaltechnik zu dem Paket, das Caroline Struck gestern per Boten zugestellt bekam, auf dem Tisch haben. Marie-Lena traf fast zeitgleich mit Friedrich auf dem Revier ein. »Moin, moin«, trällerte sie fröhlich und ging schnurstracks auf den Kaffeeautomaten im Flur zu.

»Das war aber jetzt kein astreines Hohenlohisch, stimmt's oder hab ich recht?«, amüsierte sich Friedrich.

»Ich hab mir gestern Abend noch einen Tatort aus Kiel reingezogen, da blieb das ›moin moin‹ einfach haften.« Sie zuckte mit den Schultern, stellte den Becher auf das Abtropfgitter und drückte die Taste mit der Aufschrift Cappuccino.

»Haben wir hier nicht schon genug Tatort? Hätten Sie mal lieber Rosamunde Pilcher angeguckt. Das wäre wenigstens ein Ausgleich.«

Marie-Lena nippte am Becher und schüttelte sich. Friedrich wusste allerdings nicht, ob es am wohl zu heißen Cappuccino lag oder an Rosamunde Pilcher.

»Also Chef, der Tatort hat mich inspiriert. Die beiden Kommissare tappten bis zum Schluss im Dunkeln, und alle Spuren lösten sich in Luft auf. Dann kam die entscheidende Wende. Ein anonymer Anrufer lieferte den Mörder samt Versteck ans Messer. So könnte das doch bei uns auch laufen?«

Friedrich schaute seine junge Kollegin milde lächelnd an, wusste allerdings nicht so genau, ob sie das nun aus Spaß gesagt hatte oder diesen Tatortmumpitz wirklich ernst meinte.

Marie-Lena kicherte plötzlich und prustete dann vor Lachen los, als sie sein Gesicht sah. Friedrich hatte schon Angst, dass sie ihren Cappuccino verschütten würde, der gefährlich im Becher hin und her schwappte. »Chef, hallo? Sie haben doch nicht im Ernst geglaubt, dass ich das ernst meinte? Bin ich Lieschen Müller mit der Kittelschürze oder Marie-Lena Dambach, Kriminalkommissarin mit abgeschlossenem Studium? Jetzt haben Sie mich gerade echt enttäuscht.« Marie-Lena tat so, als ob sie schmollte, grinste ihn dann allerdings an und schob sich an ihm vorbei in Richtung Büro. Friedrich holte sich noch einen doppelten Espresso und folgte ihr nach.

»Schauen Sie doch schnell bei den Kollegen vorne auf dem Schirm nach, ob die Autobahn heute frei ist. Ich möchte nicht zu spät zur Besprechung kommen.«

Marie-Lena verschwand und kam fünf Minuten später zurück. »Kein Stau, aber dichter Verkehr bis zum Weinsberger Kreuz«, meldete sie ihrem Chef.

»Dann fahren wir los, wer weiß, wie sich die Verkehrssituation noch entwickelt.«

Zwischen Bretzfeld und dem Weinsberger Kreuz standen auf der rechten Seite Lkw an Lkw, und auf der Überholspur ging es nur im Schritttempo vorwärts. Trotzdem schafften sie es, pünktlich auf dem Präsidium zu sein. Manfred Deininger, die gesamte Soko ›Stern‹ und Kollegen der Kriminaltechnik waren schon im Besprechungsraum, als Marie-Lena und Friedrich dazukamen. Das Paket und dessen Inhalt lagen in der Mitte des Tisches. Blutverschmiertes Verbandsmaterial, ein Fotoausdruck, der Olaf Struck zeigte, und eine nur mit wenigen Sätzen bedruckte DIN-A4-Seite. Im Labor hatte man zunächst den DNA-Abgleich mit dem Blut auf dem Verbandsmaterial gemacht: Es war eindeutig Körperflüssigkeit von Olaf Struck. Fingerabdrücke waren lediglich auf der Außenseite des Pakets zu finden gewesen. Es waren viele verschiedene Abdrücke, sodass daraus zu schließen war, dass das Paket durch viele Hände ging. Der Abgleich mit der Datenbank brachte keine Übereinstimmung. Sollte der Täter das Paket angefasst haben, so war er nicht registriert. Interessant waren die beiden DIN-A4-Seiten. Das Foto wie auch die Lösegeldforderung waren auf demselben

Drucker ausgedruckt worden. Allerdings ein Standarddrucker, der in jedem zweiten Büro stehen dürfte. Das Foto schien mit einem Handy aufgenommen und später von einem Computer ausgedruckt worden zu sein. Am unteren Bildrand waren Datum und Uhrzeit zu sehen: Montag, 20. Juni 2016, 13.47 Uhr. Caroline Struck hatte schon gestern Nachmittag den Mann auf dem Bild eindeutig als Olaf Struck identifiziert. Die Aufnahme zeigte Olaf Struck auf einer Art Pritsche liegend mit geschlossenen Augen und einem Verband um den Kopf. Es war nicht eindeutig ersichtlich, ob er noch lebte. Auf dem zweiten Blatt Papier stand in wenigen Sätzen die Lösegeldforderung:

Der Sternekoch sollte euch etwas wert sein. Wenn ihr ihn lebend und vor allem in ganzen Stücken zurückhaben wollt, müsst ihr eure Konten leer räumen. Wir erwarten eine Summe von zwei Millionen Euro. Wo und wann, werden wir euch noch mitteilen. Bald. In den nächsten Tagen.

Auch dieser Ausdruck brachte keine bedeutenden Erkenntnisse. Keine Fingerabdrücke oder sonstige Spuren auf dem Papier. Die Schrift Times New Roman, eine Standardschrift in jedem Word-Programm. Einzig das Verbandsmaterial erregte bei den Kriminaltechnikern Aufmerksamkeit. Die vormals sterile Wundkompresse und die Mullbinde waren einem Hersteller zuzuordnen, der ausschließlich Wund- und Verbandsmaterial für die Tiermedizin, vor allem für große Tiere wie Pferde oder Kühe, herstellte. »Wow«, entfuhr es Marie-Lena. »Das könnte auch erklären, dass Olaf Struck offensichtlich ärztlich versorgt wurde. Aufgrund der Blutspur und vor allem der großen Blutmenge am vergangenen Donnerstag stand die These im Raum, ob er mit dieser Verletzung überhaupt überleben würde.

Friedrich klopfte mit der Hand auf den Tisch und sagte bewundernd: »Sieh da, mein Küken! Gut kombiniert, Kollegin Dambach!«

Marie-Lena spürte, wie ihr eine leichte Röte ins Gesicht schoss. Die Kollegen der Kriminaltechnik, alles alte Hasen, verdrehten die Augen und hauchten ihr einen simulierten Kussmund zu.

»He, verarschen kann ich mich auch selbst.« Marie-Lena blitzte die Tischrunde wütend an.

Friedrich legte ihr beschwichtigend seine Hand auf den Arm. »Jetzt nehmen Sie das nicht so ernst, Kollegin Dambach. Unsere Laborratten hier sind so junge, intelligente und dazu noch attraktive Kolleginnen am Tisch nicht gewohnt.«

Polizeipräsident Manfred Deininger schluckte schwer und sah seinen Öhringer Kriminalhauptkommissar vorwurfsvoll an: »Das mit den Laborratten war hoffentlich nur einer Ihrer Scherze aus dem dunklen Sauerland.«

»Entschuldigung, Chef«, entgegnete Friedrich zerknirscht. »War wirklich unterste Schublade mit den Laborratten. Auch wenn es nicht mein Feld ist, weiß ich doch, was die Kollegen der Forensik leisten.«

Diese hatten sich offensichtlich schon von der Runde verabschiedet und waren plötzlich verschwunden. Deininger war jetzt alleine mit Marie-Lena und Friedrich. »Was werden Sie als nächsten Schritt tun?«

Friedrich konnte nicht einschätzen, ob die Frage direkt und ehrlich gemeint war oder provokant. »Ich verstehe nicht, wie Sie das meinen?«, konterte er deshalb. Deininger sah ihn nur an und sagte nichts.

»Kollegin Dambach und ich werden gleich anschließend zu Caroline Struck fahren. Vielleicht gibt es eine neue

Nachricht, vielleicht ist ihr auch noch etwas eingefallen, an das sie sich gestern nicht erinnern konnte. Dann werden wir Arnulf Mertens aufsuchen. Im Raum stehen zwei Millionen Euro Lösegeld. Und es stellt sich die Frage, ob und wer dieses Geld aufbringen will und kann.«

»Welche Hilfe brauchen Sie von mir?« Deininger wirkte plötzlich müde, als er Friedrich anschaute.

»Zunächst mal keine. Ich melde mich bei Ihnen, sobald es neue Erkenntnisse gibt.«

13. KAPITEL

NACHTISCH ODER SÜSSSPEISE – DESSERT OU ENTREMENTS

Der KUKA-Roboter führt ein Kreismesser und ›sieht‹ über ein Bilderkennungssystem, wenn er die 70 bis 120 Kilogramm wiegenden Schweinehälften optimiert vorschneidet. Er beginnt mit einem Kurvenschnitt entlang der Kontur der Wirbelsäule, den gekrümmten Kotelettschnitt. Dann folgen je ein horizontaler Schnitt über der Schulter und am Schinken sowie der spezielle norwegische Mørbrad-Schnitt, bei dem der Sechsachser die Haltung des Kreismessers in zwei Winkel von 15 und 20° verändert. Die Schnittführungen werden über das Control Panel der Robotersteuerung als Punkte beziehungsweise Linien programmiert und mit Hilfe des Vision-Systems an- und abgewählt. Die Schweinehälften, die nachts im Kühlhaus hingen, fahren an zwei Bahnen eines Deckenförderers links und rechts am KR 125 vorbei. Dadurch kann der KUKA-Roboter kontinuierlich und somit zeitsparend nach zwei Seiten arbeiten. Beide Bahnen wurden mit Fixiereinrichtungen und einem Bilderkennungssystem inklusive zwei Kameras versehen, sodass der KR 125 nicht auf die Auswertung nur eines Vision-Systems warten muss. Zuerst prüft aber eine mechanische Vorrichtung, ob die an dem jeweiligen Lastaufnahmehaken hängende Schweinehälfte mit ihrer offenen Seite zu den Kameras zeigt. Andernfalls wird der Haken automatisch gedreht. Danach stoppt die Hälfte in der definierten Bearbeitungsposition, in der sie seitliche Arme mechanisch fixieren. Ergänzend schiebt sich eine mit Saugnäpfen ausgestattete Fixierplatte von hinten gegen die Schweinehälfte, und ein im unteren Bereich installierter Nackenhalter klappt hoch. Dann misst das Bilderkennungssystem vier Punkte an der Wirbelsäule, die Lage des Schlossknochens und zwei Punkte am Bein. Die Fixierungen bleiben beim Messen und Schneiden in Position. Nur der Nackenhal-

ter schwenkt weg, wenn das Vision-System arbeitet oder ihm das Kreismesser beim Kurvenschnitt zu nahe kommt. Sobald der KR 125 seine Aufgabe beendet hat, lösen sich die Fixierungen. Daraufhin fährt die Schweinehälfte am Deckenförderer in einen Zwischenpuffer, der es ermöglicht, dass die folgende manuelle Feinzerlegung größere Mengen zusammenhängend bearbeiten und außerdem ihre Zeit flexibler einteilen kann.

(Quelle: KUKA Roboter GmbH, Augsburg)

*

Olaf war kalt. Schrecklich kalt. Er saß, zusammengekauert und die Arme fest um die Knie geschlungen, in der Hocke auf den weißen Fliesen. Splitterfasernackt. Er spürte, dass er nicht allein war. Er ließ seinen Blick über den Fußboden gleiten. Alles war sauber. Hygienisch rein. Kein noch so kleiner Fleck, kein Krümel, kein Fusselchen. Sein Blick wanderte weiter an den Wänden entlang bis zur Decke. Er erstarrte, und seine Augen weiteten sich vor Entsetzen.

*

Friedrich und Marie-Lena standen am Gartentor eines gepflegten Anwesens in der Karl-Huber-Straße in Öhringen und klingelten. Nach wenigen Minuten trat eine grauhaarige ältere Frau aus der Tür des weißen Bungalows und kam auf sie zu. »Sie sind die beiden Kommissare, die sich angekündigt haben?«

Marie-Lena und Friedrich nickten, und die Frau öffnete ihnen das Tor. »Bitte kommen Sie doch herein. Meine

Tochter wartet schon auf Sie. Ich bin übrigens Mathilde Bausch, Caroline Strucks Mutter«, sagte sie und streckte zuerst Marie-Lena ihre Hand entgegen. »Marie-Lena Dambach, Kriminalkommissarin vom KKÖhr und das hier ist mein Kollege Kriminalhauptkommissar Karl Friedrich von Bühl«, zeigte sie auf Friedrich, und Mathilde Bausch begrüßte auch ihn herzlich.

Friedrich und Marie-Lena schauten sich verwundert an und dachten sicher in diesem Moment dasselbe: *Wie konnte diese Frau so strahlend fröhlich sein unter diesen Umständen?* Wie wenn sie es erraten hätte, drehte sich Mathilde Bausch um und erklärte: »Sie wundern sich sicher, dass ich so einen beschwingten Eindruck mache, aber das ist alles nur gespielt. Einer muss schließlich normal bleiben in dieser schlimmen Situation. Wenn ich jetzt auch noch anfange zu weinen und durchzudrehen, dann hat meine Tochter gar keinen Halt mehr, und das geht schon wegen dem Kleinen nicht. Er braucht sie jetzt.« Das war eine klare Ansage, und Marie-Lena und Friedrich schauten sich wieder stumm an und nickten sich zu.

»Bitte kommen Sie doch mit in die Küche und setzen Sie sich.« Caroline Strucks Mutter stand unter der Tür der riesigen Landhausküche und zeigte mit der Hand auf einen großen runden Tisch am Fenster. »Ich schau mal nach meiner Tochter. Sie ist oben und stillt gerade den Wonneproppen.« Mit eiligen Schritten entfernte sie sich, und Marie-Lena und Friedrich hörten, wie sie die Treppe hinauflief. Sie gingen durch den Raum zum Tisch am Fenster. »Mein lieber Schwan, das nenne ich mal Luxusküche«, staunte Marie-Lena und schaute sich um. Die Küche im Landhausstil war vom Feinsten, und es fehlte an nichts. In der Mitte des Raums stand ein großer Block mit einem Herd und einer Arbeitsfläche aus Marmor. Die Schränke an der Seite waren aus hellem Massivholz und zum Teil pastellfarben lackiert. Die Steinfliesen mit den bunten Mosaiken rundeten den mediterranen Stil ab. »Der Struck steht doch den ganzen Tag in der Küche, wozu braucht er dann zu Hause noch so eine Wahnsinnsküche?«

»Wahrscheinlich gerade deshalb. Diese verspielten Landhausmöbel sind eben das Gegenstück zur Hightech-Großküche im Jagdschloss. Aber vielleicht kocht ja seine Frau einfach auch gerne in einer tollen Küche.« Friedrich war vor das große Fenster getreten und schaute in den Garten hinaus. Der großzügige Rosengarten vor der Terrasse wurde von akkurat geschnittenen Buchsbäumchen flankiert, und ein kleiner Springbrunnen zierte die Mitte der Blumenrabatte. »Das nenne ich Idylle«, sagte Friedrich und drehte sich wieder zu Marie-Lena um, die immer noch das Mobiliar in Augenschein nahm. Vom Flur her hörten sie ein leises Quäken, und da stand auch schon Caroline Struck mit dem in eine Decke gewickelten Baby unter der Tür. Sie war sehr blass und wirkte sichtlich erschöpft. Ihre Füße steckten in großen Filzpantoffeln, und der cremefarbene Morgenmantel war nur lose zugebunden, sodass man den Pyjama darunter erkennen konnte. Hinter ihr tauchte Mathilde Bausch auf und sagte, wohl stellvertretend für ihre Tochter: »Entschuldigen Sie bitte die Bekleidung meiner Tochter, aber sie sollte überwiegend liegen, hat der Arzt gesagt, und sie kommt deshalb auch gerade aus dem Bett.«

»Mama, ich bin kein kleines Kind mehr und kann selbst für mich sprechen«, tadelte Caroline Struck ihre Mutter, die sich auch sofort schmollend zurückzog. Caroline Struck legte das Baby in die fahrbare wunderschön verzierte Holzwiege, die neben dem Tisch stand, und deckte den Kleinen liebevoll zu. Der gluckste noch ein paar Sekunden und war sofort eingeschlafen. Caroline Struck zog sich den Bindegürtel des Morgenmantels in der Taille fest und ging zum Kaffeeautomaten, der auf der Marmorarbeitsfläche stand. »Darf ich Ihnen einen Kaffee anbieten?«, wandte sie sich an die beiden Kommissare. »Gerne«, sagten Friedrich und Marie-Lena wie aus einem Munde. Caroline Struck lächelte: »Sie beiden scheinen ein gut eingespieltes Team zu sein.«

»Kaffee, Cappuccino oder Espresso?«

»Für mich einen Cappuccino und für den Kollegen bitte einen doppelten Espresso.« Marie-Lena schaute Friedrich fragend an: »Das war doch korrekt so, oder?«

»Wie immer völlig korrekt«, antwortete Friedrich.

Caroline Struck stellte die beiden Tassen mit dem Cappuccino und dem doppelten Espresso auf den Tisch und nahm die Kanne aus Glas, die auf einem Stövchen stand, und schenkte sich eine klare grünlich-gelbe Flüssigkeit ein. »Milchbildungstee«, meinte sie fast entschuldigend, als sie die Blicke von Friedrich und Marie-Lena sah. »Anis, Fenchel, Kümmel, Melisse. Nicht der Brüller für mich, aber dafür sprudelt die Milch für den Kleinen.« Gerade noch hatte Caroline Struck gelächelt, jetzt schossen ihr Tränen in die Augen. »Wie Sie gemerkt haben, ist mir mein Humor nicht abhandengekommen. Dafür mein Mann.« Sie schluchzte auf und begann hemmungslos zu weinen. Marie-Lena stand auf und legte der jungen Mutter sanft einen Arm um die Schulter. »Ist schon gut, Frau Struck. Weinen Sie, wenn Ihnen danach ist. Wir wollen Sie auch nicht lange stören. Aber vielleicht können Sie uns noch ein paar Fragen beantworten?«

Caroline Struck schnäuzte sich die Nase in ein Papiertaschentuch und schaute nach dem Baby in der Wiege, das immer noch tief und fest schlief.

»Natürlich, fragen Sie ruhig.«

Als Friedrich und Marie-Lena nach einer guten Stunde wieder aus dem Haus traten und durch den Garten des Bungalowanwesens gingen, wirkten sie sichtlich angestrengt. Die Befragung von Caroline Struck war schleppend verlaufen und hatte zudem keine neuen Erkenntnisse gebracht. Der Bote, der am gestrigen Nachmittag das Paket in der Karl-Huber-Straße ablieferte, war von einem großen privaten Paketservice, und Caroline Struck hatte den jungen Mann zuvor noch nie gesehen. Die Kollegen aus Heilbronn, die noch am späten Abend das Unternehmen wie auch den Austräger überprüften, konnten keinen Zusammenhang feststellen. Wer das Paket aufgegeben hatte, war nicht nachzuvollziehen. Caroline Struck hatte im Beisein ihrer Mutter das Päckchen geöffnet und mit Entsetzen den Inhalt gesehen. Mathilde Bausch verständigte daraufhin sofort die Polizei. Welcher vielleicht großen Sache Olaf Struck in den vergangenen Wochen auf der Spur war, wusste seine Frau nicht. So sehr sie sich auch in den letzten Tagen über sein Verhalten und einige merkwürdige Äußerungen ihres Mannes in den vergangenen Monaten Gedanken gemacht hatte.

»Sackgasse«, bemerkte Marie-Lena, als sie wieder im Auto saßen.

»Nee«, entgegnete Friedrich entschieden, »das hier ist keine Sackgasse.«

»Ich meinte nicht die Straße hier, Chef, sondern unseren Ermittlungsstand.«

»Wir müssen Geduld haben«, meinte Friedrich. »Die

Lösegeldforderung steht im Raum, und der anonyme Anrufer von gestern wird sich wieder melden. Schon sehr bald, vermute ich mal. Die Heilbronner Kollegen haben sowohl die Leitung hier bei Strucks wie auch im *Jagdschloss* noch gestern Abend präpariert, sodass wir den Anruf rückverfolgen können.«

»Wenn er nicht von einem getürkten Prepaid-Handy kommt. Die Nummer kennen wir ja schon aus dem Polizeialltag. Der Obdachlose, der für 20 Euro seine Personalien hergibt, und schon hat man ein Handy ohne Identifizierung.«

»Haben Sie das aus dem Studium oder aus dem Kieler Tatort?« Friedrich grinste breit, und Marie-Lena wollte gerade noch etwas erwidern, als sie vom Revier angefunkt wurden. Friedrich ging auf Empfang, und Harry Zürn war in der digitalen Funkleitung. »Was ist los, Harry, wir sind gerade noch in Öhringen in der Karl-Huber-Straße, fahren aber jetzt gleich nach Heiligenwald ins *Jagdschloss*.«

»Nein, ihr kommt sofort hierher.« Harrys Ansage war unmissverständlich deutlich.

»Was heißt hier sofort«, ärgerte sich Friedrich über den Befehlston seines Kollegen.

»Ich habe hier einen Karpfen im Teich, der so groß ist, dass euch Hören und Sehen vergehen wird.«

Wenn er Harry nicht so gut kennen würde, hätte Friedrich jetzt nur Bahnhof verstanden. Aber er wusste ganz genau: Wenn Harry diese blumige Sprache an den Tag legte, hatte das immer einen gewichtigen Grund.

»Okay, Harry, ganz ruhig bleiben. Sag schon: Was ist passiert?«

»Auf dem Revier hier sitzt seit einer halben Stunde ein polnischer Arbeiter vom Schlachtbetrieb Brenner aus Kupferzell. Laut seinen Personalien heißt er Gregor Dimir. Er sagt, er möchte eine Aussage zum Entführungsfall Olaf Struck machen.«

»Wir kommen sofort«, sagte Friedrich nur noch und wies Marie-Lena an, den Wagen zu starten.

»Schlachtbetrieb und Großmetzgerei Brenner in Kupferzell?« Marie-Lena runzelte die Stirn, während sie von der Karl-Huber-Straße nach rechts auf die Jägerstraße abbog. »Haben die nicht auch einen großen Catering-Service? Wenn ich Arnulf Mertens Worte noch richtig im Ohr habe, sollte doch der Brennersche Catering-Service die Häppchen für das Struck-Event liefern. Warum soll es da einen Zusammenhang zum Entführungsfall geben?«

»Das, liebe Kollegin, werden wir ja nun gleich sehen beziehungsweise hören.«

*

Wie oft Marie-Lena an diesem Nachmittag zum Kaffeeautomaten ging und koffeinhaltigen Nachschub holte, wusste sie nicht mehr. Gregor Dimir, der polnische Vorarbeiter vom Schlachtbetrieb Brenner, saß in ihrem und von Bühls Büro zusammen mit den Kollegen der Soko, die man aus Heilbronn gerufen hatte. Als Dimir anfing zu reden, war es mucksmäuschenstill im Zimmer.

Dimir holte weit aus und erzählte zuerst von den Anfängen der illegalen Lieferungen von Schweinehälften aus dem polnischen Katowice. Er habe schon zu Lebzeiten Rüdiger Brenners die Sonderaufgabe, die Nacht- und Nebellieferungen zu überwachen, anzunehmen und weiterzuverarbeiten. Freilich für gutes Geld, das er schwarz in die Tasche streichen konnte. Als Rüdiger Brenner im Sterben lag, habe er ihn, seinen treuen Vorarbeiter, zu sich gerufen. Er solle sich keine Sorgen um die Zukunft machen. Seine Tochter Ricarda würde das Unternehmen in seinem Sinne weiterführen. Dies gelte auch für die Sonderlieferungen. Er habe ihr dazu genaue Instruktionen gegeben.

Nach dem Tod des alten Brenner und mit der Übernahme des Betriebs durch dessen Tochter Ricarda habe sich für Dimir zunächst nichts geändert. Er habe weiter seine besonderen Schichten gefahren, zwei-, manchmal auch dreimal die Woche. Immer am frühen Morgen, wenn noch keiner im Schlachthof zugange war. Ricarda Brenner sei ihm gegenüber äußerst freundlich gewesen. Sonst allerdings habe die junge Chefin mit kalter und berechnender Hand im Betrieb agiert. Wer ihr nicht passte, wurde solange beleidigt, gedemütigt, drangsaliert und beschimpft, bis er oder sie von selbst kündigte. Es war ein offenes Geheimnis im Betrieb, dass man die junge Brenner zunehmend für eine Person mit schwerer Persönlichkeitsstörung hielt. Psychopathisch, narzisstisch, bösartig, waren nur einige der Eigenschaften, die man ihr nachsagte. Gregor Dimir habe sich aus dem ganzen Gerede herausgehalten. Nicht zuletzt, weil er auch immer wieder Abstand gewinnen konnte, wenn er für einige Tage oder Wochen bei seinem Großonkel in Katowice weilte. So auch in den vergangenen zwei Wochen.

Ricarda Brenner habe ihn allerdings am Mittwoch, dem 8. Juni oder auch am Donnerstag, dem 9. Juni – so genau wisse er das nicht mehr – auf seinem Handy angerufen. Sie sei geradezu panisch gewesen und habe verlangt, dass er sofort nach Kupferzell zurückkomme. Der Sternekoch des *Jagdschlosses* im Heiligenwald wisse über den polnischen Schweinedeal Bescheid und habe ihr gedroht, nach seinem großen Event, der Preisverleihung auf dem Öhringer Marktplatz, die Bombe platzen zu lassen.

Er, Gregor Dimir, habe seiner Chefin versprochen, so schnell als möglich in Kupferzell zu sein. Allerdings hätten ihn vermehrt Zweifel und vor allem Skrupel an seinem Tun verfolgt. Er sei außerdem schon alt, und die Arbeit mit den schweren Fleischstücken, die er über Stunden aus der Wanne auf das Fließband und weiter zur Zerkleinerungsanlage wuchten und schieben musste, viel zu anstrengend geworden. In einem kleinen Dorf in der Nähe von Katowice habe er sich schon vor einiger Zeit ein bescheidenes Haus gekauft. Sein Großonkel, der Subunternehmer bei der Dansk-Polska Meal AG, habe ihm versprochen, dass er dort für ihn arbeiten könne. Eine leichte Arbeit sollte das sein, ohne schwere Schweineteile.

So habe er schließlich nicht mehr vorgehabt, nach Deutschland, nach Hohenlohe, nach Kupferzell zurückzukommen.

Marie-Lena, Friedrich und die Kollegen hatten Gregor Dimir die ganze Zeit über nur zugehört. Jetzt stellte Friedrich mitten in die Stille des Raumes die Frage: »Und warum sind Sie zurückgekommen und vor allem warum sitzen Sie hier und erzählen uns das alles?«

Gregor Dimir holte noch einmal tief Luft und begann weiter zu erzählen: Es seien diese Träume gewesen, die ihn seit vielen Nächten aus dem Schlaf schreckten. Vor ungefähr zwei Jahren sei diese junge tschechische und attraktive Auszubildende aus der kaufmännischen Abteilung nicht mehr zur Arbeit gekommen. Weil sie keine Verwandten hier in Deutschland hatte und sie auch keiner als vermisst meldete, machten sich auch nur wenige der Angestellten Gedanken über den Verbleib der Kollegin. In der Kantine machte schon nach wenigen Tagen das Gerücht die Runde, dass Svetlana, so ihr Name, wohl nach Frankfurt gegangen sei, um dort für ihren Freund und Zuhälter anzuschaffen.

Er habe dies nie geglaubt. Vielmehr wusste er, dass Ricarda Brenner dieses Gerücht in die Welt gesetzt hatte. Er habe beobachtet, dass seine Chefin ein Verhältnis mit dem um einige Jahre älteren Veterinärmediziner hatte. Und dass Svetlana dazwischenfunkte. Der Tierarzt habe sich in die junge Tschechin verliebt und nur noch Augen für sie gehabt. Zufällig habe er dann ein Gespräch zwischen Ricarda und Svetlana, spät am Abend und weit nach Büroschluss, belauscht. Seine Chefin habe der Tschechin offen mit dem Tod gedroht. Wenige Tage später sei ihm beim Verarbeiten der polnischen Schweineteile ein merkwürdiges Stück Fleisch aufgefallen. Es habe ausgesehen wie eine menschliche Schulter. Als er die Wanne geleert hatte, habe er auf dem Boden einen kleinen goldenen Ring gefunden.

Seit diesem Tag verfolge ihn dieser Traum. Die junge Tschechin stehe vor seinem Bett und streckte ihre Hand aus. An ihrem Finger: ein goldener Ring.

Marie-Lenas Augen waren während der Schilderungen von Gregor Dimir immer größer geworden. »Sie wollen uns hier aber nicht etwa sagen, dass diese Geschichte eine Verbindung ist zu Olaf Struck?« Ihr Mund war ganz ausgetrocknet, und eigentlich wusste sie die Antwort schon.

»Ich fasse das mal so zusammen, Herr Dimir: Sie gehen davon aus, dass Ricarda Brenner Olaf Struck entführt und nun in ihrer Gewalt hat?« Friedrich schaute Gregor Dimir fest in die Augen und redete dann weiter: »Und dass Ihre Chefin Olaf Struck töten wird – oder vielleicht schon getötet hat?« Jetzt musste auch Friedrich schlucken.

Gregor Dimir nickte nur und sagte dann leise: »Das mit dem Lösegeld ist nur ein Spielchen von ihr. Ricarda Brenner hat genug Geld auf die Seite geschafft, um für den Rest ihres Lebens unterzutauchen.«

»Dann bleibt nur noch die Frage: Wo vermuten Sie den Aufenthaltsort von Olaf Struck?«

»Irgendwo ganz in ihrer Nähe. Sie will ihre Opfer unter Kontrolle haben.« Marie-Lena hatte sich wieder gefasst und in ihrem Nähkästchen der Täterprofile gegraben.

»Da könnten Sie recht haben, Kollegin Dambach!« Friedrich kratzte sich am Kinn und wandte sich wieder an Gregor Dimir. »Ein Versteck, vielleicht irgendwo auf dem Betriebsgelände in Kupferzell?«

Gregor Dimir überlegte nicht lange und sagte: »Das Gelände des ehemaligen alten Schlachthofs. Es liegt vielleicht 100 Meter weit weg vom neuen Betriebsgebäude, direkt an der Böschung des alten Bahndamms und ist deshalb auch wenig einsehbar. Dort ist alles inzwischen von Grünzeug überwachsen. Ab und zu werden noch Müll und anderer Schrott, den man nicht braucht, hingekarrt. Die Gebäude dort sind zwar marode, aber nicht einsturzgefährdet. Und die Innenräume sicher noch so wie vor Jahren.«

Friedrich legte Gregor Dimir den Fotoausdruck, der Olaf Struck schlafend auf der schmalen Pritsche zeigte, auf den Tisch. »Können Sie da etwas erkennen?« Der Pole schaute sich das Bild genau an, schüttelte dann allerdings zunächst mit dem Kopf.

»Doch, hier!« Er sprang wie von der Tarantel gestochen von seinem Stuhl auf und deutete auf einen schwachen unscheinbaren grauen Fleck an der Wand über dem Kopf von Olaf Struck.

»Das könnte der Schatten der Lautsprecheranlage in der alten Schlachtküche sein. Sie ist direkt über der Tür angebracht.«

Friedrich schaute angespannt in die kleine Runde. »Rufen Sie Deininger an«, sagte er zu einem der Heilbronner Kollegen. »Wir brauchen unsere volle Soko-Mannschaft. Und wir brauchen das SEK.«

»Dambach, holen Sie Ihr kugelsicheres Outfit aus dem Schrank. Sie werden es vielleicht brauchen.«

*

Es war ein Polizeieinsatz, von dem man noch lange sprechen sollte in Hohenlohe. Der Heilbronner Polizeipräsident Deininger hatte seinen Kollegen vom Polizeipräsidium Einsatz in Göppingen alarmiert, und von dort wurde das Spezialeinsatzkommando Baden-Württemberg in Bewegung gesetzt. Am späten Mittwochnachmittag, 22. Juni um 17.52 Uhr war das gesamte Betriebsgelände des Brennerschen Schlachthofes mit Großmetzgerei in Kupferzell komplett umstellt. Der Zugriff des SEK erfolgte nur wenige Minuten später. Die Einsatzkräfte stürmten die Räumlichkeiten des ehemaligen Schlachthauses am Bahndamm. Olaf Struck hatte man betäubt durch Medikamente auf einer Pritsche liegend im alten Kühlraum gefunden. Ricarda Brenner und der Veterinärmediziner Bernulf Kramer waren, vom kreisenden Hubschrauber aufgescheucht, auf eine angrenzende Wiese geflüchtet und dort festgenommen worden. Ricarda Brenner hatte sich noch heftig gewehrt und um sich getreten. Bernulf Kramer ließ sich widerstandslos abführen. Bei der späteren Vernehmung im Präsidium in Heilbronn war der Tierarzt geständig, während Ricarda Brenner hartnäckig schwieg und nach ihrer Anwältin verlangte.

Bernulf Kramer zufolge hatte ihn Ricarda Brenner schon lange in der Hand. Er drückte dem Fleisch in der Kupferzeller Großschlachterei den behördlichen Unbedenklichkeitsstempel auf, obwohl er genau wusste, dass nicht alles reines und ausschließliches Qualitätsfleisch vom Fränkisch-Hohenlohischen Landschwein war. Das wiederum hatte auch der Sternekoch vom *Jagdschloss* herausgefunden, und Ricarda Brenner hatte beschlossen, ihn einfach verschwinden zu lassen. Auf dieselbe Art und Weise wie damals Svetlana Woijtek. Sie hatten ihn auf den Parkplatz der Sportschule in Waldenburg gelockt, und Kramer hatte ihm dann mit einem Schraubenschlüssel einen Schlag auf den Kopf verpasst. Ricarda Brenner hatte schließlich beschlossen, den Schwerverletzten mitzunehmen. In der Nacht des 16. Juni hatte man Struck ausgezogen und ins Kühlhaus zu den Schweinehälften gebracht. Brenner hatte dann beschlossen, ihn nicht sofort zu töten, sondern in der alten Schlachtküche unterzubringen. Kramer hatte nicht gedacht, dass der junge Koch die schwere Kopfverletzung überleben würde. Aber Struck war zäh, und nicht zuletzt hatte sich Ricarda Brenner einen Spaß daraus gemacht, ihm mit ihrem Sadismus zuzusetzen.

Bis spät in die Nacht wurden Brenner und Kramer verhört. Dann wurden beide in die Justizvollzugsanstalt Bruchsal überstellt.

*

Olaf Struck hatte man mit einem Rettungshubschrauber vorsorglich in die Neurologische Klinik des Universitätsklinikums Würzburg geflogen. Caroline Struck und der gemeinsame kleine Sohn David kamen später in einem zivilen Polizeifahrzeug nach. Olaf Struck, zwar noch schwach und gezeichnet von den Torturen der letzten Tage, schloss seine kleine Familie überglücklich in die Arme. An alles könne er sich zwar noch nicht erinnern, aber dass ihm seine Frau und sein kleiner Sohn alles im Leben bedeuten, das wisse er ganz bestimmt, stammelte er mit Tränen in den Augen. In all dem Grauen, in all den wirren Träumen dieser Tage sei ihm immer der feste Glaube an ein Wiedersehen geblieben.

Caroline Struck hatte noch viele Nächte lang die schweißgebadete Stirn ihres Mannes betupft und ihm Mut und Trost zugesprochen. »Die Wunden verheilen, aber das Trauma«, hatte ihr der Chefarzt der Neurologie erklärt, »*das* Trauma kann man leider nicht einfach wegwischen.«

*

Marie-Lena und Friedrich waren in jener Mittwochnacht vom 22. auf den 23. Juni 2016 gegen drei Uhr früh aus Heilbronn, wo Soko und SEK nach dem Einsatz in Hohenlohe noch lange tagten, im KKÖhr angekommen und hatten müde und erschöpft ihre Schutzkleidung zurück in den Schrank gehängt.

»Aufn Kaffee hab ich jetzt auch keine Lust mehr. Und was zu essen gibt es jetzt zu dieser Stunde in Öhringen auch nicht mehr. Nicht mal eine Piccata Milanese bei Ihrem Lieblingsitaliener. Was schlagen Sie also vor, Chef und Freiherr von Bühl?«

»Sie haben die Feuertaufe bestanden. Mehr als bestanden. Sie sind nicht mehr mein Küken. Sie sind meine angehende Kriminaloberkommissarin. Das habe ich heute Abend auch Deininger gesagt. Wie gern würde ich jetzt einen Quittenschnaps mit Ihnen trinken.«

Marie-Lena wurde puterrot und versuchte, ihre Verlegenheit zu kaschieren.

»Ich weiß, Chef, einen Kättlerschen Edelbrand. Damit kann ich Ihnen leider nicht dienen, aber ich habe in meinem Spind einen Original Opa-Dambach-Williams-Digestif, den hole ich jetzt, und den teilen wir uns schwesterlich und brüderlich.«

»He, Dambach«, Friedrich sah ihr fest in die Augen. »Sie werden mir ganz schön fehlen.« Marie-Lena war irritiert, stand auf, holte die Flasche mit dem Selbstgebrannten ihres Großvaters aus dem Spind und stellte Flasche samt zwei Gläsern auf den Tisch. Sie goss in beide Gläser einen großen, wirklich großen Schluck ein.

»Prost, santé, salute, yamas! Auf einen wirklich aufregenden Tag.«

»Ja«, sagte Friedrich, »auf einen wirklich aufregenden – und wie war das noch gleich, liebe Kollegin – einen wirklich aufreibenden Tag?«

»Genau, Chef, ein wirklich aufreibender Tag war das!«

»Ja dann: Nastrovje, Marlenchen!« Friedrich hatte den Dambachschen Obstbrand in einem Zug geleert und stellte das leere Glas mit Schwung auf den Tisch zurück.

»Ich werde es in den nächsten drei Wochen ruhig angehen. Hab heute Abend spontan mein Urlaubsgesuch bei Deininger eingereicht. Ein Ruhestand auf Probe sozusagen. Und damit auf Du! Du wirst mich doch sicher würdevoll vertreten?«

»Klar, Chef und du … Freddie, Friedrich oder was auch immer? Wie lange bleibst du weg?«

»Zwölf Tage, meine Liebe, zwölf genehmigte Urlaubstage … oder aber vielleicht für immer?«

»Nee, Chef das geht gar nicht! Für immer wirst du mir fehlen …«

ENDE

EPILOG

Die E-Mail von Muriel lag ausgedruckt auf seiner Reisetasche. Friedrich hatte sie in den vergangenen Tagen immer wieder und wieder gelesen. Und sich noch immer nicht daran satt gelesen. Sein Herz hüpfte vor Freude, als er das letzte Hemd zusammenfaltete und in die Tasche legte. Er schaute auf die Uhr: 8.15 Uhr. Er grinste. Höchste Zeit, um aufs Revier zu fahren! Nein, daran wollte er in den kommenden drei Wochen nicht denken. Keinen einzigen Tag und nicht eine Stunde, nicht eine Minute, die er mit Muriel verbringen würde. Er zog den Reißverschluss der alten Tasche, die noch von seinem Vater und aus hochwertigem Elchleder war, zu. Es waren immer ganz besondere Reisen, wenn er genau diese Tasche dabei hatte. Er zog den Lederblouson über und setzte seine original Balmoral-Cabriokappe auf. Als er in den Spiegel schaute, musste er schon wieder grinsen. Er stellte sich gerade Karl Hübners Gesicht vor, wenn er gleich so bei ihm auftauchen würde. In dieser Montur hatte ihn sein Freund noch nicht gesehen. Aber auf den Alpenpässen konnte es um diese Jahreszeit auch ganz schön kalt sein. 436 Kilometer waren es von Öhringen bis Meran. Er würde die alten Passstraßen nehmen und sich Zeit lassen. Sieben Stunden reine Fahrzeit hatte er ausgerechnet. So eine weite Strecke am Stück war er mit seiner Göttin noch nie gefahren. Er hatte zunächst gezögert und sich überlegt, doch lieber den Flieger nach Bozen zu nehmen. Muriel hätte ihn dann vom Flughafen abgeholt. Aber Karl hatte ihn überredet, das Cabrio zu nehmen. ›So wie deine Schöne in Schuss ist‹, hatte er gesagt, ›kannst du noch eine Weltreise mit ihr machen.‹ Wer weiß, dachte Friedrich, vielleicht machen wir das auch noch. Er schnappte sich die Reisetasche, ging die Treppe hinunter und zog die schwere Eingangstür hinter sich zu. Als er vom Hof des großen Anwesens in Hirschenweiler fuhr, schaute er nicht mehr zurück.

Karl Hübner stand neben der Göttin auf dem Hof des Autohauses. Das gelbe Citroën DS 21 Cabrio glänzte in der Morgensonne, und Karl strahlte über das ganze Gesicht, als er mit einem Tuch die Motorhaube polierte. Wie erwartet brach er in schallendes Gelächter aus, als Friedrich mit der Cabriokappe aus dem C1 stieg. Friedrich begrüßte ihn, indem er ihm freundschaftlich auf die Schulter klopfte. Dann verstaute er die Reisetasche auf dem schmalen Rücksitz. Karl hatte das Verdeck schon geöffnet, und Friedrich ließ sich auf dem Fahrersitz nieder und strich liebevoll über das Lenkrad. »Ich werde euch vermissen«, sagte Karl etwas wehmütig. Friedrich startete den Motor. »Wir zwei kommen doch wieder, Karl!« Er legte den Rückwärtsgang ein und hob winkend die Hand. »Bist du dir da sicher?«, hörte er Karl sagen.

Sicher, dachte Friedrich, sicher ist nichts. Dann fuhr er los.

MENÜ »FRIEDRICHSRUHE« (LOTHAR EIERMANN)

Kalte Vorspeise – Hors-d'oeuvre froid
Gänseleber-Gugelhupf

Suppe – Potage
Klare Tomatenessenz

Warme Vorspeise – Hors-d'oeuvre chaud
Kalbsbries mit Morcheln

Fisch – Poisson
Gebratener Zander

Hauptplatte – Grosse piéce/relevé
Fasan Souvaroff

Warmes Zwischengericht – Entreé chaude
Kalbsfrikassee

Kaltes Zwischengericht – Entreé froide
Schwartenmagen vom Schwäbisch-Hällischen Landschwein, Sauce Vinaigrette

Sorbet – Sorbet
Rote Beete Sorbet

Braten mit Salat – Rôti, salade
Filet vom Boeuf de Hohenlohe, Salat

Gemüse – Légumes
Spargel, Sauce Hollandaise

Süßspeise oder Nachtisch – Entremets ou Dessert
Créme Bavaroise oder Mousse au chocolat

Würzbissen – Savoury
Florentiner

Nachtisch oder Süßspeise – Dessert ou Entremets
Soufflée Chartreuse

*

Danke an **Lothar Eiermann** für dieses – eigens für den ersten kulinarischen Hohenlohe-Krimi kreierten – 13-Gänge-Menü.

35 Jahre lang war Lothar Eiermann Hotelier und Küchenchef im Wald- und Schlosshotel Friedrichsruhe. Ein großer Meister der Kochkunst. Lothar Eiermann zählt zu den Pionieren der Haute Cuisine in Deutschland. Er machte das ehemalige Jagdschloss der Fürsten von Hohenlohe-Öhringen, welches zu einem Hotel umgewandelt wurde, zu einem der renommiertesten Häuser und zu einer der ersten großen Gourmet-Adressen in Deutschland. 1974 adelte ihn der Michelin mit einem Stern, 1979 dann mit dem zweiten Stern. Das Wald- und Schlosshotel Friedrichsruhe und damit die Region Hohenlohe wurden damit zum Mekka für Feinschmecker aus ganz Deutschland.

Heute, im Jahr 2016, zählt Lothar Eiermann etwas über 70 Lenze. Seine 50 Jahre Knochenjob im Management und am Herd sieht man ihm nicht unbedingt an. Kulinarisch ist er auch jetzt als Privatier immer noch ein gefragter Mann und viel unterwegs; ob beim großen jährlichen Hohenloher Kochfestival in Schwäbisch Hall oder bei vielen anderen Events in der Region. Seine Kochkunst, die er in renommierten Häusern in der Schweiz und in Baden erlernte, gab er im Wald- und Schlosshotel vielfach weiter: So bildete Lothar Eiermann mehrfach spätere Spitzenköche aus. Am heimischen Herd steht der Altmeister seines Fachs heute noch fast täglich. Und da legt er vor allem Wert auf gute und möglichst naturbelassene Produkte aus der Region Hohenlohe.

SILKE PORATH / SÖREN PRESCHER
Klosterkeller

978-3-8392-1829-7 (Paperback)
978-3-8392-4915-4 (pdf)
978-3-8392-4914-7 (epub)

»Höllisch spannend und himmlisch unterhaltsam!«

Himmelherrschaftsackzement! Pater Pius wollte eigentlich nur den Keller im neuen Kloster besichtigen und stolpert prompt über ein Skelett. Das ist jedoch nicht so alt, wie es auf den ersten Blick scheint. Natürlich kann der neugierige Pater Pius sich nicht aus den Ermittlungen der Polizei heraushalten. Und recherchiert auf eigene Faust in einem verteufelten Fall. Dabei lernt er mehr über Designerkleidung, Eheprobleme und Putzmittel, als ihm lieb ist. Andererseits: Dem pfiffigen Pater ist nichts Menschliches fremd.

TOVE SIMPFENDÖRFER
Weihertod

978-3-8392-1836-5 (Paperback)
978-3-8392-4929-1 (pdf)
978-3-8392-4928-4 (epub)

»Die Polizeihauptkommissare Mäx Seeberger und ›Grizzly‹ Weinschenk ermitteln in ihrem ersten Oberschwaben-Krimi. Überraschend und vielschichtig.«

Spätsommer in Oberschwaben: Fünf Frauen und ein Mann feiern am Weiher den Abschluss einer Bergtour. Am nächsten Morgen wird Hobby-Bergführer Harty Zwerger, Chef einer Bank, tot am Ufer gefunden. Könnte die Zwangsräumung, die Zwerger vor sechs Wochen durchführen ließ, ein Motiv sein? Damals wurde der Bauer Wilhelm Gotterbarm enteignet und in die Psychiatrie eingewiesen. Einen Tag vor dem Mord wurde Gotterbarm jedoch wieder entlassen und verschwand spurlos – genau wie sein Neffe, der als Waffennarr gilt.

EDI GRAF
Bombenlauf

978-3-8392-1843-3 (Paperback)
978-3-8392-4943-7 (pdf)
978-3-8392-4942-0 (epub)

»Journalistin Linda Roloff muss einen geplanten Terroranschlag auf die Olympischen Spiele 2016 in Rio de Janeiro verhindern.«

Was hat die letzte Botschaft des sterbenden Menschenhändlers Agim Zoto zu bedeutet? Warum wird ein Athlet in Westafrika von einer Schlange gebissen, die nur in Südamerika vorkommt? Warum wird der kenianische Safariführer Alan Scott von einem albanischen Killer gejagt? Die Antworten auf diese Fragen führen die Tübinger Journalistin Linda Roloff zu ihrem wohl gefährlichsten Fall, denn alles deutet darauf hin, dass extremistische Attentäter einen Terroranschlag beim Marathonlauf der Olympischen Sommerspiele in Rio de Janeiro planen.

GMEINER SPANNUNG

WWW.GMEINER-VERLAG.DE
Wir machen's spannend

Das Neueste aus der Gmeiner-Bibliothek

Unser Lesermagazin

Bestellen Sie das kostenlose Krimi-Journal in Ihrer Buchhandlung oder unter www.gmeiner-verlag.de

Informieren Sie sich …

www … auf unserer Homepage:
www.gmeiner-verlag.de

@ … über unseren Newsletter:
Melden Sie sich für unseren Newsletter an unter www.gmeiner-verlag.de/newsletter

f … werden Sie Fan auf Facebook:
www.facebook.com/gmeiner.verlag

Mitmachen und gewinnen!

Schicken Sie uns Ihre Meinung zu unseren Büchern per Mail an gewinnspiel@gmeiner-verlag.de und nehmen Sie automatisch an unserem Jahresgewinnspiel mit »mörderisch guten« Preisen teil!